DER fadenreiche KOKON

Dolly Hüther

DER fadenreiche KOKON

Eine fiktive Erzählung

Viel Vergnügen beim Lesen und Schmunzeln

♥lich

Dolly Hüther

Verlag: tredition GmbH
Herausgeber: rotation
Titelbild: Silke Hüther, 2011
Lektorat: Gisela Jürgens, Frankfurt/Main
Korrektorat, Satz: Tamara Pirschalawa
Printed in Germany

ISBN: 978-3-8424-0070-2

Inhaltsverzeichnis

Ein Traum wird Wirklichkeit ... 7
Endgültig Schluss! ... 16
Die Ente ... 20
Die Aufarbeitung: Annehmen – Loslassen ... 21
Die Begegnung ... 30
Die Straße der Witwen ... 33
Erlebnisse mit Holger ... 36
Harmonie ... 38
Die Mondlandschaft ... 46
Planungen und Unternehmungen ... 65
Überraschungen ... 72
Im Alltag angekommen ... 73
Advent, Advent ... 74
Silvester ... 77
Unstimmigkeiten ... 78
Eine Reise in die Türkei ... 81
Ein Haus – für Türken? ... 91
Feminismus – Feministin ... 97
Feministische Kritik und Politik ... 102
Wahlverwandtschaften ... 104
Johanna Kirchner zum Gedenken ... 105
Kuriosc Begebenheiten ... 109
Die Computertomografie ... 109
Die Schürze ... 113
Nix zum Lachen – Gerüche und Gestänker ... 115
Diese Frauen ... 117
Das Geburtstagsdrama ... 118
Wüster Körper, wüste Seele ... 128
Kaiserbäder ... 134
Verletzungen ... 136
Der Stringtanga ... 138
Trinken und kein Ende in Sicht ... 141

Tagebuch. Dresdenreise 143
Hiebe und Triebe 145
Scheidung 147
Alltagswirbel 149
Die Schauspielerin 151
Das kranke Herz 152
Der Abschied 156
Versöhnung 161
Ein Gesicht erzählt Geschichten 162
Diamantene Konfirmation 164
Ihr Herz 166
Schulungen und Operationen 169
Zuspitzung 173
Hilfe! 176
Der Oberlehrer 177
Der Besuch 183
Beobachtung – Bedürfnis – Gefühl – Bitte 185
Veränderungen 187
Ferien am Meer in Bosa Marina 188
Ein etwas anderer Reisebericht 188
Endgültigkeit 204

Marianne stieg aus dem Taxi und sah erleichtert, wie der Fahrer, dem sie einen kleinen Schein in die Hand gedrückt hatte, den schweren Koffer hinauf bis in ihr Schlafzimmer trug. Sie wollte ihn später, eher morgen, auspacken. Erst einmal zur Ruhe kommen – nach einer Woche Urlaub auf einem Traumschiff, dem Heimflug und der anstrengenden Autofahrt vom Flughafen Luxemburg zu ihrer Wohnung nahe Saarbrücken.
Es gab nur eins: sich hinlegen. Die Füße ausstrecken, die inzwischen ziemlich angeschwollen waren, und die Augen schließen. Endlich daheim!

Viele Stunden später bemerkte sie, dass sie nicht nur den ganzen Urlaub, sondern sogar die Vorbereitungszeit noch einmal durchlebt hatte. Vor ihrem geistigen Auge oder im Zwischenzustand von Traum und Wirklichkeit war ein kompletter Film abgelaufen. Sie sah die Ägäis mit all den supertollen Orten, die sie besucht hatte – natürlich im Wonnemonat Mai. Noch während des Vor-sich-hin-Dösens kam ihr der Gedanke, gleich morgen einen Reisebericht zu verfassen. ‚Die Bilder sind so deutlich, und all das, was ich erlebt habe, liegt zum Greifen nah. Ich werde es aufschreiben.' Gesagt, getan. Nachdem sie aus dem Gepäck und diversen Jackentaschen einen umfangreichen Zettelstapel geklaubt hatte – Billetts, Menükarten, Wegbeschreibungen, Ansichtskarten –, begann sie anderentags mit der Reisebeschreibung. ‚Meine lebhaften Erinnerungen werden mich schon bestens navigieren', ermunterte sie sich.

Ein Traum wird Wirklichkeit 2006

„Haschde dei Geld", verabschiedete sich mein Ehemann besorgt – doch ich driftete schon in einen Traum, der auf der Stelle und sofort in Erfüllung gehen sollte.
Vom Luxemburger Flughafen Findel aus flog ich in 55 Minuten nach Venedig. Die dort bereitstehenden Busse brachten ihre Gäste

zum Hafen, defilierten im Korso um eine Landzunge herum bis zu dem Steg, von dem aus wir in das Innere eines imposanten Schiffes gelangen sollten. Vor mir lag mein Traum – in Form der EUROPEAN VISION. Hier in Venedig sollte es losgehen – in die Ägäis. Kurz vor dem Betreten der Gangway gab es noch das obligatorische Foto zur Erinnerung.

Ich habe mir niemals vorstellen können, wie so ein schwimmendes Vier-Sterne-Hotel wohl organisiert ist und funktioniert. Tatsächlich erfüllt es alle Ansprüche und darüber hinaus noch einige, von denen ich nicht einmal hatte träumen können. Dieses neue, erst zwei Jahre alte Schiff besaß eine schnittige Form, einfach wunderschön anzusehen. Bei seinen Ausmaßen ist jedwede gute Absicht von täglichen Trimm-dich-Aktionen an Bord ersatzlos zu streichen: Allein die Gänge zu den Kabinen maßen – selbst getestet – 365 Schritte.

Überraschung und Erstaunen sollten während dieser Reise kein Ende finden. Beim Betreten des Schiffsinneren fiel mir das in relativ kurzen Abständen postierte Personal auf; kein Problem also, sich zurechtzufinden oder ziellos irgendwohin aufzubrechen. Entlang einem freundlich-fröhlichen Have a good day! *landete ich schon mitten im Schiff bei den Aufzügen. Von dort aus ging die Begleitung weiter bis zu den Decks und in die Kabinen. Als ich mit der Chipkarte die Tür öffnete, staunte ich schon wieder. Eine große, helle Kabine mit breitem Fenster, an dem das Meer ganz langsam vorbeizog. Nur ein zartes Vibrieren erinnerte mich daran, auf einem Schiff zu sein. Diese Riesenpötte sind schon eine Wucht. Für mich war es die erste Schiffsreise in meinem über 70-jährigen Leben.*

Mit meiner Freundin begab ich mich sofort auf Deck 12, um die Ausfahrt aus dem Hafen von Venedig nicht zu verpassen. Oh ja, ein echtes Erlebnis. Auf dem Deck unter uns standen Hunderte, die

ebenfalls staunten. Wie wir später in der Bordzeitung nachlesen konnten, waren unter den 1700 Gästen allein 1399 Luxemburgerinnen und Luxemburger. Während der Fahrt dachte ich ab und zu: Würde das Schiff untergehen, halb Luxemburg wäre ausgestorben.
Scherz beiseite, zurück zur Hafenausfahrt, weg vom Ankerplatz. Die Silhouette von Venedig mit all ihren Sehenswürdigkeiten glitt im Zeitraffer-Tempo an mir vorbei. Eine Gratis-Rundreise sozusagen, da die EUROPEAN VISION mit ihrem enormen Tiefgang eine Extra-Route zurückzulegen hatte. Mit der Bewunderung steckten wir uns gegenseitig an, einem „Oh!" auf der einen Seite schloss sich ein „Ah!" auf der anderen Seite an. All die kleinen Unannehmlichkeiten, die durch den Charterflug hinter uns lagen, waren bei diesem Anblick vergessen. Die Zeit verstrich in Windeseile, als wir bemerkten, dass das Schiff beschleunigte und auf das offene Meer zufuhr. Höchste Zeit, sich umzuziehen, um die erste Mahlzeit an Bord einzunehmen. Was ich nicht ahnte – auf mich warteten dort zwei Überraschungen.
Die erste:
Wir saßen zu siebt an einem Tisch, der noch für eine weitere Person Platz bot. Als die achte Frau zu uns stieß, freute sie sich:
„Hat Lulu doch gut gemacht. Ich wollte an einem Tisch ohne Männer sitzen, ausschließlich mit Frauen. Ich bin Edda Peters, eine der Trainerinnen an Bord."
Diese Tischrunde bot mir eine Konstellation, wie ich sie mir schöner nicht hatte träumen können. Wir acht Frauen hatten uns ungesucht gefunden. Sieben Tage lang an jedem Abend Spaß pur.
Die zweite:
Am 24.05. hatte ich Geburtstag gehabt, gehörte aber zu den Gästen, die einen Tag später mit dem Flugzeug angereist waren. Mein Geburtstag lag demnach hinter mir.
Nicht so für meine Schwester Lilli und ihren Lebenspartner. Sie organisierten dank hilfreichem Personal eine Torte mit Kerze und stimmten gemeinsam das obligatorische Ständchen Happy Birth-

day *an. Ich war völlig überrascht und glücklich über diesen gelungenen Auftakt meiner Traumreise.*

Nach dem Essen ging es sofort ins Theater, um einen guten Platz für die erste Show zu ergattern.

Zum ersten Mal, wie dann bei jedem weiteren Theaterbesuch, stellte sich mir die Frage: ‚Bin ich hier auf einem Schiff?' Davon war nämlich absolut nichts zu spüren.

Die Darbietungen der Festival Cruises waren hervorragend. Festival Cruises ist eine Gesellschaft, die diese Reise namens „PAISCHT-CROSIERE" in Kooperation mit RTL Radio Luxemburg geplant hatte. Aus naheliegenden Gründen befanden sich unter den vielen Künstlerinnen und Künstlern auch Mary Roos und Jochen Pützenbacher. Einige Personen suchten mich über die Karriere von Mary Roos aufzuklären: Sie befände sich auf dem absteigenden Ast, schließlich sei sie auch nicht mehr die Jüngste. All diese Aufklärer mussten sich spätestens beim Abschlussauftritt eines Besseren belehren lassen. Mary Roos bewies großes Können, es gipfelte in ihrer Interpretation des Rock-'n'-Roll-Songs: Rock around the clock*. Da flogen die Schuhe durch die Luft. Ich bin überzeugt, Bill Haley wäre bei dieser Darbietung vor Neid erblasst.*

Von Jochen Pützenbachers Humor und Witz konnten wir uns schon in Findel auf dem Flughafen überzeugen. Als er bei uns vorbeikam, hatte ich ihn sofort angehauen:

„Wir sehen uns!"

Er erwiderte erfreut und schlagfertig:

„Ist doch klar!"

Da die Wartezeit noch ungefähr eine Stunde dauern sollte, blieb er länger bei uns stehen und erzählte Storys von seinen vielen Reisen und Fahrten. Eine war so urkomisch, dass uns danach die Tränen unter der Brille herausliefen. Ob es ein Witz oder die Wahrheit war, ist an dieser Stelle unwichtig.

Auf einer Safari habe beim Verlassen des Jeeps eine angejahrte Dame zu ihm gesagt: ‚Da unter dem Baum steht eine Antilope, ich möchte sie gern fotografieren.' Er wusste zu erwidern: ‚Ja, das ist

Paul, der hat Frühschicht, den stellen wir immer extra für Sie dahin.' Die Dame habe daraufhin gemeint: ‚Die Antilope steht aber im Schatten. Ich hätte sie gerne ein paar Meter weiter in der Sonne.' Pützenbacher sei daraufhin die gewünschten Meter weiter in Richtung Sonne gegangen und die Antilope sei ihm gefolgt. Auf seine Nachfrage ‚Ist's recht so?' soll sich die Fotografierende freundlich für den Service bedankt haben.
Auf der EUROPEAN VISION gibt es 14 Decks, die wir im Laufe der sieben Tage allesamt erforschten. Oben, auf Deck 13, befindet sich das Sportdeck, das sogar mit einem Basketballfeld ausgestattet ist. Auf Deck 12 können die Reisenden sich mit Minigolf vergnügen. Von dort aus hatten wir einen tollen Blick auf Deck 11, wo sich die Liegen für die Sonnenhungrigen befanden. Ein kleines Schwimmbad rundet den Sportteil ab. Des Weiteren gibt es diverse Restaurants und Cafés für Genusshungrige, die trotz der üppigen, ja, sogar opulenten Menüs immer noch schlemmen wollen. Zu meinem Erstaunen kam das tatsächlich vor. Noch nie in meinem langen Leben habe ich soo viele fette Menschen auf einem Haufen gesehen. Einige passten nicht einmal mehr in die Sessel des großzügig bestuhlten Theaters.

Hier auf Deck 11 ist dann schließlich auch mein Traum von der Reise ausgeträumt. Die Trauer darüber ist groß, aus mehreren Gründen:
Erstens ist es der letzte Tag an Bord. Es soll ein Tag des Meeres werden, ohne Landgang und Ausflug. Bevor es dann zurück nach Venedig geht. Der zweite Grund hat mit der Zusammensetzung der Reisenden auf dem Schiff zu tun. Die geballte Ladung Menschen aus Luxemburg mache ich für mein schlechtes Gefühl verantwortlich. Insgesamt gehören die Gäste an Bord 17 Nationen an, das Personal 40 Nationen. Daraus ergibt sich ein internationales Sprachgewirr. Und das zu Pfingsten – welch eine Chance! Hätte doch eigentlich spannend werden können. Wenn, ja wenn da nicht deutlich etwas zu spüren gewesen wäre, das dieser posi-

tiven Erwartung entgegenlief. Zuerst spürte ich nur leise und subtil gewisse Ressentiments – genauer gesagt, gegen mich als Deutsche. Im Laufe der Reise aber wurden die Reaktionen massiver, auch die verbalen Angriffe. Gestern Abend, als die Luxemburger Stimmungskanone Erni Delosch vor einem großen Publikum Lieder spielte, sang und zum Mitsingen animierte, erklang das letzte Lied ungefähr so: Ma blive wat ma sin … Ich ging an einem singenden Mann vorbei und fragte freudig:
„Und was sind Sie?"
Er beugte sich vor und erwiderte aggressiv:
„Hauptsach kä Preuß!"
Diese Anmache konnte ich noch gut retournieren:
„Wenn schon Preuß, dann Preußin!"

Heute Morgen, hier auf Deck 11, wo sich die Liegen für die Ruhe- und Sonnenhungrigen befinden, entstand ein regelrechter Kampf um die Plätze. Ich habe keinen erobern können. Angeblich seien alle Liegen besetzt. Nur Unfreundlichkeit – gelinde ausgedrückt –, die gab es reichlich. Eine Angestellte schickte mir einen deutschsprachigen Steward, der nach fünf Minuten eine freie Liege präsentierte.
Diese Liegestory beschäftigt mich immer noch, deshalb will ich ein wenig ausholen, um die Sache aus meiner Sicht darzustellen.
Unter den Regeln, die das Verhalten an Bord vorschreiben, lautet eine, dass Liegen nicht reserviert werden dürfen. Als ich auf Deck kam, schienen auf den ersten Blick alle Liegen belegt. Ich lief also umher und sprach höflich mehrere Personen an, immer dort, wo erkennbar zwar ein Handtuch, aber keine Tasche, kein Buch, keine Zeitung oder irgendwelche Schuhe herumlagen. Meinem Abfragen in deutscher Sprache folgte stets die stereotype Antwort: Besetzt! In einem Ton, dass ich mich fragte: Was habe ich diesen Menschen getan? Drei Frauen nahmen meine Verstörung wahr und versuchten mich aufzuklären. Und ihre Erklärung lautete ungefähr so:

„Vergessen Sie diese Ablehnung. Am besten, Sie schlucken das Benehmen. Hier an Bord befinden sich viele alte Männer, die im Zweiten Weltkrieg unter den Deutschen sehr gelitten haben. Ihr Land wurde von Hitler annektiert, viele Angehörige sind gefallen, andere haben alles verloren."
Mir rutschten die Fragen heraus:
„Und, was kann ich dafür? Der Krieg ist seit über 60 Jahren zu Ende. Ich war, als die Hitlerdiktatur besiegt wurde, gerade mal 13 Jahre alt. Wieso soll ich heute noch für deren Taten büßen?"
Hilflos verteidigten die drei Frauen ihren Rat, mir ein dickes Fell zuzulegen:
„Schlucken Sie es!"
Gefolgt von dem hoffnungsvollen Satz:
„Wir sind doch jetzt alle Europäer!"
An dieser Stelle wagte ich nur noch stumm Einspruch zu erheben. Ich notierte mir:
Dieser schreckliche Krieg ist seit zwei Generationen vorbei. Gut, ich gebe zu, dass auf diesem Schiff sehr viele ältere Menschen reisen. Ich mag auch glauben, dass es manche unter ihnen gibt, die unter Hitler gelitten hatten. Aber DEUTSCHENHASS war in meinem Traum nicht eingeplant. Mit derartigen Affekten konfrontiert zu werden – als Betroffene in einer Minderheit –, tut weh.
Was hilft da der Hinweis, wir seien doch alle Europäer?
Was ist an dem Verhalten dieser Menschen europäisch?
Was gibt es für eine Alternative zum Schlucken?
Als ich diese meine Traumreise buchte, hatte ich mitnichten an die spürbare Deutschfeindlichkeit vieler Luxemburgerinnen und Luxemburger gedacht, sie gar nicht in Erwägung gezogen.
Es gibt viele Kreuzfahrtschiffe. Sollte ich noch einmal eine derartige Reise buchen, dann nie, nie mehr mit so vielen luxemburgischen Menschen, und das zu Pfingsten – wo wir doch gemeinsamen Geistes sein könnten.
Schon kommt mir zumindest ein Luxemburger in den Sinn, der jener Problematik Verständnis entgegenbringt. Der immer lustige

Rheinländer Jakob, der unter dem Zeichen HWE veröffentlicht, beschreibt diese Thematik in wenigen Zeilen aus heutiger Sicht:

Die Luxemburger:
The 4th Generation
In der Presse lese ich häufig
über meinen Urgroßvater.

Mein Urgroßvater,
er war ein Held
er hat sich gegen die deutschen
Okkupanten erhoben
er hat unser Land unter Einsatz
seines Lebens befreit
er hat die Basis für den heutigen
Staat geschaffen
er war ein Held!

In der Presse lese ich andererseits
niemals etwas über meinen
Großvater, über meinen Vater.

Mein Großvater,
mein Vater,
habt Ihr denn zeitlebens niemals
etwas Bedeutendes vollbracht? ... HWE

Und auch diese Aufzeichnung von ihm spricht mich an:

Auf der Schiffsbrücke:
Code Oscar

Nach dem Ruf
„Mann über Bord“

greift auf der Brücke
der Code Oscar.

Dann wird ein schnelles
Rettungsboot ausgesetzt und
das Schiff geht auf Gegenkurs.

Für den Schrei
„Frau über Bord"
gibt es keinen
entsprechenden Code.

Dann fährt das Schiff
in Ruhe und Frieden weiter.

HWE

Das Schreiben hatte Marianne ruhiger werden lassen. Sie lächelte bei dem Gedanken: Schreiben befreit! Langsam kehrten die positiven Erlebnisse zurück und überlagerten die negativen Eindrücke; und schließlich war sie nicht alleine gereist. Ihre beste und liebste Freundin Britta war dabei gewesen, ihre Schwester Lilli und deren Lebenspartner Jakob. Letztere waren in einer der tollen Suiten untergebracht, erinnerte sich Marianne. Ihre Freundin und sie bewohnten zwei nebeneinanderliegende Kabinen auf Deck neun. Platz und Raum genug, die – altersbedingten – Individualitäten voll auszuleben. Aber wenn sie sich brauchten, das wusste sie, war jede für die andere präsent.
‚Schlussendlich komme ich zu dem Ergebnis, mir unbedingt eine weitere Traumreise zu gönnen. Ein paar größere Kleinigkeiten wären dann einzukalkulieren. Acht Tage, zum Beispiel, sind für eine solche Unternehmung schlicht zu kurz. Es müssten schon vierzehn Tage sein ...
Jeden Tag an einer Exkursion auf den Ägäis-Inseln teilzunehmen, gestaltete sich zwar als sehr eindrucksvoll und lehrreich, aber die Dinge überschlugen sich wirklich. Bald war niemand

mehr in der Lage, neue Informationen entsprechend aufzunehmen, geschweige denn zu verarbeiten. Bei der nächsten Reise werde ich darauf achten, dass Ausflugs- und Ruhetage besser aufeinander abgestimmt sind. Eindrucksvoll bleibt das Erlebnis, jeden Morgen an einem anderen Ort aufzuwachen. Eine werbewirksame Feststellung übrigens: Morgens sieht die Welt um dich herum immer anders aus als am Abend zuvor.'

Sie legte ihre Aufzeichnungen zu den anderen, ganz oben auf den Stapel. Die realisierte Traumreise war doch etwas Einzigartiges in ihrem Leben.
Noch den Finger zwischen den Seiten, blätterte sie neugierig zurück, las die zuvor geschriebenen Zeilen des Konvoluts, dem sie den Titel *Mein Kokon* verpasst hatte. Vor Jahren hatte sie mit diesen Aufzeichnungen begonnen, zunächst nur sporadisch geschrieben, ohne einen roten Faden zu verfolgen und ohne ersichtliche Chronologie der Ereignisse. Das, nahm sie sich vor, sollte sie schleunigst ändern.

Endgültig Schluss! 2009

Wieder einmal war es Mai. Marianne saß gedankenverloren in ihrer Küche vor einer frisch gebrühten Tasse Milchkaffee.
‚Ist das wahr? War es das? Glaube ich das überhaupt? Ausgerechnet in der Walpurgisnacht zum ersten Mai.' Der Monat sollte einer der schönsten und abwechslungsreichsten in ihrem immerhin schon fast 80-jährigen Leben werden. Da war ihr geplanter Geburtstag. Da wartete eine von ihrem Freund oder Partner Holger geschenkte zweitägige Reise nach Paris auf sie. Obgleich es in ihrer Beziehung schon seit geraumer Zeit brodelte. Am Telefon hatte sie ihm gestanden:
„Ich habe das Gefühl, du möchtest mit unserer Beziehung Schluss machen!"
Ohne Umschweife und unmissverständlich bejahte er das.

Hat sie es nicht schon seit Monaten geahnt? Und all die deutlichen Verletzungen, die er ihr gesendet und sie empfangen hatte, nicht richtig zu deuten gewagt? Trieb da sogar noch in ihrem Kopf und in ihrem Alter der romantische Traum einer Liebe sein Wesen, wo früher oder später die berühmten Worte fallen mussten:
„Ich liebe dich, ich vermisse dich."
‚Kitsch!', disziplinierte sie sich. Doch sie wusste, diesen Geschmack mehrfach gekostet zu haben. Selbst die Schmetterlinge im Bauch waren nicht ausgeblieben. Schwester Lilli hatte ihr das oft genug vorgehalten, recht harsch sogar:
„Ich muss dir das jetzt einmal sagen! Während der Kreuzfahrt hattest du auf dem Fensterbord ein Foto von Holger stehen. Wie eine Siebzehnjährige, dachte ich, lächerlich. Bist du das?"
Zu dem Zeitpunkt rechtfertigte Marianne sich noch:
„Es ist ein Bild von Holger und von mir. Es gefällt mir und erinnert mich an einen besonders schönen gemeinsamen Ausflug. Außerdem wollte ich ihn irgendwie auch bei mir haben. Ich bin davon überzeugt, eine Liebe im Alter unterscheidet sich in der Intensität in keinster Weise von derjenigen junger Menschen."

Marianne weiß, sie hat in den drei Jahren und zehn Monaten ein großes Glück erfahren, die ganze Skala der Gefühle erlebt und genossen. Sie sah das als ein Geschenk und empfand es genauso. Jetzt sitzt sie da mit ihrem fühlbaren Kummer. Wie soll sie diese Endlichkeit annehmen? Sich die Zeit aus dem Herzen reißen? Geht nicht. Sollte sie wüten? Hilft nicht. Jemanden anrufen? Wen? In ihrem Umfeld gibt es viele Freundinnen und Freunde, Bekannte. Eine Schwester! Wieso musste Lilli auch ausgerechnet jetzt nicht greifbar sein? Sie schiffte irgendwo zwischen Brasilien und Italien auf einem der Weltmeere herum. Freundin Bela hatte zurzeit mit ihrem Ehemann und der einzigen Tochter Zoff. Eine andere Freundin bastelte selbst an einer dubiosen, schon viel zu lange währenden kaputten Beziehung. Sie belästi-

gen und ihr etwas vorheulen? Ja, heulen, das täte in diesem Moment gut. Tränen – wenn sie denn endlich fließen – schwemmten einiges heraus. Marianne, sei ehrlich, wie sieht es mit deiner Trauer aus? Sie wechselte ins Wohnzimmer, steuerte ihren so bequemen Sessel an. Ein weiches Kissen unter den geräderten Kopf geschoben, die Lehne nach hinten gekippt, schloss sie die Augen und überlegte. Es tat weh, verdammt weh. Und weinen konnte sie auch nicht. Das Telefon erlöste sie aus diesem Jammertal. Ihr jüngster Sohn Luka fragte arglos:
„Liebe Mutter, wie geht es dir?"
Sofort sollte er wissen, dass mit Holger Schluss sei, sie hätten sich endgültig getrennt.
„Natürlich geht es dir dementsprechend schlecht; da habe ich aber im richtigen Moment angerufen. Wie, du kannst nicht weinen! Dazu brauchst du nur einen Auslöser."
„Wie, einen Auslöser?"
„Hallo, Nanni", so nannte Luka sie, wenn er nachsichtig liebevoll mit ihr sprach:
„Ich rate dir, einen kitschigen Film oder eine kitschige Sendung anzuschauen. Du wirst sehen, die Tränen fließen. Ich kenn das, es ist sehr hilfreich, wenn du die Geschichte hinausschwemmen kannst.
Was macht denn deine Schreiberei? Ich bin überzeugt, das könnte dir helfen."
Er setzte neu an:
„Ich kenne dich als eine starke Frau, du hast in deinem Leben viel gemeistert. Du kommst darüber hinweg. Das schaffst du. Ich bin fest davon überzeugt. Wir sehen uns am Samstag, da bin ich in Saarbrücken. Ich verspreche dir, Zeit abzuzwacken, wir werden reden. Du brauchst jetzt Leute um dich herum. Kann ich bei dir übernachten?"
„Selbstverständlich, ich bin hier."
Sie entschloss sich, noch einmal mit Holger zu telefonieren, um alles Geplante abzusagen. Er solle überall anrufen, und auf dem

Geburtstag wolle sie ihn auch nicht sehen. Holger flüsterte die Antwort:
„Das habe ich mir eigentlich schon gedacht."
Und hatte indirekt schon weitergedacht, wie sie an seiner Frage hörte:
„Könntest du mir deine Reiserücktrittsversicherung zukommen lassen?"
Auf ihr scharfes Nein hin hatte er eine weitere Bitte parat. Ob sie jemanden kenne, der an ihrer Stelle die Reise antreten wolle?
Unverschämte Forderungen, dachte Marianne, nicht erst nach dem Telefonat. Das war Holger, wie er sich sehr oft gezeigt hatte. Er war ihr von seinen Freundinnen und Freunden als geizig geschildert worden. Holger selbst sprach von echter Altersarmut, die seit seiner Pensionierung für ihn ausgebrochen sei.
Marianne erinnert sich an eine Diskussion bei einem der vielen Brunchs, als Holger erneut von seiner Armut sprach. Sie hatte ihn gefragt, wie er denn die finanzielle Lage einer ihnen bekannten 52-jährigen Hartz-IV-Empfängerin bezeichnete, die vier Kinder allein aufzog? Ob er sich da nicht mies vorkäme, bei seinen Bezügen von Armut zu sprechen? Damals hatte er seine Selbststilisierung eingesehen. Und sie hatte ihn gebeten, wenigstens in ihrem Beisein das Wort nicht mehr zu benutzen.

Am übernächsten Tag telefonierte Holger schon wieder mit Marianne. Er schilderte ihr, den Lebenspartner ihrer Schwester Lilli, Jakob, aufgesucht und ein längeres Gespräch mit ihm geführt zu haben. Das hätte ihm, Holger, geholfen. Marianne überlegte, wobei geholfen? Wenn Holger die Beziehung zu ihr hatte beenden wollen, müsste er sich doch eh gut fühlen! Aber auch das war Holger, wie er leibte und lebte. Er warf sich anderen an den Hals, und danach ging es ihm besser. Hatte Holger ihr gegenüber ein Wort über Jakobs Befinden verloren? Über Jakobs Bedauern angesichts eines Endes dieser gemeinsamen Freund-

schaft? Hatte Holger vielleicht einen Moment lang gezögert, sich in Mariannes nächster Umgebung mit seinen Befindlichkeiten darzustellen? Jedenfalls hatte er nichts davon gesagt. Nur gut, dass Holger sie selbst nicht noch als Therapeutin einforderte.
Marianne dachte an ihre eigene Therapeutin. In der letzten Sitzung hatte sie Marianne dazu aufgefordert, ein Bild zu gestalten: Sie solle sich einmal dieses Mädchen Nanni, wie ihre Eltern sie früher nannten, vergegenwärtigen. Dann spüren, ob sie diese kleine Person lieben könne. – Ja, sie konnte, denn in der Erinnerung erschien ihr dieses Mädchen fröhlich und lustig. Es erinnerte sie an Kinderfotos, auf denen ihre Eltern das Datum der Aufnahme und Beinamen wie *Unser Puttchen* und *Unser Sonnenschein* geschrieben hatten. Sie entdeckte, dass sich dieses Mädchen in ihr nach und nach zu der Frau entwickelt hatte, die heute noch oft dessen Fröhlichkeit zeigt. Lustig, immer zu Späßen aufgelegt. Die Therapeutin schlug ihr vor, die große Liebe in den Schoß dieser kleinen Person zu legen. Die Liebe wäre dann nicht fort und vorbei, Marianne könne sie jederzeit hervorholen; aber selbst dort läge sie stets nahe bei ihr.
Das Bild hatte etwas in ihr geweckt. Sie hatte sich einen ganzen Tag lang damit beschäftigt, bis sie spürte, dass dieses Ritual klappte und ihr jederzeit zur Verfügung stehen würde.

In der folgenden Nacht träumte sie mehrfach. Zuletzt war sie aufgestanden und hatte das Erinnerte notiert. Morgens, beim Überlesen, sah sie deutlich, von der kleinen Nanni geträumt zu haben. Sie fuhr ihren Computer hoch und gab einen Suchbegriff ein, den Titel ihrer kleinen biografischen Erzählung.

Die Ente

Als ich noch zur Schule ging, war mein Lieblingstier eine Ente. Ich hatte sie Charlotte getauft. Wenn ich vom Unterricht heimkam, ging ich als Erstes zu Lottchen, wie ich sie liebevoll nannte. Auf

meinem Arm fühlte sie sich sehr wohl. Sie durfte sogar mit mir ins gegenüberliegende Geschäft zum Einkaufen gehen.
Eines Morgens, als ich gerade eine Klassenarbeit schrieb, rief mich unser Rektor zu sich und fragte, ob ich eine Ente besäße.
„Ja, ich habe eine, die heißt Lottchen. Aber woher wissen Sie denn das?", fragte ich den Herrn Rektor erstaunt. Der deutete auf das Fenster und meinte, ich solle einmal hinausschauen. Da stand Lottchen und schnatterte lustig los. Ich platzte heraus:
„Wie kommt die denn hierher? Ist die vielleicht durchgebrannt oder hat mich gesucht? Wie kommt sie jetzt nach Hause? Was für ein Glück, dass sie nicht von einem Auto überfahren worden ist!"
Der Rektor schickte mich mit Lottchen nach Hause. Nicht ohne hinzuzufügen:
„Deine Arbeit kannst du morgen nachschreiben."
Meine Eltern hatten gar nicht gemerkt, dass die Ente verschwunden war. Mein Vater stellte sofort ein Loch am Zaun fest. Da musste Lottchen durchgeschlüpft sein. Er reparierte die Stelle. Die Ente bemerkte sehr schnell, dass es kein Schlupfloch mehr gab. So stand sie am Morgen da, wenn ich zur Schule musste, und schnatterte zum Erbarmen. Ich hörte und spürte, es war nicht das fröhliche Geschnatter der Begrüßung, sondern es klang traurig. Sie wollte mich einfach begleiten und behüten, der Weg zur Schule war ihr schließlich nicht fremd.

Die Aufarbeitung: Annehmen – Loslassen

‚Genug der Selbstermutigungen! Ich muss mir Luft machen', hörte Marianne sich sagen. Das Bedürfnis, sich mitzuteilen, sich auszusprechen, tauchte wieder auf. Sofort wollte sie eine liebe Freundin anrufen. Erst jetzt fiel ihr auf, dass sie sich auch nicht anders verhielt als Holger. Sei's drum! Sie wählte Billas Nummer. Zum Glück war sie daheim und erkannte Marianne schon am Hallo:

„Auch Hallo. Ich habe dir geschrieben. Wir sehen uns an deinem Geburtstag, da will ich dabei sein. Ich freue mich auf neue Gesichter, aber auch auf unsere alten, bekannten. Du fällst mir ja gar nicht ins Wort, so kenne ich dich doch nicht? Bist du heute wortkarg? Bringst du keine Begeisterung auf bei meiner Vorfreude auf deinen *triumphalen* Einzug ins neue Lebensjahr?"
Marianne suchte sich über Umwege anzunähern. Sie begann langatmig mit der Schilderung einer Zahnoperation, die sie am vergangenen Dienstag durchgestanden hatte; der erste Versuch des Arztes war missglückt, der abgebrochene Zahn musste operativ aus dem Kiefer gebohrt werden, und so weiter. Mit all den unangenehmen Folgen einer solchen Behandlung. Da sei Holger noch in ihrer Nähe gewesen und habe ihr die Hand gehalten. Sie lebe im Moment hauptsächlich von flüssigen Nahrungsmitteln und Schmerztabletten. Endlich kam Marianne zum Anlass ihres Anrufes. Sie eröffnete Billa die Neuigkeit vom Ende ihrer Freundschaft mit Holger. Billa unterbrach sie:
„Hängt das immer noch mit der leidigen Mundgeruchgeschichte zusammen?"
Marianne erklärte:
„Nein, nein, das war nur ein Symptom. Jetzt ist endgültig Schluss!"
Auch Billa bohrte nach. Sie wollte jetzt den Grund wissen.
Marianne knüpfte an:
„Ich habe Holger nach der Mundgeruchgeschichte eine Auszeit gegeben; das war im Januar, das weißt du noch?"
„Ja!"
„Aber kurz darauf ist Holger gestürzt, er konnte trotz der Krücken nicht richtig laufen, und ich habe mich von ihm schnell wieder überzeugen lassen, dass er mich brauchte. Mutter Teresa lebe hoch! Es ist einfach zu schön, gebraucht zu werden. Ich bin zu ihm gefahren. Ohne mir Intimitäten zwischen uns zu wünschen, wie ich es mir ja zuvor schon selbst auferlegt hatte. Du ahnst es vielleicht, wir sind auf unserer Liebeswiese im obe-

ren Stock gelandet. Und was sage ich dir? Es war sehr innig, einfach schön. Später telefonierten wir häufig miteinander. Ich sah unser vorheriges Problem als gelöst an. Ein paar Tage später hatte er einen kleinen Unfall beim Verrücken des Fernsehers, die Zimmerantenne war ihm auf den Kopf gefallen. Holger bat mich, ihn zu meinem Termin beim Orthopäden mitzunehmen, tatsächlich musste die Wunde mit zwei Stichen genäht werden. All das, liebe Billa, geschah in der Zeit, wo ich wegen eines Halswirbelsyndroms selbst unter wahnsinnigen Schmerzen litt. Als Holger wieder besser laufen konnte und die Fäden gezogen waren, musste ich für sieben Tage ins Krankenhaus. Zu einer Schmerzbehandlung durch Infusionen, Cocktails mit einer ordentlichen Portion Cortison. Nebst allen bekannten Nebenwirkungen. Ich sah aus wie ein Preisboxer, aber die Behandlung half. Nur Holger habe ich vermisst. Er besuchte mich während des Aufenthaltes nicht ein einziges Mal. Er war zwar mit ins Krankenhaus gefahren und hat mich auch abgeholt, aber nur zwei Mal angerufen. Gut, er hatte seinen Geburtstag vorzubereiten, und da er ein sehr langsam arbeitender Mensch ist, dauerte das seine Zeit. Die Tage nach meiner Heimkehr waren wieder voller Harmonie. Ich habe an einem sehr persönlichen Geschenk für ihn gearbeitet ..."

Billa, bis zu diesem Moment eine geduldige Zuhörerin, stoppte Marianne:

„Ich habe nicht so lange Zeit, kann ich dich später noch einmal zurückrufen? Das ist ja ein Roman, der Zeit braucht. Ich muss mit dem Hund raus, weil der muss, sonst macht der mir in die Wohnung."

Marianne wählte übergangslos die Nummer ihrer ältesten Freundin.

„Hilde, hast du ein paar Minuten Zeit für mich?"

„Nein, eigentlich bin ich am Kochen. Aber du klingst nicht gut."

Zuerst war wieder die Geschichte mit dem Zahn dran. Aber dann brachte Marianne ihr Anliegen rascher auf den Punkt:

„Holger hat mir heute gesagt, dass unsere Beziehung nur auf einer sexuellen Basis beruht habe, für ihn seien es drei Jahre und zehn Monate toller Sex gewesen, und, wie er glaube, sei das von Anfang an so gewesen. Kannst du dir denken, dass da alles in mir zusammengebrochen ist? Es traf mich wie ein Paukenschlag. Sag du mir, ob alle Männer so unsensibel sind? Meine Freundschaft auf Sex zu reduzieren, das ist ein Schlag ins Gesicht und eine Verletzung für mich. Ich frage mich, waren die ewig langen zärtlichen Stunden vor und nach dem, was er Sex nennt, für ihn auch nur das Vorspiel und Nachspiel? Und all die geflüsterten Beteuerungen? Willst du wissen, wieso mich das verletzt?"
Ohne eine Antwort abwarten zu können, setzte Marianne fort: „Er hat von nichts anderem gesprochen. Er hätte erwähnen können, was ihm außer dem Sex an mir gefallen und ihn angezogen hat."
Jetzt unterbrach Hilde sie:
„Ich erlebe hier zurzeit auch einiges, kann dir aber nichts schildern, denn *meiner* kommt gleich; heute habe ich einmal wieder für uns gekocht, was ich auch nicht mehr gern mache.
Ich rufe dich auf jeden Fall noch mal an. Vorab nur so viel, ich kenne dich gut, du bist eine starke Frau. Du hattest bis zum jetzigen Zeitpunkt ein paar schöne Jahre und ein tolles Erlebnis. Welche Frau in deinem Alter, frage ich dich, hat oder hatte jemals schon guten Sex, den ihr der Partner sogar bestätigt. Wir Frauen müssen auch lernen, uns auf diesem Gebiet das zu nehmen, was wir brauchen. Und das dann auch positiv sehen."
Sie verabredeten ein Treffen, bei dem sie sich dann aber gegenübersitzen wollten.
In Gedanken versunken schaltete Marianne ihren Computer ein. Beim Überprüfen der eingegangenen E-Mails klickte sie eine der 23 überflüssigen Spam-Adressen an, die trotz des installierten *Fighters* es geschafft hatten durchzukommen. Gleich darauf noch eine und noch eine ... um festzustellen, was Männer alles

benötigten, um tollen Sex zu haben. Welch ein Markt! Was wird da den Männern nicht alles versprochen und verkauft!
Das ging ja richtig gut los:

- 40 Minuten Sex – kein Problem!
- Potenzschwäche – wir haben die perfekte Lösung
- Männer haben vielleicht immer gern über ihre Potenz gelebt
- Penisverlängerung – wir helfen

Auf den *Sites* erschienen die Penisverlängerungen mindestens zehn Mal. Marianne feixte:
‚Wenn ich diese Verlängerungen einmal alle aneinanderreihte, na, dann nähme sich die erträumte Penislänge eines Kunden dagegen aber sehr bescheiden aus!'
Aber auch hier gab es sicherlich mehr oder weniger seriöse Anbieter, untersuchte Marianne nun. Ihr Klick landete einen Volltreffer. Der Text sprach für sich:
Generik Apot – orgin Qualitta – 100 % sicher

- Neu: Via x 10 Ta + CIA x 10 á 56,33 Euro
- Visa-verifizierter Onlineshop
- keine versteckten Kosten
- Bequem und diskret online bestellen
- Kein peinlicher Arztbesuch erforderlich
- CIA 30 Ta – 91,67 Euro – Sie sparen: 14,6 Euro
- Bestellen Sie noch heute und vergessen Sie Ihre Enttäuschungen, anhaltende Versagensängste und wiederholte peinliche Situationen.

‚Wieso', fragte Marianne sich, ‚wieso verdienen die Anbieter soo viel Geld, wenn soo viele Männer behaupten, diese Angebote nicht zu nutzen? Rechnen die nicht nach?'
‚Oh, là, là, das geht ja auch tatsächlich billiger', konstatierte sie, ‚die humanen Ärzte helfen ihren männlichen Bedürftigen sicher mit einem Rezept weiter.'
Marianne starrte zwar weiterhin auf den Monitor, aber ihre Augen nahmen nichts mehr auf. Johannes B. Kerner hatte mal eine

seiner Sendungen dem durchschnittlichen deutschen Wohnzimmer gewidmet. Seinen Gästen und den Zuschauern wartete er mit einer Studie über den Durchschnittssex der Deutschen auf. Laut persönlicher Angaben zum Jahresdurchschnittssex behaupteten die Männer, 250 Mal im Jahr Sex zu haben. Laut statischer Erhebungen könnten es aber nur 117 sein. Die befragten Frauen gaben 60 Mal an. Vielleicht, rechnete Marianne Pi mal Daumen hoch, zählten die Männer schlicht die ganzen oder halben eingenommenen Potenzpillen und kamen so auf die ehrlich angegebene Anzahl ihrer Sexualkontakte. Vergebliche Liebesmüh, im Umkehrschluss eine Erklärung für die Angabe der Frauen zu finden.
‚Wie komme ich nur aus dieser Sexpillensache wieder heraus?', stöhnte sie. Ungern ließ sie sich vom Alltag einholen.

Für Marianne stand wieder einmal eine Fahrt nach Lothringen ins Chalet an. Vorher wollte sie unbedingt die Sachen bei Holger abholen, die sie ihm zu seinem Fest und des vielen Besuchs wegen geliehen hatte: zwei große Kopfkissen und eine selbst angefertigte Decke, die ins Chalet gehörten. Außerdem standen bei Holger noch zwei Paar Schuhe, die sie beim letzten Besuch vergessen hatte mitzunehmen. Das war eigentlich des Öfteren passiert, irgendwelche Dinge dort zu „vergessen". Holger seinerseits hielt es ebenso. Nach dem Motto:
Ich hab noch einen Koffer in Berlin, deswegen muss ich nächstens wieder hin ...
Sie musste in die *Höhle des Löwen*. Ein Test, wie sie sich beide verhalten würden, war es allemal. Sie wappnete sich. Als sie Holger gegenüberstand, schien sich auf der Stelle auch die alte Vertrautheit wieder einzufinden. Sie glaubte, recht unbefangen zu wirken. Er hatte ihre Habseligkeiten bereits in Tüten verpackt. Ein Wort ergab das andere, bald standen sie sich in ein Gespräch verwickelt, aber immer noch im Flur gegenüber. Marianne erinnerte sich später nicht, wer damit begonnen hatte,

offen und frei zu sprechen. Das war neu. Aufmerksam hörte sie Holger zum ersten Mal von Ängsten reden. Sie bat ihn, sich einen Moment lang setzen zu dürfen. Er führte sie in den Wohnraum und sprach dabei weiter. Erst bei seiner erneuten Feststellung:
„Ich bin jetzt froh, dass ich unsere Beziehung beendet habe", unterbrach sie ihn.
„Holger, erinnere dich an den vergangenen Sonntag. Als wir in die Pfalz zum Grab deiner Eltern fuhren, wollte ich von dir wissen, was du für mich empfindest. Nach langem Schweigen hast du geantwortet, es seien für dich dreieinhalb Jahre toller Sex gewesen, von Anfang an. Ich protestierte: Sex ohne Gefühle und Liebe, das wäre doch nichts. Daraufhin habe ich dir gestanden, das Gefühl zu haben, dass du unsere Beziehung beenden möchtest! Ich frage dich jetzt, war da nie Liebe im Spiel?"
Marianne hatte sich im Sessel vorgebeugt, wie um ihrer Frage mehr Nachdruck zu verleihen. Holger antwortete bedächtig:
„Es hat Zeiten gegeben, da habe ich dich geliebt. Aber als du mir unmissverständlich klarmachtest, wenn ich während unserer Beziehung fremdginge, dann sei es zwischen uns aus, fand ich das sehr hart von dir. Das hat mich tief getroffen."
„Hart – tief – getroffen?", wiederholte Marianne laut und dachte: ‚Dass ich nicht lache. Bei deiner Biografie als Fremdgänger.' Aber das Bild, das sich ihr aufdrängte, sah anders aus. Da hing sie an einem Gummiband. Immer wenn er Lust hatte, zog er sie heran, und wenn er mal wieder keine Liebe empfand, ließ er das Band wieder zurückschnurren. Sie wurde offensiv:
„Holger, wenn du während unserer Beziehung nie vorgehabt hast fremdzugehen, könnte dich diese Äußerung nicht so tief treffen. Deine Blicke in der letzten Zeit waren suchend. Das habe ich wohl bemerkt. Ich bitte dich, verletze meine Nachfolgerin niemals so, wie du mich und wohl auch andere verletzt hast."
Holger überlegte lange, wie er das immer tat, bestätigte dann aber die Logik des Gesagten:

„Ja, das war so, die Geschichte hat sich genau so abgespielt; du hast das bessere Gedächtnis."
Marianne schlug jetzt vor:
„Wenn wir über das Ende unserer Beziehung befragt werden, dann wäre es wohl das Beste, wenn wir sagten: Wir haben uns getrennt. Weder du noch ich haben Schluss gemacht, die Zeit war reif, und ich bin überzeugt, es ist gut so."
Sie schwieg erwartungsvoll. Holger rührte sich nicht. In die Stille hinein sagte er kaum vernehmbar:
„Über das, was ich jetzt sage, habe ich noch nie gesprochen."
Er schien zu grübeln, schluckte schwer, brachte aber nichts heraus. Schließlich bat sie ihn, ihr heute jene Frage zu beantworten, mit der sie ihn ja wohl schon genervt habe: Welche seiner vielen Frauen ihn so verletzt habe, dass er, sogar in Zeiten, wo er glaubte zu lieben, seine Partnerinnen verletzt habe, einschließlich seine Ehefrau?
Holger hüllte sich erneut in Schweigen, sah sie auch nicht an. In ihrer ausgeglichenen Verfassung konnte Marianne warten. Erst als sie ein Knistern im Raum verspürte und im Begriff war, dem ein Ende zu setzen, erzählte Holger weiter:
„Ich erinnere mich, noch nicht verheiratet gewesen zu sein, als es eine tiefe Verletzung gab, die so präsent ist, als wäre sie gestern passiert. Ich nehme sie als schwere Belastung wahr. Es gibt einen Brief, ich glaube, ich könnte ihn schnell finden. Aber jetzt will ich ihn nicht suchen. Von dieser schlimmen Verletzung mag ich nicht sprechen. Nur so viel, sie fällt mir bei deiner Frage jedes Mal ein."
Mariannes leichte Unruhe war keine reine Neugier. Wie konnte sie an diesem Teilgeständnis dranbleiben?
„Ist das nie aufgearbeitet worden, Holger?"
Er fragte nach:
„Wie meinst du das, in einer Therapie? Nein – nie. Ich war fest davon überzeugt, als rational denkender Mensch würde ich das alleine schaffen. Wenn ich aber mein Leben so Revue passieren

lasse, bin ich jedoch nicht wirklich mit dem Problem weitergekommen. Ich sollte mir deinen Vorschlag überlegen, ob so etwas wie eine Therapie gut für mich wäre und in Frage käme.“
Marianne war nachdenklich geworden.
Als sie im Auto die bekannte Strecke nach Frankreich fuhr, versuchte sie, das Geschilderte einzuordnen.
Das Drama des Amoklaufs von Winnenden fiel ihr ein, erst vor Kurzem geschehen und noch in aller Munde. In einer Zeitschrift hatte sie das Interview mit einem jungen Mann gelesen, der berichtete, wie stark und wie lange er unter seinem übernommenen Männlichkeitsbild gelitten hatte. In ihm habe sich ein derartiger Druck angestaut, dass er eine intensive Lust bei der Vorstellung verspürte, selbst Amok zu laufen. Einzig dank der Hilfe von Fachleuten habe er das nicht ausleben müssen.
In dieser Zeit erzählte ihr ein über siebzigjähriger Mann von Verletzungen, die ihm in jungen Jahren zugefügt worden waren, die er aber nie hatte verarbeiten können. ‚Und da wunderst du dich', sinnierte sie, ‚wenn du selbst mit den unaufgelösten Folgewirkungen konfrontiert bist. Eine Selbstüberschätzung der eigenen Rationalität oder die Ausflucht, eine Schuldige, einen Schuldigen zu benennen, verschont eine oder einen davon, die Dinge zu bearbeiten und Selbstverantwortung zu übernehmen.'
Die praktischen Arbeiten, die im Chalet zu erledigen waren, leerten ihren Kopf; sie spürte ihn nicht mehr lasten, er war mit dem Rest von ihr zusammengewachsen. Ein wenig Abstand zu gewinnen half ihr stets – stellte sie wieder einmal im Nachhinein fest. Erst nach der Rückfahrt, in ihren eigenen vier Wänden und der vertrauten Umgebung, wo die Dinge an ihrem gewohnten Platz standen und keine Aufmerksamkeit verlangten, griff sie nach ihrem Stapel Aufzeichnungen. Ja, sie wollte lesen, sich erinnern, wie ihre gerade erst beendete Beziehung begonnen hatte, das Ganze aus heutiger Sicht neu anschauen. Und wenn es noch so wehtun würde. Sie fand den ausgedruckten Bericht nicht so schnell wieder wie erwartet. Dann hörte sie sich tief

einatmen, grad als fürchtete sie sich vor der Dichte ihres selbst gewebten Kokons. Was hielt er nicht alles unter Verschluss? Was hielt er nicht alles versteckt!

Die Begegnung 2005

Juni 2005. Besuch eines Schreibseminars. Ein Teilnehmer, der sich als Holger vorstellte, signalisierte mir mit kleinen Blitzen in den Augen: ‚Du gefällst mir.' Ich muss Zeichen zurückgesendet haben, denn die unverbindliche Leichtigkeit der Situation gefiel mir. Das typische Flirten zwischen zweien, die sich sympathisch finden. Mein Seelenzustand war derzeit auf einem Tiefpunkt angelangt. Dornröschen schlief ein geschütztes Leben.

In der üblichen Vorstellungsrunde hatten alle ihre Vornamen genannt, das Alter und den Grund des Seminarbesuchs. Als besagter Holger sein Alter bekannt gab, schaute er in die Runde und merkte an:

„Da bin ich, so wie ich das sehe, heute der Älteste."

Als ich an der Reihe war, korrigierte ich kokett:

„Was das Alter der Weisheit betrifft, ha, Holger, das würdest du wohl gern in Anspruch nehmen. Ich bin aber um etliche Jahre älter."

In einer Kaffeepause begegneten wir uns vor dem Automaten. Ich bemerkte seinen interessierten Blick:

„Bist du wirklich schon über 70 Jahre alt?"

Meine Bejahung quittierte er mit der saloppen Bemerkung:

„Da hast du dich aber gut gehalten."

Ohne irgendeine Verabredung zwischen uns ging das Seminar zu Ende.

Wenig später traf ich Frau Schreiner, die auch am Seminar teilgenommen hatte. Sie hielt mit ihrem Auto und tat ganz aufgeregt. Vehement gestikulierend platzte sie heraus:

„Du, dieser Holger, aus unserem Seminar, telefoniert bei mir hinter dir her. Dich würde man ja nie erreichen."

Warum das, wollte ich wissen. Frau Schreiner meinte, er wolle mit nach Frankreich fahren. Sie erkundigte sich, wer denn überhaupt hinführe.
Auf der letzten Sitzung hatte ich unmissverständlich klargemacht, niemandem mehr hinterherzutelefonieren, selbst aber auf jeden Fall zu fahren. Interessierte sollten sich bei mir melden. Also ließ ich mir von Frau Schreiner Holgers Telefonnummer geben. Bald schon rief ich ihn an. Gerne würde ich ihn mitnehmen.

Es war ein sonniger Tag, das Thermometer zeigte 32° im Schatten an. Da mein Auto neueren Datums ist und eine Klimaanlage besitzt, übernahm ich die Fahrt. Die Präsidentin des Vereins dortiger Poeten empfing uns Ankömmlinge sehr herzlich. Holger schien sich für meine Fahrerei revanchieren zu wollen, denn er erkundigte sich, was er mir Gutes tun könne. Ich schlug ihm vor, das Barbecue zu besorgen und die Bezahlung zu übernehmen. Die Salate und auch das Grillgut schmeckten vorzüglich. Dazu im Freien, da schmeckt halt alles viel besser. Und die Kocherei fällt auch aus.
Die einheimischen Poetinnen und Poeten stimmten mit uns Besuchern auch unbekannte Lieder an, darunter manche im Dialekt, Verse wurden rezitiert, das alles animierte mich sehr. Prompt wurde auch ich gedrängt, etwas zum Besten zu geben, wie auch schon bei den Besuchen zuvor. So sang ich mit den Leuten das saarländische Spottlied ‚Die Katz'. Staunend bemerkte ich, wie beim Refrain alle einfielen. Anschließend gab's wie immer größten Applaus.
Nach Beendigung der offiziellen Veranstaltung zeigte ich Holger die veränderte Altstadt des kleinen Ortes. Er war seit Jahren nicht mehr da gewesen und stellte bewundernd einige Restaurierungsarbeiten fest. Auch für mich gab es Veränderungen zu entdecken; manches war erneuert, anderes zumindest ausgebessert worden.

Gegen Abend fuhren wir mit der elsässischen Vereinspräsidentin in deren Geburtsort. Spätestens hier mussten wir den berühmten Flammkuchen essen und ein Eis kosten. Ich gestehe: ein prickelndes Gefühl, neben Holger zu sitzen, ihn an meiner Seite zu spüren. Ihm schienen die eng aneinandergestellten Stühle auch zu gefallen, denn seine rechte, warme Seite rückte nicht von meiner linken. Und wenn sich unsere Blicke trafen, lief mir ein Schauer über den Rücken. Der Abend verging mit Gesprächen über die gelungene Veranstaltung vom Nachmittag. Beide versprachen wir, sobald wie möglich wiederzukommen.
Als wir den Heimweg antraten, überließ ich Holger das Steuer. Ich vertraute ihm, fühlte mich geborgen und überhaupt: hervorragend. Richtig gemütlich war es, nach Hause kutschiert zu werden. Holger, auf dem Fahrerinnensitz, quittierte auch noch, steuern zu dürfen:
„Dass du mir dein Auto überlässt – das würden nicht viele Fahrer hergeben.“ An dieser Stelle verbat ich mir eine gewisse Korrektur.
Bei seinem Wagen angekommen, den er vormittags am südlichen Stadtrand abgestellt hatte, nahm er mich in seine Arme und küsste rechts und links meine Wangen. Er lächelte:
„Dieser Tag ist für mich ein schöner Tapetenwechsel gewesen.“
Auf dem restlichen Heimweg stolperte ich über seine Worte: Tapetenwechsel – was ist das für eine Beschreibung dieses Tages, den sie gemeinsam erlebt hatten? Was bedeutete es?
Das war also die erste Begegnung mit Holger, die Marianne schriftlich festgehalten und in ihrem Kokon versenkt hatte. Sie beschloss, es heute darauf beruhen zu lassen und ein anderes Mal weiterzulesen. Diese Aufzeichnungen würden ihr dabei helfen, einer bestimmten Schönfärbung auf die Spur zu kommen. Oder einer Eintrübung ihres Blickes, dem sie ihr heutiges verletztes Selbstwertgefühl verdankte. Plötzlich sah sie sich den Faden weiterspinnen, in jene Zeit zurückversetzt, über die sie gerade gelesen hatte.

Sie wünschte sich damals, Holger bei sich empfangen zu können. Das ging ja nicht. Sie war schließlich verheiratet und wollte auf keinen Fall ins Gerede kommen. Witwen, das wusste sie, leisteten sich manches, sie pfiffen auf soziales Ansehen und Pflichten, und das wurde toleriert. Sie selbst war keine Witwe. Und wenn sie sich aus naheliegenden Gründen so benähme, würde das die Menschen ihrer Wohnstraße garantiert empören. Apropos Witwen, dachte sie. Heute dürften sie zahlreicher sein als früher. Es gibt Straßen, wo überwiegend Witwen wohnen. Ob sie selbst einmal zu ihnen gehören würde, irgendwann? Sie hatte doch schon mehrfach darüber geschrieben. Marianne zog eine der Geschichten hervor. Die Auswahl fiel ihr nicht schwer.

Die Straße der Witwen

Sie entstand während der Fünfzigerjahre in einem neuen Wohngebiet. Damals bot die Kommune bauwilligen Paaren Gelegenheit, sich ein Eigenheim zu schaffen. Die meisten Leute konnten sich das Haus nur durch viel eingesetzte Eigenarbeit leisten. So wie die Häuser nun in die Jahre gekommen sind, sind es auch ihre Bewohner.

In diesem Viertel bestätigt sich, was heute die demografische Forschung über die Lebenserwartung von Frauen und Männern zu berichten weiß. Die Statistik besagt, dass Männer durchschnittlich bis zu acht Jahre früher als Frauen sterben.

In der genannten Straße leben im Moment überdurchschnittlich viele Witwen. Von nur achtundvierzig Häusern befinden sich inzwischen zwölf in den Händen von Hausbesitzerinnen, die ohne männliche Partner leben. Fallen die eigentlich auf? Nur dadurch, dass ein kleiner, untersetzter Mann, Mitte sechzig, sie für die Beute seines Jagdgebietes hält. Er schleicht mehr oder weniger auffällig an den Häusern vorbei, auf dem Weg zur nah gelegenen Bushaltestelle oder zum Supermarkt, auch zum Arzt, worüber er jedes Mal bereitwillig Auskunft erteilt. Täglich wird er gesehen. Ab

und zu bleibt er stehen. Mal vor diesem, mal vor jenem Haus einer Witwe. Er wird als mitteilungsbedürftig wahrgenommen. Der Ton seiner Erzählungen klingt jammernd, lamentierend. So erfahren die Leute in der Nachbarschaft tröpfchenweise seine Wünsche, sein Befinden, und, im Laufe der Jahre, wie es kommen muss, seinen ganzen Lebensbericht.
Seine Frau ist ihm abgehauen, mit einem anderen – wie er sich ausdrückt. Er hat sich scheiden lassen. Bei der nächsten Gelegenheit lässt er sich lang und breit über seine Kinder aus. Diese seien auch nur auf sein Haus, sein Geld oder sein Auto scharf. Immer dann, wenn ihn der Weltschmerz überfällt, muss er einer Person in der Straße sein Leid klagen. Wie krank er sich im Moment fühle. Und dann, er wünsche sich nichts sehnlicher als eine Frau im Haus.
Wie, Sie meinen, Männer tratschen nicht?
Sie reden nicht über sich selbst?
Bei diesem ist das völlig anders. Seine Gedanken kreisen um das Witwen-Eldorado. Eigentlich müsste er schon lange eine an Land gezogen haben, was doch sein größter Wunsch ist. Aber weit gefehlt!
Betrachten wir uns einmal seinen Jagdgrund, die Witwen, näher.
Da lebt eine Frau, die hat ihren schwer kranken Partner über sehr lange Zeit, bis zum bitteren Ende, den Tod, begleitet. Er hatte Krebs. Sie wird das alles nie vergessen können. Sie will keinen Mann mehr an ihrer Seite. Sie kann sich an keinen mehr gewöhnen, sagt sie. Niemand darf ihren geliebten Mann ersetzen oder gar verdrängen, lautet ihre fast beschwörende Aussage.
Eine andere Frau wurde durch den Tod ihres Partners völlig überrascht. Er starb an einem Herzinfarkt. Sie hat inzwischen mehrere neue Tätigkeiten und Hobbys, die sie begeistern, und findet dadurch ihre Zeit ausgefüllt und lebenswert. Bei allem will sie frei entscheiden können und nie mehr bevormundet werden.
Eine Witwe, die ihr Haus fast am Ende der Straße hat, musste ihren Mann verhältnismäßig früh beerdigen. Sie hält ihren Garten

vorbildlich in Ordnung. Sie ist die Frau, die angesprochen werden kann, was Blumen, Pflanzen, Gewürze betrifft. Über alles, was mit der Natur zu tun hat, gibt sie bereitwillig Auskunft. Was wir schon ahnen können, all das will sie allein tun, ganz nach ihrem Rhythmus. Sie meint, da habe ihr niemand dreinzureden, sie sei die Expertin.

Wir merken, jede Frau hat ihre eigene Geschichte – als selbstbewusste Witwe.

Diejenige, die am anderen Ende der Straße wohnt, ist eine typische Oma. Sie entspricht also gängigen gesellschaftlichen Vorstellungen. Was das bedeutet? Sie verhält sich konform, so, wie sich die meisten Menschen auch heute noch eine Frau wünschen, die plötzlich ohne ihren langjährigen Partner leben muss. Sie betreut die Enkelchen, und diese Arbeit füllt sie total aus.

Die Witwe, die um die Ecke wohnt, ist schon seit Jahren sehr krank und dachte deswegen, sie würde als Erste sterben. Sie war fest davon überzeugt, der Tod träfe sie vor ihrem Mann. Medizinisch betrachtet hätte er sie überleben müssen. So rechnete sie gar nicht damit, jemals allein in dem großen Haus zu leben. Nun kommt sie über den jähen Abschied ihres Partners, über seinen Verlust und den damit verbundenen Schmerz nicht hinweg. Sie schleicht nur noch als Schatten ihrer selbst durch die Welt.

Freuen hingegen können sich die noch lebenden Paare an einer auch äußerlich sehr attraktiven Witwe.

Schon zu Lebzeiten ihres Mannes war sie immer sehr geschmackvoll gekleidet. Ins Auge sticht jedoch, dass sie sich seit dem Tod ihres Gatten eher auffällig anzieht. Die Blazer tragen alle leuchtenden Farben der Skala. Die Accessoires sind perfekt abgestimmt. Jede Woche geht sie zur Friseurin. Sie ist eine, die ihr Witwendasein in vollen Zügen richtig genießt. Sie spricht vieles aus, was andere vielleicht denken, doch nicht sagen wollen. Sie will auf keinen Fall mehr Kässocken waschen, und erst recht nicht mehr getragene männliche Unterhosen. Kurz, das sollen die Träger bitte selbst erledigen. Und in ihrem Bett brauche sich keiner

mehr breitzumachen. Und was das Geld betreffe, das könne sie schon selbst ausgeben.
Wenn wir die Straße der Witwen aus dieser Perspektive betrachten, dann hat unser freundlicher Bewerber keine große Auswahl. Die Witwen leben ihr eigenes Leben, sie arrangieren sich mit der veränderten Wirklichkeit.
Das gibt Anlass zu einigen Überlegungen und Fragen.
Sind die Frauen nach einer langen, aufopfernden Ehe nun ehemüde? Offensichtlich genießen manche es jetzt, ihre Wünsche in den Mittelpunkt stellen zu können. Ist die Ehe überhaupt noch eine anzustrebende Institution? Oder sollten wir uns noch einige Geschichten erzählen, bevor wir den Abgesang der Ehe anstimmen?
Das Thema ist spannend genug. Noch spannender wäre es, die genauen Hintergründe jener Lebensentwürfe zu erfahren, die im Hafen der Ehe dahinsiechen.
Jedenfalls gibt es inzwischen in fast jedem Stadtviertel und Dorf derartige Straßen. Die Straße der Witwen. Und ihrer Bewerber.

So liebenswert Marianne diese Beschreibung fand, die Lektüre bestätigte nur ihre Erinnerung an die damalige Scheu, Holger einzuladen und ihrer Nachbarschaft Gesprächsstoff zu bieten.
Sie grübelte. Welche Lösung hatte sie gefunden? Sie, deren Herz wie das einer Siebzehnjährigen klopfte, wenn sie an Holger dachte. Und sie hatte oft an ihn gedacht. Sie wusste sich verliebt. Und hatte sich nicht nur einmal gefragt, wie das weitergehen sollte. Die Spannung in Mariannes Gesicht verflüchtigte sich. Sie war verliebt gewesen, und was ist erfindungsreicher als die Liebe selbst? Sie findet und erfindet Wege, wo die Vernunft längst kapituliert.

Erlebnisse mit Holger

Eine befreundete Malerin plante einen Tag der offenen Tür, und die führte in deren Atelier. Sie hatte Marianne angefragt, eine

Bildbeschreibung beizusteuern und vorzulesen. Marianne wünschte sich, Holger könne dabei sein. Was lag näher, als die Gastgeberin zu bitten, ihm eine Einladung zukommen zu lassen! Worüber er Marianne sogleich in Kenntnis setzen musste.
„Ich hatte sowieso vor, zu dieser Veranstaltung anzureisen, mit dem Zug. Ich bin neugierig."
Und dann wartete er seinerseits mit einer Überraschung auf:
„Ich habe für Donnerstag, also noch vor dem Treffen bei der Malerin, eine Karte für den ‚*Flic Flac'-Zirkus* übrig. Ich hatte sie ursprünglich für meinen besten Freund Peter besorgt, der aber nicht mitgehen kann. Magst du? Ohne dich als Lückenbüßer zu fühlen. Ich lade dich ein. Ansonsten würde ich die teure Karte verfallen lassen. Sie hat sechsunddreißig Euro gekostet. Oder ich müsste sie rechtzeitig vor der Veranstaltung am Eingang der Zelte zu verkaufen suchen. Ich bitte dich, komm mit, ich habe gar keine Lust, die Karte weiterzuverkaufen. Außerdem fände ich es schön, mit dir zusammen zu sein."
Marianne sagte zu. Und es wurde ein Abend mit atemberaubenden Darbietungen. Angeregt, wie beide sich fühlten, steuerten sie ein Café gegenüber den Zelten am St.-Johanner-Markt an. Die Zweisamkeit gestaltete sich nicht weniger prickelnd als die Stunden zuvor. Sie unterhielten sich über Gott und die Welt – alle Zeit vergessend. Und Marianne erfuhr etwas über Holgers Leben. Er war geschieden, hatte zwei Kinder und verbrachte seine Tage allein in seinem Haus, da er pensioniert war. Marianne eröffnete ihm, dass ihr Mann zwar noch lebe, aber alkoholkrank sei, und sie dazu weiter nichts sagen wolle. Sie war wirklich nicht bereit, hier das zuletzt Erlebte preiszugeben. Einzig aus diesem Grunde kam ihr entgegen, dass die Bedienung andeutete, das Café schließen zu wollen. Holger begleitete sie in die Garage, in der sie ihr Auto geparkt hatte. Dort gab es dann ein Problem bei der Ausfahrt. Der Automat erkannte die gelöste Tageskarte nicht an, die Marianne für 5 Euro erstanden hatte, was wesentlich preiswerter war, als wenn sie die echt gepark-

ten Stunden hätte zahlen müssen. Ein junger Mann, dem das Gleiche passierte, der aber mit einem Handy ausgerüstet war, erledigte darüber das gemeinsame Problem, und sie konnte die Heimfahrt antreten.
Sie fühlte sich richtiggehend glücklich. Wie eine Schneekönigin freute sie sich auf den Freitagabend, der eine Fortsetzung des Zusammenseins mit Holger bieten würde; auch Lilli und Jakob wollten kommen. Sie hatte Holger die Hinfahrt in ihrem Auto angeboten; vielleicht fände er unter den Atelier-Besucherinnen und -Besuchern jemanden, der ihn wieder mit zurücknähme.
Holger stieg an der Haltestelle in ihrer Wohnstraße aus dem Bus. Ein Gewitter mit Platzregen ließ ihn in ungewöhnlich rascher Bewegung auf Mariannes Auto zuflüchten. Der Weg führte sie zuerst zu Lilli. Sie schien Holger auf Anhieb zu mögen, denn sie bot ihm sofort das Du an. Marianne registrierte, diese private Situation selbst eingefädelt zu haben.
Als es Zeit zum Aufbruch war, chauffierte Marianne den Wagen zum Atelier der Malerin, während Lilli nach Luxemburg fuhr, um, wie versprochen, Jakob abzuholen. Eine illustre Gesellschaft empfing sie. Fachsimpeleien in vollem Gange, der Bürgermeister des kleinen Ortes scharte eine kleine Gruppe um sich, worum es da wohl ging? Zur Bildvorstellung blieben noch etwa 35 Personen.

Harmonie, gemalt von U. B.

In dem weitläufigen Atelier der Malerin umherzuwandern und ihre Bilder sprechen zu lassen, entdeckte ich als ein inspirierendes Ereignis. Die Vielfalt der Formen und Farben regte alle meine Sinne an und ließ meine Fantasie Blüten treiben.
Unter den Werken war eines, das ich immer wieder anschauen musste, mich einfach nicht mehr losließ. Vielleicht, weil das Bild Gefühle und Gedanken in mir auslöste und zueinander finden ließ, was Worte nicht vermochten.

Seit dem Zeitpunkt der ersten Betrachtung ist dieses Gemälde in meinem Innern gespeichert, wie fotografisch festgehalten. Seine Form-Kreise können eine versammelnde Wirkung haben; sie symbolisieren einen weiblichen Aspekt. Die bildliche Darstellung hebt sich für das Auge wohltuend ab und steht im Kontrast zu den überwiegend männlich ausgerichteten Symbolen, beispielsweise der Industriekulturen und der Kunst, die ihnen gewidmet ist.

Dem Bild, das ich hier näher beschreibe, hat die Malerin den treffenden Titel Harmonie *gegeben. Was rufen Name und Bild hervor, was „sehe" ich? Die runden Gebilde identifiziere ich als Schneckenhäuser. Ich nehme ihre Form in verschiedenen Größen, farblichen Schattierungen und in zwei Richtungen drehend wahr. Der äußere Eingang zu den schneckenförmigen Windungen zeigt sich jeweils weit geöffnet. Beim Betrachten kommt die Assoziation auf, in die Windungen hineinschlüpfen zu können – oder etwas heraustönen zu hören. Dann stellt sich die Frage, ob die Häuser bewohnt oder unbewohnt, die Schnecken daheim oder heute außer Haus sind. Vorstellbar ist auch, ihre Kreis-Form in einem Ritual mit Personen nachzustellen, um sie abwechselnd als Labyrinth zu begehen. – Aber dies sind nur Gedankenspiele, die versuchen, der Faszination, die das Bild bewirkt, etwas Erkennbares abzugewinnen und somit ihre Wirkung in den Griff zu bekommen. Die Spiralform lässt mich zurückgehen bis zu den Urformen. Diejenigen, die an die Urknall-Theorie glauben, werden sicherlich angesichts dieser runden Formen an Spiralnebel denken, auch wenn die nicht so verdichtet in Erscheinung treten. Auf jeden Fall sind wir jetzt in ganz andere Zeiträume gerückt – die das Bild uns eröffnet. Ich denke an Mandalas! Deren alte Maltechnik stammt bekanntlich aus dem indischen Raum und gilt als eine Form der Meditation: der zu suchenden inneren Mitte wegen.* Harmonie, *das Bild der Malerin, lädt zum Meditieren ein. Es eignet sich hervorragend, weil die Augen gleichmäßig den Rundungen entlang wandern können und mittig zur Ruhe kommen, eine Mitte, die deutlich zu sehen und dann auch in einem selbst zu spüren ist. Die Farben üben diesbezüglich eine vermittelnde Wirkung aus. Während ich auf das Bild meditiere, schwimmen die Farben ineinander: Das Orange-Gelb des großen Schneckenhauses füllt das Zentrum meines Gesichtsfeldes aus, fließt dann weiter bis in meinen Mittelpunkt, wo es sich teilt. Als ich meine Augen wieder auf Normalsicht bringe und Distanz annehme, stelle ich auf dem Hintergrund meiner Erlebnisweise Nachforschungen darüber an, wie die speziellen Farben auf diesem Gemälde allgemein gedeutet werden. Die Farblehre weist den beiden Tönen Orange und Gelb archetypische Kraft zu, die auf den Ursprung von Feuer und Sonne zurückgeht. Ihre Wirkung, so heißt es, bestehe darin, eine heitere Stimmung auszulösen, die das natürliche Selbstbewusstsein anhebe.*[1] *Die Farben Gelb und Orange symbolisieren Erleuchtung, Intuition, sie bieten Zugang zur Lebensenergie. Links auf dem Bild, neben dem dominierenden Gebilde in Gelb, gibt es eine Figur in Lila, die im ersten Moment der Betrachtung ein wenig düster wirkt. Laut Farblehre steht diese Schattierung für Leid, Intuition und Reinigung. Sie symbolisiere die Überwindung der Mann-Frau-Dualität. Möglicherweise erklärt sich damit, weshalb die Farbe Lila während der Neueren Frauenbewegung (der 70er Jahre) so populär war. Allerdings ging es den meisten Trägerinnen dieser Farbe eher um die handfeste Anerkennung von Unterschieden. Gegensätzliches macht schließlich erst anziehend. Das spiegelt sich auch in der Farblehre wider, wo Lila als Mittelfarbe die zwei konträren Farben Rot und Blau verbindet. Wie die Farbe Lila ist auch Grün sowohl als Hintergrundfarbe und als Figur präsent. Das Grün wirkt ausgleichend und beruhigend. Auch ohne Deutungslehre verbinden wir Grün mit dem Leben der Natur, mit der viel beschworenen Hoffnung, und wir kennen das Grün in seiner Heilkraft für die Augen.*

---

[1] vgl. Murty, Kamala: *Malbuch Mandala*, Malen und meditieren mit dem uralten Lebenssymbol. Gestaltet von Klaus Holitzka, Otto Wilhelm Barth Verlag, Wien 1998, vierte Auflage.

Ein rotes Schneckenhaus ruht teilweise auf dem grünen und stützt das gelbe. Die längere Betrachtung des dunklen Rots hilft, die innere Ambivalenz aufzuspüren, da das Rot einerseits sich mit den Lebenskräften verbindet und also Leidenschaft und Energie fühlen lässt, andererseits aber auch an Hassgefühle, Zorn oder gar Todeswünsche rührt, die oft verdrängt oder tabuisiert werden, und umso (selbst-)zerstörerischer wirken. Rot, erläutert Kamala Murty in ihrem Mandala-Buch, ist die wärmste Farbe mit den stärksten Schwingungen. Durch Brauntöne abgedunkelt lässt es Erdverbundenheit erahnen.
Was teilt das Bild in seiner Gesamtkomposition mit?
Es ist ein ästhetisches Bild, das die Sinne konzentriert anspricht. Seine Größe von 70 x 70 cm überzeugt in der Wirkung des Betrachtens. Es hat für mich die innere Welt mit einer äußeren Welt zum Klingen gebracht. In diesem Sinne gibt es eine lebendige Wechselwirkung zwischen ihnen. Das verbindet mich stark mit der Malerin und Künstlerin.

Der Beifall holte alle in die Gegenwart zurück; erst jetzt nahm Marianne wieder einzelne Gesichter wahr. Holger verhielt sich zwar distanziert, aber ab und zu erhaschte sie seinen Blick, und der war verheißend liebevoll. Jakob lud zum Essen ein. Auch die beiden Männer schienen sich schnell zu verstehen. So verplauderten sie zu viert die Zeit, um gegen 22:30 Uhr festzustellen, dass es keine Person mehr gab, mit der Holger nach Saarbrücken hätte zurückfahren können. Auch den letzten Zug würde er nicht mehr erreichen.
Also fuhr Marianne Holger heim. An der Auffahrt zu seinem Haus beugte er sich zu ihr. Ohne sie weiter zu berühren, drückte er ihr einen schon viel heftigeren Kuss auf die Wange. Heftiger als der, der ihr vom Stadtrand her in Erinnerung war. Er streifte nur kurz ihre Lippen. Mariannes Geste war spontan: Sie tastete nach seiner Hand und drückte sie leicht gegen ihren eigenen Hals. Sie deutete ihm ihre Angst an. War das missverständlich?

Holger schien nicht zu verstehen. Woher auch. Das, was sie vor gar nicht langer Zeit erlebt hatte, das, was passiert war und vor allen Dingen wann - sie würde bald einmal mit ihm darüber sprechen müssen.
Aufgewühlt fuhr sie in ihre Wohnung zurück und schlich wie eine Diebin in ihre oberen Räume. Ihr Mann, der die untere Etage bewohnte, durfte sie auf gar keinen Fall hören. Schon im Flur roch sie den Alkohol - heute Nacht durfte nichts mehr passieren. Sie ergriff ihre Tasche und schlich auf dem gleichen Weg wieder zur Tür hinaus, um in rasendem Tempo zu Lilli zu fahren. Die saß doch tatsächlich vor ihrer eigenen Einfahrt im geparkten Auto und erwartete Marianne. Und da fiel es ihr ein. Lillis Hausschlüssel befand sich noch vom Nachmittag her in Mariannes Tasche. Beide lachten erleichtert auf und nutzten die Gelegenheit zu einem ausführlichen Austausch. Stoff gab es ja genug, trotz des gemeinsamen Abends, aber zu zweit sprach es sich erstens anders und als Schwestern sowieso. Marianne brannte darauf, Lillis Meinung über Holger zu hören. Und sie wollte ihre erfahrene Schwester auch nach einem Rat zu ihrer derzeitigen Situation fragen. So eröffnete sie Lilli, sich verliebt zu haben, und teilte ihr den Stand der Dinge mit. Lillis Reaktion endete überraschend für Marianne, das hatte sie nie und nimmer erwartet. Lillis Stimme klang fast beschwörend:
„Genieße es!“ Und dann: „Habe einmal Mut! Heute habe ich gesehen, dass diese Zuneigung nicht einseitig ist.“
Erst gegen 03:00 Uhr legten sie sich schlafen. Doch so überreizt wie Marianne sich fühlte, weckten sie wieder und wieder schreckhafte Bilder auf. Bis Marianne sie notierte. Da fand die arme Seele Ruh.
Still, die Augen auf einen unsichtbaren Punkt an der Zimmerdecke geheftet, blieb Marianne trotz des späten Morgens liegen. Die Angst quälte sie, die Angst in all ihren Facetten, die sie beim Abschiedskuss von Holger gespürt und die sie dann wieder im heimischen Hausflur überfallen hatte. Sie musste sich Lilli an-

vertrauen, schon sich selbst zuliebe, bevor sie mit irgendeinem anderen darüber sprach. Aus der Wohnung drang Geklapper an ihr Ohr. Lilli schien das Frühstück zu bereiten.
Das Telefon klingelte. Der Druck, aufzustehen und den Tag zu bewältigen, setzte ihr zu. Ehe sie panisch wurde, wollte sie einen nüchternen Brief an Lilli schreiben, hier und sofort. Würde sie vorher einen Fuß vor die Zimmertüre setzen, schluckte der Alltag sie.

Liebe Lilli,
allein mit mir und nüchtern betrachtet, ist nichts mehr so leicht, wie noch vor wenigen Stunden mit Dir gesprochen. Da ist erstens meine Angst, das Zusammensein mit Holger könnte zu schön werden. Ich könnte mich zu sehr verlieben. Ich fürchte, in meinem Alter würde das ziemlich lächerlich wirken. Weiter ist da die Angst vor zu viel Nähe. Die Angst vor Konflikten. Liebe kann verändern, aber dazu müsste ich es selbst wollen, mich infrage stellen. Bin ich nicht auch dafür schon zu lange selbständig gewachsen? Und wenn ich erst an die Ängste vor einer unausbleiblichen Intimität denke: sich zu entkleiden, den geliebten, älter gewordenen Körper den Blicken eines Mannes preiszugeben. Möchte ich mit diesem Mann verschmelzen? Geschieht es einfach? Kann ich, will ich diese Kontrolle aufgeben? Wie soll ich all diese Ängste nicht nur selbst annehmen, sondern wo nötig, auch noch vermitteln? Oder werde ich so souverän sein, mir die Zeit, den Raum zu nehmen, um meine Grenzen auszuloten? Muss das alles ausgesprochen werden? Und wenn nicht, dann setzt das voraus, einem klugen und sensiblen Mann begegnet zu sein! Du hörst, ich fühle mich überfordert und ganz kleinmütig heute Morgen. Sprich bitte mit mir, sobald es Deine Zeit erlaubt.
Nanni

Marianne faltete das Papier und ließ es auf dem Tisch liegen, die Gelegenheit einer Übergabe würde sich finden.

Lilli hatte tatsächlich ein opulentes Frühstück angerichtet. Doch schon bald meldete sich das Telefon. Es war Holger. Er verriet Lilli, sich bei Jakob noch einmal für die gestrige Einladung bedankt und bei der Gelegenheit auch Lillis Telefonnummer erhalten zu haben. Lilli gab den Hörer an Marianne weiter. Das Gespräch dauerte geschlagene eineinhalb Stunden. Zusehends war der Ton zwischen ihnen vertrauter geworden – fast intim. Marianne sprach von ihren Schrecken der Nacht, die sie notiert hatte, sie verspürte den Drang, sie Holger mitzuteilen. Und plötzlich fiel zum ersten Mal das Wort Liebe, mit dem Holger ihre Ängste wegpusten wollte.
Der Augusttag wurde für Marianne schöner als erwartet. Trotz der manchmal aufblitzenden Bilder, die sie nachdenklich stimmten. Sie, Marianne, eine nach außen recht resolut wirkende Person, die gar als Powerfrau galt – war im Kern so weich? Im Innern vor Angst manchmal so klein? Auch wenn das niemand glauben würde, diese Ängste waren da; und Marianne nahm sie ernst.

Nur einige Tage später fuhr Marianne nach Lothringen. Im Chalet war wieder einmal nach dem Rechten zu sehen, es sollte bewohnt und staubfrei werden. Sie rüstete sich für diese körperlich schwere Arbeit mit Köstlichkeiten, die sie unterwegs in ihren bevorzugten Geschäften erstand, Trauben und kerniges Brot, gesalzene Butter und Pastete.
Am zweiten Tag fiel nachmittags der Strom aus. Zuerst nahm Marianne es persönlich: ‚Wo du hinkommst, geht alles kaputt.' Dann stellte sich heraus, dass die gesamte Nachbarschaft stromlos ausharrte. Nach der Schadensregulierung rief Mariannes Ehemann an. An seiner undeutlichen wie unzusammenhängenden Aussprache erkannte sie sofort, dass er betrunken war. Egal, ob Alkohol allein oder Tabletten mit Alkohol, er war in einem Rückfall gestrandet. Mit schwerer Zunge rang er sich ein „Oh, du kommscht zurück?" ab.

Und in die entstehende Pause hinein stammelte er:
„Was haschte gemacht?"
Sie versuchte ihm zu erklären, was nachmittags passiert war. Und dass sie den Sicherungskasten überprüft habe. Sie wollte am Telefon keine Diskussion beginnen und legte auf. Anschließend musste sie jedoch um den Weiher radeln. Sie war wahnsinnig enttäuscht und wollte ihren Frust herunterstrampeln.

An einem dieser Morgen sah sie auf den Kalender und fragte sich: ‚Fünf Tage lüften und säubern und scheuern, und trotzdem geht es mir gut. Macht das die Liebe in mir?' Sogar die Schlager im Radio hörten sich plötzlich anders an. Im Moment tönte die unverkennbare Stimme des Schmusesängers Jürgen Marcus durch den Raum, der nicht gerade zu ihren Favoriten zählte:
Eine neue Liebe ist wie ein neues Leben ...
Ja, so ist es, die Liebe verleiht Flügel, selbst einem blöden Schlager.
Dennoch, fünf Tage im Chalet – Ordnung schaffend selbst am See –, zum Glück gab es mehrere Einladungen. Christel, eine aufmerksame Nachbarin, brachte ihr ein Eimerchen Mirabellen. Bella, ihre exklusive Weiherfreundin, kam zu Besuch. Der geriet zu einem echten Austausch unter familiär eingebundenen Frauen. Danach erfolgte der Gegenbesuch einer befreundeten Anrainerin, die mit einem, laut eigener Aussage, *frommen* Mann liiert war. Marianne hatte den Abend zuvor mit den beiden verbracht, deren großes Verständnis für Mariannes schwieriges Eheleben sie sehr schätzte. Zuletzt spielten sie gemeinsam Rummy Cup. Es war lustig geworden, und Marianne fühlte sich bei ihnen angenommen und aufgehoben.
Am Nachmittag darauf traf sie sich mit ehemaligen Volleyballfreunden. Es gab sechs selbstgebackene Kuchen für sieben Personen. Reichte das auch? Die Kinder dieser Leute hatten untereinander eigene Freundschaften entwickelt, manche hielten

nicht nur in Ferienzeiten daran fest. Mariannes Sohn Luka gehörte dazu, die Kinder gingen in den Familien ein und aus.
Am gleichen Tag waren zwei Ehepaare bei Mariannes Nachbarin eingetroffen, die Kaufabsichten hegten. Ihre beiden Hunde hatten sie auch gleich mitgebracht. ‚Das kann ja heiter werden', dachte Marianne, die Hunde noch nie ausstehen konnte. Deshalb musste sie auch gleich kundtun:
„Wer im Leben viermal gebissen worden ist, hat keinen Bock auf Hunde."
Was sie am meisten nervte, war, dass Herrchen wie Frauchen stets unaufgefordert prophezeiten:
„Der beißt nicht!"
Das seltsame Lächeln, das sie dabei aufsetzten, machte die Sache um keinen Deut glaubwürdiger, im Gegenteil.
Das Haus erstrahlte Stück für Stück wieder in seinem alten Glanz. An diesem Sonntag wollte sie auf der Terrasse sitzend ihr *Werk* in Ruhe genießen. Sie schaute sich nach einem geeigneten Stuhl um. Alle wiesen hohe Lehnen auf, sämtliche Ast- oder sonstigen Löcher waren von Ungeziefer und Dreck befreit. Selbst im Toilettenraum stank es nicht mehr nach künstlichen Tannennadeln, freute sich Marianne.
Bevor sie endlich das mitgebrachte Buch hervorholte und sich einen der Stühle angelte, wollte sie einen kurzen Abstecher ans Wasser machen. Die Gemeindeverwaltung hatte den Weiher leerlaufen lassen, sie konnte versuchen, diese Angelegenheit in einem Gedicht festzuhalten. Sie setzte sich auf den Steg und ließ ihren Blick über die Landschaft gleiten, die sich ihr bot. Den Stift und das Papier zur Hand. Es kamen keine dichterischen Worte vorbei. Nach längerem Schauen, das nichts mehr fixierte und Marianne meditativ stimmte, begann sie langsam zu notieren.

Die Mondlandschaft

Gewässer, das ich liebe!

Ja, ich spreche von dir. Ich muss dir einmal erzählen, wie viel du mir bedeutest. Wie du vor mir liegst – ganz still, glatt wie ein Spiegel. Auf deiner Oberfläche sehe ich den gegenüberliegenden Wald wie ein Gemälde. Mein heiß geliebter Weiher Etang de Hirbach. Seit über vierzig Jahren begeistert mich die Vielfalt deiner Facetten, die du mir immer neu bietest. Schon wie du eingebettet liegst in der Landschaft, in der ich mich seit Jahrzehnten im Sommer erhole, umgeben von den Dörfern Lothringens. Doch ohne dich, mit deinen vielen Armen, die die Wälder umschließen, könnte mir die ganze Gegend gestohlen bleiben. Du, der mein Verlangen nach Wasser stillt. Du erkennst mich doch wieder? Ich bin die begeisterte Schwimmerin, die dich jedes Jahr aufs Neue genießt, und das sogar mehrere Male am Tag. Es ist nicht nur die angenehme Abkühlung, die schon Grund genug böte, so begeistert zu sein. Nein, es ist auch das Gefühl, wie mein Körper von deinem Nass umspült wird, mir und meinen kranken Gliedern Linderung bringt. Du gestattest all die Übungen, die ich ihretwegen übermütig in dir ausführe. Und lässt mich die Entspannung erleben, wenn ich mit Freundinnen oder meiner Schwester fast deine gesamte Länge bis ans andere Ufer durchschwommen habe.

Als ich noch viel jünger war – erinnere dich – und du, aufgewühlt vom Wind, mir Wellen angeboten hast, konnte ich mich im Segelboot mit dir messen. Ich vermisse diese wilden Ritte auf den Schaumkronen. Inzwischen ein wenig älter und bescheidener geworden, ist es mir wichtig, dir zu sagen, wie traurig ich wäre, gäbe es dich nicht mehr. Den gesamten Platz mit Haus und Tennisfeld würde ich auf der Stelle verkaufen.

Im vergangenen Jahr wäre die Hitze bis zu 38 Grad ohne dich unaushaltbar gewesen – für alle, die hier um dich herum weilen. Besonders deine dunkle Tiefe lädt dann dazu ein, kopfüber in sie hineinzustürzen. Noch in diesem Wagemut fühle ich mich mit dir verbunden. Weißt du eigentlich, dass es Personen gibt, denen etwas entgeht, wenn sie dir ein Schwimmbad vorziehen, nur weil das Wasser um vieles klarer wirkt? Sie nehmen Chlorgeruch in

Kauf und wissen nichts von deinem biologischen Leben, von deinem aus natürlichen Quellen und Bächen genährten Wasser.
Heute stehe ich wieder einmal vor dir.
Ich leide, wenn ich dich in deinem jetzigen Zustand sehe.
Ausgetrocknet! Eine perfekte Mondlandschaft. Die Stege ragen aus dem braungrauen Schlamm wie dahin geklatschte, lang gezogene Gespenster, ihre dünnen Beine aus Rohren wirken hässlich und die ehemals nützlichen Zugänge und Absperrungen sinnlos lächerlich. Absurd!
Erst jetzt, wo du leer von Leben ein gähnendes Loch bist, stelle ich fest, was dir die Menschen im Laufe der letzten zehn bis fünfzehn Jahre angetan haben. Ich hoffe, es entlastet dich, wenn ich diesen angefüllten Eimer Wohlstandsmüll einer Tonne übergebe: Flaschen, zerbrochenes Glas, Angelschnüre, noch mit Haken versehen, halbe und ganze Muscheln, Plastikteile, stinkende Lappen und vieles mehr. In der Mitte deines Bettes steckt noch ein halb eingesunkenes Boot, an anderen Stellen vergammeln alte Autoreifen.
Die Menschen, die der Gemeinde vorstehen, hatten beschlossen, dein Wasser abzulassen. Uns haben sie erzählt, es sei von Zeit zu Zeit nötig, das Wasser zu erneuern. Ich weiß ja selbst, dass du im vergangenen Jahr „gekippt" wärest, wenn es nicht geregnet hätte. Es gab Tage, an denen warst du grün, giftgrün, voller Algen. Gegen Saisonende hieß es, wir sollten nicht mehr in dir schwimmen. Die Tantalusqualen waren kaum auszuhalten angesichts meiner Erinnerung an deine kühlen Fluten. Jetzt plagen mich Fragen:
Wirst du im nächsten Jahr wieder deine gesamte Fläche einnehmen?
Wird es ausreichend regnen, sodass du deine Fülle zurückerhältst?
Sie wollen auch die Kaimauer reparieren, das sei unbedingt erforderlich. Und dann, wenn du wieder in voller Wasserpracht erstrahlst, soll in dir eine neue Fischbrut heranwachsen. Ich bin gespannt!

Weiher, ich möchte mich bei dem Wüstenanblick, den du bietest, an den vergangenen Sommer erinnern. Was haben die Kinder Spaß gehabt. Wie haben sie dich mit ihren Sprüngen traktiert, obwohl ich denke, es war kein Traktieren, für sie war es Spaß pur. Du hast mitgespielt, indem du durch riesige Spritzer zeigtest, dass du dich mit ihnen freust. Da schwamm Mascha, die kleine, etwas pummelige Göre, das erste Mal in ihrem sechsjährigen Leben bis auf deine Gegenseite. Bezeichnend war, dass sie sich stets die Nase zuhielt, sobald sie zum Sprung ansetzte. Die beiden Janniks, der eine blond, der andere dunkelhaarig, wollten sich immer ins Wasser „bomben", was auf Fotos festgehalten wurde. Das konnte zwanzig Mal passieren. Marie und Jannes, die Geschwister, die sich liebend gern in dir vergnügten, befürchteten schon, dass wir im nächsten Jahr mit lechzender Zunge vor deinem halb gefüllten Becken sitzen und ganz traurig sein würden. Ich vermisse außer diesen quirligen Kindern noch anderes Leben aus den Sommertagen. Ich sehe keines der mir lieb gewordenen Tiere. Wo sind die Schwäne mit ihren Jungen, die jetzt bestimmt schon ausgewachsen sind? Die Blesshühner mit ihrem Gepiepe? Die Enten in ihrer Pracht entdecke ich nirgendwo mehr. Oder den majestätischen Reiher in seiner Schönheit. Es gab die Haubentaucher, bald hier und bald da auftauchend, mit Fischen im Schnabel. In diesem Moment spüre ich, was noch alles fehlt, zum Beispiel die hochspringenden Fische – die mich beim Sonnen auf dem Steg aufschreckten –, oft riesige Prachtexemplare. Wenn ich jetzt diese Mondlandschaft betrachte, empfinde ich, als seiest du gestorben.
Deshalb muss ich jetzt gehen.
Diesen Anblick kann ich nicht ertragen.
Er zieht mich ganz tief runter, er macht mich schwer.
Auf Wiedersehen, mein geliebter Weiher, bis zum nächsten Jahr und hoffentlich mit frischem Wasser randvoll gefüllt.

Marianne las das Geschriebene noch einmal durch und war zufrieden. Ihr Blick fiel auf den Nachbarsteg und blieb fasziniert an einem Reiher haften. Wie versteinert stand er da, auf einem Bein. Als sei er aus Plastik und diene der Dekoration. Irgendwie grotesk in dieser Umgebung. Das war sie, die Inspiration, die ihr zuvor gefehlt hatte. Sie ergriff ein leeres Blatt und die Gedanken flossen aufs Papier:

Der alte Reiher

Der alte Reiher
Er steht am Weiher
Auf einem Steg

Er steht ganz still
Denn klar er will
Den fetten Fisch

Er war sehr scheu
Und das ist neu
Dass er so nah

Seit dreißig Jahren
Kennt er Gefahren
Die ihn bedroh' n

Er legt seine Eier
Weit weg vom Weiher
Sicher ins Versteck

Der alte Reiher
Hebt ab übern Weiher
Und er entschwebt.

Marianne ging ruhigen Schrittes zurück zur Terrasse. Das Buch erwartete sie. Nein, doch nicht. Jan erschien, der Sohn ihrer

Weiherfreundin Bela. Wenig später unterhielt er sie mit einem E-Gitarren-Konzert. Sein Repertoire reichte von Nirwana bis zu den Beatles, er sang sogar dazu. Bei *Let it be ...* stimmte Marianne ein ...

Würde sie jetzt zum Lesen kommen? So gern sie Besuch empfing, so sehr sie die Zuwendung der vielen Freundinnen und Freunde genoss, sie benötigte immer wieder Stille und Ruhe, um gewisse Gedanken weiterzuspinnen oder zu Ende zu bringen, insbesondere in dieser Zeit ihrer wachsenden Beziehung mit Holger.

Während ihrer Arbeiten im Haus, auf der Terrasse, am See, hatte sie manchmal abrupt die Sachen aus der Hand gelegt, einen Stift gesucht, einen Fetzen freies Papier, um einen Gedankensplitter festzuhalten, etwas Unbewältigtes niederzuschreiben. Meistens drehte es sich dabei um einen neuen Aspekt oder eine andere Sicht auf die Dialoge zwischen Holger und ihr, die sich nach Beendigung des Gesprächs monologisch und mäandernd in ihr ausbreiteten. Wenn Holger dann und wann anrief, kam sie darauf zurück, teilte ihm ihre Überlegungen mit, ihre Vermutungen, auch Unterstellungen, las ihm manches wörtlich vor. Sie war extrem auf ihn eingestellt. Und sie spürte, wie die Telefongespräche zwischen ihnen zunehmend Intimitäten erlaubten, wenn nicht erotische Spannungen erzeugten. Holger war deutlich geworden:

„Ich habe Lust, nicht nur mit dir zu sprechen, sondern ich möchte mit dir schlafen."

Marianne, noch ganz Abwehr und doch Gespielin, konterte:

„Schlafen? Meinst du das wirklich? Das kannst du gerne haben! Ich vermutete schon, du wolltest dich körperlich vereinen oder Zärtlichkeiten austauschen."

Die gröberen Ausdrücke, die Marianne sehr wohl kannte, vermied sie geflissentlich. Sie hatte Holger Lilli gegenüber einmal indigniert von Mariannes Verbalinjurien sprechen hören ... Schließlich wollte sie ihm ja nicht unangenehm auffallen, sondern gefallen. Und so hatte auch jenes Telefonat in Marianne sein Echo, das sie aufzeichnete.

Dein ausgesprochener Schlafwunsch, lieber Holger, Dein Bedürfnis und seine Erfüllung, provozieren meine Gedanken. Du kennst ja einige Frauen, wie ich weiß. Benötigst Du eine zum Reisen, eine für Gespräche, eine Muse zum Denken, eine zur Inspiration, eine Frau zum Repräsentieren, eine, die politisch interessiert ist, eine für musische Stunden, eine für Zärtlichkeiten und eine andere für Deine Sexualität? Und träumst Du vielleicht von einer Frau, die all diese Eigenschaften in sich vereint?
Lass sie Dir doch am besten vom Bäcker backen!
Oder welche Rolle hast Du mir zugedacht?

Marianne hatte Holger diese Zeilen nicht vorenthalten. Er zog es vor zu schweigen.
Doch wusste sie zu diesem Zeitpunkt bereits, dass Holgers Fremdgängerei zum Scheidungsgrund geworden war. Es gab viele Freundinnen, genauer gesagt, Geliebte in seinem Leben.

Marianne hielt sich immer noch in ihrem Feriendomizil auf, als Holger sie um ein Treffen bat. Die Vorstellung, ihn wiederzusehen, belebte sie auf der Stelle. Sie planten für den kommenden Tag einen Ausflug in die Vogesen.
Kaum hatten sie den Wagen am Waldrand eines kleinen Ortes geparkt, sagte Holger geheimnisvoll:
„Lass dich überraschen.“
Bereitwillig ließ sie sich entführen und überließ Holger die Regie. Den ersten Halt legten sie in Sarre-Union ein. Als sie weiter durch die Altstadt schlenderten, fiel ihnen ein außergewöhnlich blumenreicher Hofeingang auf. Eine ältere Frau lächelte einladend, bald plauderten sie miteinander. Mariannes Blick verfing sich in der Kette, die diese Frau zu ihrem einfachen Kattunkleid trug. Ein Hugenottenkreuz zierte ihren weichen Hals, das im

Unterschied zum Malteserkreuz mit acht Perlen besetzt war. ‚Woran erinnert mich dieses Kreuz nur?', überlegte Marianne. ‚Ja, dazu fällt mir eine Geschichte aus den frühen fünfziger Jahren ein.' Die Frau war inzwischen weiter in den Hofeingang getreten und erläuterte das Gedeihen ihrer Blumen, die Holger und Marianne bewundert hatten. Das seien Trompetenblumen, die sie in den hier vertretenen Farben selbst gezüchtet habe; die Frau deutete mit geöffneter Hand auf ein leuchtendes Orange, auf weiße, gelbe und lilafarbene Blüten. Sie seien zwar giftig, aber sie liebe diese Pracht, die ja auch die beiden Besucher angezogen habe. Unmerklich waren Mariannes Gedanken abgeschweift.

Ach ja, Trompetenblumen!
Überhaupt Blumen. Biologie war eines meiner Lieblingsfächer in der guten alten Lateinschule in Meisenheim am Glan. Mit dem skurrilen Studienrat Wiemann, der mir in Bio immer eine Zwei gegeben hat. Verdientermaßen?
Schulfreund Hans hatte mich irgendeines Tags in gestelzten Worten um ein Treffen gebeten. Mittags, auf dem Steg. Er wollte mit mir im Tal spazieren gehen. Komisch, wie gestelzt er auf einmal sprach, aber ich war gern mit ihm zusammen, deshalb sagte ich zu. Unter der Bedingung, mit den Hausaufgaben fertig zu sein.
Als ich am Steg ankam, winkte mir Hans schon entgegen. Er nahm meine Hand und genauso wanderten wir den Berg hinauf.
Das war eine Kuriosität in dem schönen Städtchen Meisenheim am Glan. Dieser kleine Berg wird Tal genannt. Also wenn gefragt wird: ‚Wo geht ihr denn hin?', lautet die Antwort: ‚Ins Tal!'
Auf dem wenig Platz bietenden Plateau angekommen, überschauten wir beide das Städtchen mit seinen markanten Kirchen und der noch zu erkennenden alten Stadtmauer. Ein faszinierender Blick. Hans schmuste ein wenig mit mir. Mehr war zu dieser Zeit und in diesem Alter nicht erlaubt. Ich blickte wie zufällig auf den Boden, der eine spärliche Vegetation aufwies.

„Hans, schau", machte ich meinen Freund aufmerksam, „das, was du da blühen siehst, ist das weiße Waldvögelein. Erinnerst du dich, als wir die Orchideen durchnahmen und uns Herr Wiemann die heimischen Orchideen erklärte, sprach er vom weißen Waldvögelein, das zwar hier in dieser Gegend nicht wachsen würde, aber zur Gattung gehöre, wie das gefleckte Knabenkraut. Nur das Knabenkraut würde es feucht benötigen, deshalb steht es unten am Ufer des Glans, und das Waldvögelein will es trocken haben und steht hier. Das werde ich morgen Früh in der Biologiestunde Herrn Wiemann berichten."
Hans protestierte, glaubte es nicht, stritt aber nicht mit mir und meinte:
„Pflück es, ich gebe dir ein Taschentuch, um es bis morgen Früh aufzubewahren."
„Nein, nein, nein, erinnere dich, was hat uns der Biolehrer geraten? Wir sollen es markieren, aber stehen lassen, denn diese Blume würde ihre schöne weiße Farbe verlieren und welken."
Hans suchte sechs Stöckchen, die wir zusammen als Markierung um die Blume einklopften.
Am nächsten Morgen in der Biostunde meldete ich mich, und Herr Wiemann fragte, was ich denn zu berichten habe. Ich erzählte von meiner Entdeckung. Er wollte wissen, ob ich die Stelle wiederfände. Stolz bestätigte ich die Markierung durch die Stöckchen. Er bat mich, nach den Unterrichtsstunden mit ihm ins Tal zu gehen, nachsehen, ob mein Fund wirklich das weiße Waldvögelein sei. Er wollte seinen Fotoapparat mitnehmen, um diesen seltenen Fund zu dokumentieren. Punkt 13:15 Uhr stand Herr Wiemann, mit Hut, Stock und Kamera ausgerüstet, vor der Schule. Wir wanderten den gewohnten Weg hinauf. Ich fand die Stelle sofort. Mein Biologiestudienrat stand wie angewurzelt. Dann nahm er seine Kamera mit speziellen Objektiven und fotografierte diese kleine weiße Orchideenart von allen Seiten. Er sagte nichts. Ich hatte das Gefühl, es ist für ihn etwas Wunderbares. Auf dem Heimweg bedankte er sich, indem er mich sehr lobte, alles richtig gemacht zu

haben. Ab dann habe ich immer eine Zwei in Biologie einheimsen können.
Drei Tage später las mir meine Großmutter einen Bericht aus dem Meisenheimer Anzeiger vor, der ungefähr so lautete:
„Unser Biologe Herr Wiemann, der an der hiesigen Lateinschule Biologie unterrichtet, hat im Tal das aus der seltenen Art und Gattung der Orchideen stammende Weiße Waldvögelein gefunden."
Mit Bild und genauer Beschreibung.
„Nanni, weißt du, das finde ich nicht gerecht, du hast es doch gefunden", hielt meine Großmutter dagegen. Dazu musste Großvater auch noch seinen Senf abgeben, indem er behauptete:
„Das ist doch immer so. Das Pferd, das den Hafer verdient, bekommt ihn meistens nicht."

Holger stieß leicht gegen Marianne:
„Träumst du? Komm, lass uns weitergehen."
Das nächste Ziel war Phalsbourg. Sie suchten nach einem geeigneten Platz für eine Pause. Marianne überraschte Holger mit einer kleinen Köstlichkeit. Die Mirabellen, die Christel ihr geschenkt hatte – für Marmelade waren es zu wenige, zum Essen zu viele –, waren zu einem Kuchen verarbeitet worden. Für die lieben Nachbarn und natürlich auch für den Eigenbedarf. Zwei Stücke waren noch übrig geblieben. Auf dem Platz vor dem Dom saßen die beiden nun, auf der Bank eng aneinander geschmiegt. Holger genoss den feinen Kuchen, wie er anerkennend sagte, und fütterte Marianne mit mundgerechten Brocken. Der Ausdruck in den Gesichtern vorübergehender Passanten war leicht zu entziffern: *Da schau, zwei alte Verliebte.* Wortlos lachten die beiden dann los, nur glücklich. Den Durst stillten sie durch ihre mitgebrachte Apfelsaftschorle.
Als sie das Auto wieder erreicht hatten, schlug Holger vor:
„Wir fahren nach Dabo. Ich möchte es dir zeigen. Oder kennst du Dabo schon?"
Marianne schüttelte den Kopf:

„Ich bin seit 43 Jahren in Lothringen und dem nahen Elsass fast zu Hause, aber noch nie in Dabo gewesen."
In angenehmem Tempo fuhren sie die Serpentinen hinauf zum Autoabstellplatz. Von hier aus sollte es zu Fuß weitergehen auf den Felsen, wo es eine kleine Kapelle oder etwas in der Art zu besichtigen gab. Erst einmal aber eilten sie zu der Mauer des Platzes. Ein sagenhafter Rundblick tat sich vor ihnen auf.
Als Marianne sich schließlich umwandte, sah sie Holger mit dem Rücken gegen sein Auto gelehnt still dastehen. Dieser Anblick schien sie zu ermutigen. Sie kam näher und näher, um sich dann über ihn zu legen. Ruhig fragte er, ob sie nicht fürchte, die Leute zu brüskieren. In diesem Moment war ihr das gleichgültig.
„Ich werde dich irgendwann verführen", flüsterte sie stattdessen und spürte ihn animiert. Erst als sie sich voneinander lösten und die Wendeltreppe zur Aussichtsplattform hinaufgingen, berührten sie sich erneut und fielen im Austausch heißer Küsse ineinander. Wie ausgehungert nach Zärtlichkeit. Ein Absatz im Felsvorsprung, ein schummriges Licht boten ihnen den nötigen Schutz. Auf der Plattform angelangt, bot sich ihnen ein Panorama mit traumhaftem Weitblick durch das mitspielende Wetter. Am Horizont war der Donnon zu erkennen. Dicht aneinandergeschmiegt standen sie versunken im Blick auf die Berge. Vor lauter Spüren und Küssen hatten sie völlig vergessen, die Kapelle zu besichtigen, stellte Holger später lächelnd fest. Selbst die Ansichtskarten fehlten, die er sonst immer erstand. Sie fuhren zurück in Richtung Lothringen. Holger entdeckte einen kleinen Ernteweg. Dort fand das Auto einen schattigen Platz. Sie stiegen aus, um ein wenig zu laufen. Marianne hatten es die Kühe mit ihren Kälbchen angetan. Als wolle sie Holger zu einer kleinen Wette herausfordern, behauptete Marianne:
„Ich kann sie locken, sodass sie zu uns an den Zaun kommen."
Bei den Grimassen, die sie schnitt, kamen sie wirklich angetrottet. Neugierig, eine Kuh nach der anderen, die Jungtiere hinterdrein. Holger krümmte sich vor Lachen. Gelöst und belustigt

wanderten sie den Weg weiter über ein abgeerntetes Feld, das, inzwischen zugewachsen, wie eine Wiese aussah. Noch wenige Schritte, und Holgers Hände strichen liebevoll Mariannes ganzen Körper entlang, der ihnen nachgab, dahinschmolz. Seine Finger glitten unter das Top. Begleitet von feuchten Küssen, die Begierde ahnen ließen und von Begehren sprachen.
„Am liebsten würde ich dir den BH ausziehen", hörte Marianne ihn an ihrem Ohr flüstern.
Als sie voneinander abließen, fröstelte es Marianne. Die Luft war frisch geworden, außerdem machte sich inzwischen der Hunger bemerkbar, wie auch Holger gestand. Auf der langen, langsamen Rückfahrt hielten sie nach einem passenden Lokal Ausschau, um eine Kleinigkeit zu essen. Sechs bis acht Gasthäuser, die normalerweise auch verköstigten, waren jedoch entweder geschlossen oder bereiteten keinen Imbiss mehr zu. Holger bemerkte mit einem raschen Seitenblick auf Marianne:
„Wie schön, dass du nicht schimpfst. Ich kenne viele Frauen, die dann nicht mehr zu ertragen sind."
‚Oh, viele Frauen!', durchfuhr es Marianne. Laut sagte sie:
„In solchen Dingen bin ich unkompliziert."
Selbst in Mittersheim, wo Marianne doch noch auf eine Stärkung hoffte, gab es nichts. Holger kam auf die glänzende Idee, es in Sarreguemines am Hafen zu versuchen. Und tatsächlich, dort bereitete man ihnen zwei ausgezeichnete Salate der Saison zu. Mit dieser Mahlzeit fand der Abend seinen Abschluss. Bis auf den kussreichen Abschied am Auto.

Dann kam der Tag, an dem Mariannes erstgeborener Sohn Ansgar aus der Bretagne im Chalet anrief. Er war ziemlich schlecht drauf; wie sie vermutete, wieder einmal durch Überarbeitung. Ohne eine Frage nach Mariannes Befinden, legte er dreist los. Er sei auf der Heimreise, Marianne müsse ihn am Abend empfangen. Er habe ein Anrecht, im Haus zu sein; ob der Schlüssel noch an der ausgemachten Stelle liege? Er selbst sei mit Senta, einer

Französin, unterwegs und wolle nicht in ein Hotel gehen. Ohne einen für Marianne ersichtlichen Zusammenhang gipfelte seine Selbsteinladung in dem Satz:
„Du bist schuld, dass mein Vater trinkt."
Marianne reagierte wie alarmiert. Sie wusste, da gab es nur eins: Ruhe bewahren und schnell weg. Sie informierte ihn knapp:
„Der Schlüssel liegt dort, wo du ihn immer gefunden hast. Das Haus ist blitzsauber. Bitte verlasse es so, wie du es vorfindest."
Was, wie sie beim nächsten Besuch feststellen würde, nicht der Fall sein würde.
Marianne wollte Ansgar nicht begegnen. Also packte sie nicht lange, sie warf ihre Sachen in eine Kiste, und ab ging die Post. Daheim angelangt, fand sie einen Zettel ihres Mannes vor, der ihr mitteilte, er sei wieder auf dem Weg an den Weiher.
Marianne überlegte nicht zweimal. Sie rief sofort ihre Schwester Lilli an, um sich bei ihr anzumelden. Die fackelte nicht lange:
„Komm sofort", schlug die verständnisvolle Lilli vor. Ein paar frische Sachen in den Koffer gelegt, und Marianne verließ eilig das Haus, das sie mit bösen Erinnerungen zu ersticken drohte.
Für die Strecke benötigte sie nur vierzig Minuten. Mit jedem Meter, den sie zurücklegte, entspannte sie sich mehr. Die kommenden Tage sollten auch für ihre Gastgeberin so anregend wie ausgeglichen sein, nahm Marianne sich vor.
Aber Lilli war bereits ausgeglichen. Und auch angeregt. Enthusiastisch berichtete Lilli von ihrem Urlaub, den sie wieder einmal auf Sardinien verbracht hatte. Marianne konnte sich davon einnehmen und endlich völlig fallen lassen.
Jakob erschien und erkundigte sich nach dem Stand der Dinge, bevor er sich lebhaft am Gespräch beteiligte. Dann lud er die beiden *Mädacha*, wie er die Schwestern liebevoll nannte, zu einem chinesischen Essen ein. Angeregt unterbreitete er Marianne seinen Plan, mit ihr und gemeinsamen Bekannten aus der Schreibgruppe etwas unternehmen zu wollen.

Am nächsten Tag, ein Sonntag, wollte Lilli Jakob nachmittags nach Weißkirchen fahren. Kurz vor der Abfahrt rief Holger an. Er erkundigte sich bei Marianne:
„Hast du Lust, mit mir zu meiner Mutter in die Pfalz zu fahren?“
Sie rechnete kurz nach. Eineinhalb Stunden reine Fahrtzeit musste sie in Betracht ziehen, und es war schon fast 15:00 Uhr. Sie verneinte, fragte aber im Gegenzug:
„Hast du Lust, mich bei Lilli zu besuchen? Ich bin allein.“
Holger sagte sofort zu.
Marianne duschte, kleidete sich chic an, zwischendurch legte sie ihre neue CD auf. Als der Song *Lady in red* erklang, klingelte es an der Haustür. Holger musste geflogen sein.
Bald tanzten sie ein wenig, küssten sich und zogen sich wie selbstverständlich aus. Allerdings lagen die Kleider im Raum verstreut. Was dann geschah, sah nach einem vorweggenommenen Traum aus. Sie landeten in einem Bett in Lillis Arbeitszimmer, das für Marianne reserviert war. Das langsame, zärtliche Tasten und Streicheln zwischen ihnen ließ die anfängliche Scheu dahinschwinden, beide Körper verschmolzen miteinander. Marianne hatte schon lange nicht mehr derart liebende Hände auf ihrer Haut verspürt. Verblüfft nahm sie ihre Veränderung wahr. Sie triefte vor Lust. Minuten, Stunden – diese Zeit schien außer Kraft gesetzt. Auf einmal hörte Marianne ein Geräusch der Tür. Lilli war schon zurückgekehrt, und, wie Marianne mit einem Blick auf die Uhr feststellte, eine halbe Stunde früher als angesprochen. Sie lagen noch im Bett. Lilli begrüßte Holger sehr souverän. Ein wenig betreten schüttelte er ihr die Hand. Es war aber auch keine alltägliche Situation. Beim Verlassen des Zimmers kündete Lilli an, ihre Blumen auf der Terrasse gießen zu wollen. Marianne raffte die Kleider zusammen, die noch verstreut im Wohnzimmer lagen. Nach dem gemeinsamen Duschen sollten Holger und sie wieder salonfähig ausschauen.
Dieser Nachmittag schien eine Wendung ihrer beider Beziehung eingeleitet zu haben. Sie saßen auf Lillis Sofa ganz dicht beiei-

nander. Holger streichelte Marianne, auch für Lilli unübersehbar, überall da, wo sich Liebende vor Dritten berühren konnten. „Lasst uns gemeinsam etwas essen gehen“, setzte Lilli dem ein Ende. Ihr Vorschlag fand sofort Beifall. Danach kehrten sie noch einmal in Lillis Wohnung zurück. Spät in der Nacht fuhr Holger nach Hause. Der Abschied voneinander fiel ihnen dennoch schwer. Verrückte Dinge raunten sie sich ins Ohr. Das Ganze zu wiederholen, war ein geteilter Wunsch. Und wie besonders er sich nach dieser Zweisamkeit fühle, äußerte Holger zuletzt. Obwohl er sich nicht hatte fallen lassen können.
Es war Ende August. Marianne webte an ihrem Kokon. Sie notierte Gedanken, Gefühle:

Gedanken zu Dir, über Dich und mich. Ich nehme wahr, ja, ich spüre, Du magst mich. Ich fühle, Du begehrst mich.
Ich genieße Deine zärtlichen Hände – die mich berühren.
Ich schmecke Deine Küsse – heiße und wilde. Ich sehne mich nach Dir. Ich bin glücklich. Was trennt uns? Warum konntest Du Dich nicht fallen lassen? Welche Hindernisse gibt es in Deinem klugen, aber auch konservativen Kopf? Angst vor Worten, die in einer Verschmelzung unbedacht gesagt sein wollen? Fühltest Du Dich überrascht, überrumpelt von unserer Liebe am Nachmittag? Sage es mir – bitte –, damit ich Dich verstehen kann.
Ich umarme Dich
Marianne

Vergeblich. Als Marianne Holger diese Zeilen vorlas – eines Abends am Kamin seines Wohnzimmers –, fand er nicht die richtigen Worte, wie er sagte, um ausdrücken zu können, was er dazu dachte.
Da saß sie dann und hatte sich doch geschworen, Holger auf keinen Fall in seinem Haus zu besuchen. Doch bei einem der letzten ihrer zahlreichen Telefongespräche hatte er sie eindringlich gebeten:

„Liebe Marianne, bitte komm hierher. Wir wissen beide, aus welchen Gründen ich nicht zu dir kommen kann."
Sie hatte einzig befürchtet, bei Holger auf die Frau zu treffen, die vor drei Jahren ausgezogen und inzwischen von ihm geschieden war. Diese Frau, so unterstellte Marianne, würde noch in jedem Raum zu erkennen sein. Falsch gedacht, wie sie später bemerken sollte. Zu Holgers Haus passte viel besser der Name *Junggesellenbude*.
Schließlich hatte sie ihre Skrupel überwinden können. Oder die Leidenschaft siegen lassen? Holger bereitete ihr damals einen liebevollen Empfang. Mit offenen Armen nahm er sie auf und schloss sie länger darin ein.
Er hatte auf dem Balkon mit vier Sesseln, Decken und Kissen ein gemütliches Plätzchen hergerichtet, um bei dem angenehm warmen und klaren Abend die Sterne beobachten zu können. Eine Flasche Sekt und auch Oliven standen bereit. Beide waren sehr gesprächig. Marianne stellte insgeheim fest, wie romantisch ihr dieser Mann erschien. Hatte sie sich das nicht immer gewünscht? Oder ahnte er das längst und gab sich dementsprechend? Leichte Berührungen zwischen ihnen lösten bald Lust aus. Holger stand auf, zeigte Marianne das Haus und erklärte, wo sie alles finden könne. Vom Flair seiner Ex-Frau war nichts mehr zu spüren. Oben, im ausgebauten Dachgeschoss, nahm eine große Matratze beide zu einem Liebesspiel auf. Holger nannte sie nicht mehr Marianne, dieser Name sei zum Flüstern nicht geeignet, sondern Nanni, er konnte den Kosenamen nicht oft genug wiederholen. Wie nahe sie ihm komme. Ihre Lustschreie begleiteten sie bis zum Höhepunkt. Für Marianne gehörten sie dazu. Wie selbstverständlich hörten sich ihre ausgesprochenen Zärtlichkeiten an, die das Verströmen und Überfließen bestätigten. Als sie sich endlich voneinander lösen konnten, war der neue Tag schon nicht mehr jung. Der später von Holger vorbereitete Brunch schmeckte nur köstlich. Als Marianne sich im Wohnraum ein wenig genauer umsah, äußerte Holger:

„Du siehst kritisch aus. Stört dich etwas? Ist es das Durcheinander oder der Staub? Oder liegt es an dieser Nacht?“
„Nein, mich stört nichts. Doch bin ich zum ersten Mal in meinem Leben Geliebte, und das genieße ich. Weder deine Unordnung noch der Staub tangieren mich. Das Bett, du und das Bad müssen reinlich sein. Ich bin nicht gekommen, um bei dir die Fenster zu putzen, wenn die schmutzig sind, und wenn ich nicht mehr hinaussehen kann, dann öffne ich sie. Ich werde hier weder waschen noch bügeln. Die Nacht, die will ich nicht kommentieren, denn ich bin glücklich.“
Holger nahm sie in die Arme und erläuterte:
„Das freut mich sehr. Bei meiner letzten Freundin geschah es, dass ihre erste Handlung folgende war: Sie nahm einen Eimer Wasser und putzte die Fenster. Wenn es damals auch bitter nötig gewesen war, es hat mich doch gewaltig gestört.“
Marianne wusste sich nur zu wiederholen.

Nanni fuhr am Nachmittag heim und legte sich hin. Bis gegen 16:00 Uhr schlief sie wie ein Murmeltier. Sie schaltete das Radio ein. Wie bestellt lief gerade die Melodie *Lady in red*, die Erinnerungen weckte.

Nach dem ersten wunderschönen Zusammensein in Holgers Wohnung freute sie sich, als er sie zwei Tage später erneut um einen Besuch bat. Ein Samstag. Gleicher Empfang. Fürsorglich platzierte Stühle, Sekt, Zärtlichkeiten und Sterne sehen. Lust auf intimere Nähe und mehr Haut. Und auf das Liebesnest. Was dann geschah, unterschied sich vom Liebesspiel zweier frisch Verliebten durch eine orgiastische Lust mit ihren erfinderischen Variationen. Bis sie feststellten, dass über fünf Stunden vergangen waren. Ihr Liebster, wie Nanni Holger jetzt nannte, bat sie zu bleiben. Sie blieb!
Nur wenige Zeilen brachte sie zu Papier, das sie erst einmal zu ihrem Kokon legte.

Was bestimmt mich, was will ich? Dich sehen! Nähe mit Dir. Die zarten Blitze Deiner Augen wahrnehmen. Sehen, hören, spüren, dass Du mich magst. Begehrst. Es an Deiner Stimme hören. Zusammen sein. Gemeinsam Liebe machen. Dich ganz und gar spüren. Deine Arme um mich fühlen. Ich will Dich. Ich liebe Dich! Ja!

Holger war zum Schlafen in sein Zimmer gegangen. Marianne konnte in der oberen Etage ungestört ihre Nachlust auskosten. Dann verlangte ihr Körper nach Ruhe, und sie schlief sogar in der fremden Umgebung gut. Morgens hörte sie Geklapper, Holger richtete das Frühstück. Das sich dann zu einem Brunch ausweitete. Die Tischdekoration rührte Marianne. Auf ihrem Tellerrand lag ein kleines Bonbon in Herzform. Unter der Untertasse ein Papieruntersetzer, der mit vielen roten Herzen verziert war. Die Sonne schien durch die große Balkontür, so saßen sie sich genussfreudig speisend gegenüber. Marianne zitierte ihre zuletzt geschriebenen Zeilen. Nach dieser Nacht scheute sie sich nicht mehr, über ihre innersten Gefühle zu sprechen. In ruhigem Tonfall teilten sie sich mit, kleine Erzählungen schlossen sich an. Holgers Hände reichten über den Tisch hinweg. Als er Mariannes ergriff, sagte er zärtlich und leise:
„Danke für diese wunderschöne Liebesnacht."
Nach einem kurzen Mittagsschlaf fuhr Marianne sehr glücklich nach Hause. Sie dachte an die Faszination, die dieser Mann auf sie ausübte. Sie blieb dabei, es war vor allem die Stimme, seine Stimme, die sie verzaubert hatte. Ihr fiel dazu ein:

Deine Stimme

Langsam und zart
Lieb und apart
Fein und schmeichelnd
Alle Sinne streichelnd

Sie ist überzeugend und klar
Gefühlvoll und wahr
Warmherzig und wild
Mit Liebe gefüllt

Auch heiter und entzückt
Empfindsam und entrückt
Ruhig und intensiv
Fühle ich sie ganz tief

Deine Stimme!

Marianne zögerte. Stimmen schienen in ihrem Leben eine wichtige Rolle zu spielen. Es dauerte nicht lange, und sie fand in ihrem Kokon die wenigen kurzen Zeilen, die sie vor Jahren ihrer eigenen Stimme gewidmet hatte. Richtig, Dezember 2003 stand darunter.

Die Stimmen

Meine Stimme
Ihr Timbre – Unverkennbar

Innere Stimme
Äußere Stimme – Hörbar

Innen leise
Außen laut – Vergleichbar

Beide zusammen – Erlebbar
Meine Stimmen

Zumindest die vielen Telefongespräche, die sie führten, oftmals zu mitternächtlicher Stunde, boten Marianne die Gelegenheit,

sich jedes Mal neu über Holgers Stimme zu freuen. Aber die Gespräche mit Lilli wurden ebenfalls ausführlicher. Als Lilli vorsichtig anmerkte, Mariannes enorme Anziehung nicht teilen zu können, erklärte sie das im gleichen Atemzug:
„Erstens sieht Holger gar nicht so gut aus. Und zweitens ist er wohl ziemlich geizig. Hast nicht du das letzte Essen wieder einmal bezahlt?"
Marianne las Lilli die Zeilen vor, die sie Holgers Stimme angedichtet hatte. Lilli reagierte schnell:
„Mag sein, dass diese Beziehung für dich wichtig und anregend ist. Es gibt einen alten Spruch, der trifft auf euch beide zu. Ich glaube, unser Vater hat ihn manchmal benutzt:
Wenn eine alte Scheune brennt, dann brennt sie lichterloh.

Tage verstrichen, ohne dass Marianne und Holger sich zu zweit hätten treffen können. Doch als Abonnent bei einer saarländischen Kleinkunstbühne wartete er mit einer Einladung zu einer Veranstaltung auf. Eine Bekannte aus Stuttgart habe abgesagt, Marianne dürfe sich aber keinesfalls als Lückenbüßerin fühlen. Oh, immerhin hatten ihre Diskussionen über die Männersprache schon gefruchtet.
Es wurde ein unterhaltsamer Abend. Marianne konnte wählen, entweder neben Holgers Freund Peter oder seiner Ex-Frau zu sitzen. Sie entschied sich für Letztere. Eine prickelnde Situation, stellte Marianne fest. Holger und Peter saßen in der Reihe vor ihnen. Doch das Bühnengeschehen nahm sie gefangen. Als Peter die Veranstaltung vorzeitig verlassen wollte, um seinen Zug zu erreichen, war es Marianne, die Holger bat, Peter nach Hause zu fahren. Sie selbst war ja ebenfalls motorisiert.

Planungen und Unternehmungen

Holger unterbreitete Marianne ein Lockangebot. Es sollte zur Besichtigung der Dillinger Hütte gehen:

„Hast du Lust, das Werk auch innen kennen zu lernen? Wir könnten an einer Führung teilnehmen. Ich würde mich freuen, wenn du Spaß daran hättest."
Marianne, obgleich Saarländerin, kannte die Hütte bis dato nur von außen. So verabredete sie sich mit Holger zunächst an der ihnen schon bekannten Stelle, etwas unterhalb von Mariannes Wohnstraße. Sie stieg in sein Auto um und los ging es nach Dillingen. Eine Gruppe Männer hatte sich bereits versammelt, erst auf den zweiten Blick entdeckte Marianne auch eine junge Frau. Ein charmanter, lustiger Zeitgenosse führte durch das Werk. Als er auf die Mutterbleche wies, fragte Marianne an Holger gewandt deutlich vernehmbar:
„Und wieso heißen die Dinger nicht Vaterbleche?"
Der Gruppenführer fühlte sich angesprochen:
„Weil Frauen gebären. Denn schauen Sie, die Bleche, die diesen folgen, nennen wir Tochterbleche."
Es würde nicht mehr lange dabei bleiben, mutmaßte Marianne. Sie hatte in einer Zeitschrift über Kindermacher in Kanada gelesen, die damit experimentierten, einen Fötus in einen männlichen Bauch zu verpflanzen, um seine Gebärfähigkeit zu testen! Also würden die Bleche bald zu Vaterblechen?
Im Rechenzentrum demonstrierte man ihnen digitalisiert den Produktionsvorgang einer solchen Hütte. Die innovative Sicherheitstechnik wurde weltweit verkauft. Wie passend, eine Delegation aus Japan hier anzutreffen, ausschließlich Männer, natürlich. Nach den trockenen Computersimulationen wurden Kaffee, Kekse und Schnittchen angeboten. Der Service kam bei den Teilnehmenden gut an.

Am Werksausgang hatte Holger eine weitere Idee:
„Fahren wir auf den Berg, dorthin, wo Oskar Lafontaines Haus steht. Das könnte ich dir einmal zeigen. In dem nächsten Ort kenne ich eine gemütliche Ausflugsgaststätte. Ich lade dich zu einem Getränk dort ein."

Leider feierte das Gasthaus seinen freien Tag. Schon im Vorbeifahren peilte Holger ein nächstes Ziel an: den schönen Blick von Haus Scheidtberg aus zu genießen. Das Haus selbst kannte Marianne bereits, mehrere Tagungen hatten sie dorthin geführt. Sie erzählte drauflos:
„Der Chor, in dem ich vor Jahren gesungen habe, hat dort jährlich eine Schulung abgehalten. Wir haben den ganzen Tag gesungen, um auch einmal solche Lieder einzustudieren, die aus Zeitmangel in einer wöchentlichen Chorprobe nicht zu erlernen sind. Da passierte doch Folgendes: In dieser Gemeinschaft gab es viele Frauen, ein gut besetzter Sopran, ebenso gut die Altstimme. Wir Frauen gingen in der Pause vor die Tür, um im wahrsten Sinne des Worts Luft zu schnappen. Einige Männer näherten sich uns, an ihrem Outfit erkennbar Teilnehmer einer parallel stattfindenden Konferenz. Im Vorübergehen grüßten sie freundlich, nur einer fügte seinem Nicken hinzu:
‚Guten Tag, die Damen!'
Nelli, eine Altistin, antwortete:
‚Wir sind keine Damen.'
Der Mann blieb stehen, musterte uns alle. Sein Blick war eher amüsiert, als er fragte:
‚Ja, was sind Sie denn für seltsame Wesen?'
‚Frauen' – klang es gemeinsam aus ihren Kehlen."
Holger enthielt sich eines Kommentars; aber in späteren Diskussionen bemerkte Marianne, dass diese Erzählung bei ihm eine zustimmende Wirkung gefunden hatte.
Im Gastraum der Tagungsstätte spendierte Holger eine Apfelsaftschorle. Beide gerieten ins Plaudern; Marianne erfuhr einmal mehr aus Holgers Leben und von seiner Familie. Als sie ihrerseits das Leben mit einem seit Jahren trinkenden Alkoholiker anschnitt, brach es aus ihr heraus:
„Mein Mann kam eines Abends total betrunken nach Hause. Ich hörte ihn schon vor der Tür randalieren. Er musste gestürzt sein, denn als ich nachschaute, lag er in der Kälte, bei etwa 7°

minus, auf der Erde. Ich zerrte ihn an den Füßen in den Flur. Wenig später ins Wohnzimmer. Die Nachbarn linsten an Fenstern und über Zäune hinweg. Nicht nur ihren Blicken habe ich den über neunzig Kilo schweren Mann entziehen wollen. Nein, er wäre in dieser Nacht erfroren und ich wegen unterlassener Hilfeleistung belangt worden. Als ich ihm beim Ausziehen half, umklammerte er meinen Hals und drückte zu. Das Gefühl ist nur nachzuempfinden, wenn es erlebt worden ist. Und das ist dann ein paar Tage später ein zweites Mal passiert. Deshalb ist mein Mann momentan in einer geschlossenen Anstalt."
Marianne verfiel in Schweigen. Sie spürte, welche Kraft sie das Sprechen gekostet hatte. Aber es war gesagt. Holger schien langsam zu begreifen, was sie durchmachte, dass sie manchmal um ihr Leben gebangt hatte.
Auf der Heimfahrt hielten sie an einer Stelle an, wo das gesamte Tal zu überblicken war. Holger zog Marianne ganz dicht vor sich, sein Körper wurde weich und nachgiebig, seine Arme hielten Marianne umschlungen. So blickten sie hinunter auf die Dörfer mit ihren Lichtern und dann wieder hinauf zu den Sternen. Wenn er ein Sternbild erläuterte, schmiegte er seinen Kopf an Mariannes, um die ungefähre Richtung anzugeben. Marianne musste sich am Großen Bären orientieren, den sie kannte.
Ohne noch einmal anzuhalten, fuhr Holger bis zu ihrem abgestellten Auto. Aber Marianne schlenderte lieber langsam zu ihrer Wohnung. Den Wagen würde sie am Morgen holen.
Endlose Telefongespräche folgten einander. Oft noch zu mitternächtlicher Stunde. Nicht selten wurden diese anregenden Gespräche hörbar erregend. Holger entblößte sich nicht, von einer Frau seiner Wünsche zu sprechen, mit großem Busen. Und dieser Wunsch sei jetzt in Erfüllung gegangen. Auf seine Art schmeichelte er Marianne, betonte seine Lust auf ihren Körper, suchte nach einer Wiederholung ihrer wunderbaren Erlebnisse.
Marianne fand seine Worte manchmal eher gestanzt daherkommend. Wie ein Mann, der seine Bilder beschrieb, aber nicht

dem Zusammensein Worte verlieh. Oder erlebte er diese Beziehung auch so? Anders als sie. Gab es für sie überhaupt Wiederholungen? Nein! Bis jetzt nicht. Jedes Beisammensein gestaltete sich anders. Manchmal schöner als zuvor, manchmal vertrauter, sogar verrückter.

Freitags darauf waren sie zu einem Tageskongress in Schengen angemeldet, zu dem Holger Marianne eingeladen hatte. Der Treffpunkt zur Fahrt sollte der alte sein, in der Nähe von Mariannes Wohnung, gegen 13.15 Uhr. Regen hatte eingesetzt, während sie auf Holger wartete. Eine halbe Stunde später war er noch immer nicht erschienen. Dafür winkten andere Leute ihr zu, manche sprachen sie an. Ein ehemaliger Mitschüler fragte sogar, ob er behilflich sein könne, ihren Wagen wieder in Gang zu setzen.
Inzwischen regnete es heftiger. Nach einer weiteren Viertelstunde fuhr sie alleine los. Bei dem Regen musste sie Acht geben. Doppelt, die Scheibenwischer packten die Wassermassen kaum.
In Schengen angekommen, zahlte Marianne fünfzehn Euro Eintrittsgebühr, die auch zur Teilnahme an einem Abendbüfett berechtigte. Gegen 15:00 Uhr begann die Veranstaltung zum Thema: *Wie geht es weiter mit Europa?* Das Hauptreferat hielt Doris Pack, ihres Zeichens CDU-Abgeordnete im Europäischen Parlament. Marianne kannte die Referentin, die sich als engagierte Europäerin outete und überzeugend argumentierte. Etwa, was den EU-Beitritt der Türkei betraf, da stimmte Marianne ihr größtenteils zu.
Irgendwann erschien Holger. Er setzte sich drei Reihen weiter vorn hin, obgleich Marianne ihm einen Stuhl frei gehalten hatte. In der Pause trafen sie sich dann. Holger bedauerte, sie verfehlt zu haben. Ort und Zeit seien zu ungenau besprochen worden.
Nach Beendigung der offiziellen Veranstaltung suchten sie gemeinsam nach einem Tischplatz auf der überdachten Terrasse.

Bald danach balancierte Holger auch schon zwei Teller mit ausgesuchten Spezialitäten durch die Sitzreihen. Das Einladende seiner Geste erinnerte Marianne an ihr Eintrittsgeld. Finanziell sah es momentan absolut nicht rosig bei ihr aus. Der Gedanke verblasste, als ein weiteres Paar sich zu ihnen gesellte, das sie flüchtig zu kennen glaubte. Sie ließen es sich schmecken, und trotz Mariannes leichter Verstimmung wurde es ein lustiger Abend. Noch auf dem kurzen Gang an der Mosel entlang zu den Parkplätzen witzelten sie weiter. Dann fragte Holger, ob Marianne ihren *Nabuko* dabei habe. Irritiert sah sie ihn an. Holger erklärte, das sei die Bezeichnung für ein Set Nacht- und Beischlafutensilien. Verstört erwiderte sie schlicht:
„Ich habe alles gepackt, um bei dir bleiben zu können."
Gleich nach ihrer Ankunft machte sich Holger am Kamin zu schaffen. Er rückte zwei Sessel heran, schenkte Wein ein, und eine lange Weile sahen sie schweigend ins lichterloh brennende Feuer. Holger ergriff schließlich das Wort:
„Liebe Nanni, ich habe eine Bitte an dich. Könntest du hochdeutsch sprechen, wenn wir zusammen sind? Es tut mir leid, aber mich stört es, wenn du saarländische Mundart sprichst."
Marianne schien kurz zu überlegen. Dann sprach sie akzentuiert hochdeutsch:
„Klingt es besser? Ist es das, was dir vorschwebt? Nun, das ist nicht die ganze Nanni, zu mir gehört auch die Muttersprache. Hörst du nicht, wie grotesk es klingt, wenn ich so mit dir spreche? Möchtest du mich so? Mir wäre es lieber, ich könnte mich bei dir spontan verhalten, und dazu gehört auch mein Platt. Was stört dich nur daran? Wenn ich mich selbst so höre, klingt Hochdeutsch gestelzt. Schon in meinem Elternhaus empfand ich derartige Pflichtübungen wie eine Qual. Bestürmte ich etwa meine Mutter: ‚Mama gebb mia mol e Stift, isch mahn mole', musste ich das Ganze artig hochdeutsch wiederholen. Dann erinnere ich mich an meinen Schauspielunterricht bei Brigitte Dryander, die damals am Staatstheater in Saarbrücken eine be-

kannte Schauspielerin war. Wie sie mich in ihrem Unterricht dazu anhielt, mit einem Korken im Mund zu üben. Das mache ich dir vor."

Marianne suchte einen Weinkorken und deklamierte:

„Eh im Weh und im Schnee grell und wie Messer jäh schreckst das Herz du empor, aber wie Balsam legt labend sich das verzagte klare amen a."

Die anderen Vokale konnte sie nicht mehr im dazugehörenden Reim zitieren, wusste aber noch, das O wurde mit groß, Moos mit los, das I sehr schrill mit Gipfel, Wipfel, Zipfel geübt.

„Du siehst, ich besitze die beste Voraussetzung, deine Bitte zu erfüllen. Aber reichte es dir, wenn ich das in der Öffentlichkeit so halte? Sobald wir Leute treffen, die dir wichtig erscheinen? Damit du dich nicht mit deiner Freundin blamierst?"

Die entstandene Spannung löste sich erst allmählich. Holger gab lachend zu, Marianne würde Hochdeutsch urkomisch klingen. Das Lachen war jedenfalls etwas, das sie gut miteinander teilen konnten, es befreite halt. Und dann fand Holger auch ein Lob:

„Das ist einfach brillant, wie du vom Hochdeutschen in die Mundart wechselst."

Sehr viel später einmal, als Holger sie zu einem Theaterbesuch ausführen wollte, und Marianne chic gekleidet die Treppe herunterschritt, platzte er heraus:

„Oh, heute kann man Nanni aber vorzeigen – ‚fa gudd'."

Bei ihm, der gewöhnlich nur hochdeutsch sprach, hörte sich halt Saarländisch lustig an, stellte Marianne klar. Der Schengener Abend ward also gerettet. Mehr noch. Marianne hatte ihre Lieblings-CD mitgebracht. Der Song *Lady in red* inspirierte sie zu tanzen. Sie bewegte sich ein wenig zu der Melodie, setzte Schritte in den Raum hinein. Holger folgte ihr, nur um sie nach oben zu führen ...

Diese Nacht könne er nie vergessen, beteuerte er Marianne am anderen Morgen. Sie hielt den Zauber der Stunden in Zeilen fest:

Lady in red

Die einschmeichelnde Melodie
zum Träumen, Tanzen, Lieben

Gefühle kommen aus
tiefsten Höhlen des
Eingeschlossenseins

Mit der ganzen Kraft und
Leidenschaft einer Frau

Die Wirklichkeit genießen
und glücklich sein.

Überraschungen

Wieder einmal ein Samstag. Holger steuerte Mariannes Auto. Eine Landpartie, hatte er angedeutet. In der Nähe von Ensheim hielt er an. Sie wanderten über eine große Wiese, einen Hügel hinauf, vorbei an einer Schlehdornhecke. Plötzlich standen mitten auf dem Weg vor ihnen zwei Rehe. Reglos, bis sie Witterung aufnahmen und das Weite ergriffen.
Erst nach geraumer Zeit sahen die beiden eine kleine Gruppe Wanderer, die im Aufstieg begriffen waren. Beim Näherkommen erkannten sie ein Mädchen und einen Jungen, begleitet von einem Mann, der ein Ungetüm von Ding auf dem Rücken trug. Auf der Anhöhe angekommen, ließ er seine Bürde fallen, entfaltete sie sorgfältig, und Marianne raunte Holger zu, es müsse sich dabei um einen Drachen handeln. Ihre Neugier war geweckt. Über eine Stunde hinweg beobachteten sie den Aufbau. Die Sonne wärmte sie, der Himmel zeigte sich strahlend, und vor dem Wind schützten sie sich gegenseitig. Sie verharrten in ihrer Löffelchenstellung, bis sie die Hoffnung aufgaben, den Mann in

die Lüfte steigen zu sehen. Sie traten den Rückweg an, anschließend chauffierte Holger sie weiter nach Sarreguemines an den Hafen, wo sie ihren Durst löschten und Boules spielenden Männern zuschauten. Daheim angekommen, platzierte Holger Marianne vor dem Kamin, in dem er zwei Minuten später ein Feuer entfacht hatte. ‚Er ist fast ein Feuerteufel', schoss es Marianne durch den Kopf. Nachdem er zum zweiten Mal Scheite nachgelegt hatte, schlug er überraschend vor, einen Spaziergang zum Hausberg zu machen. Als hätten sie den ganzen Tag noch keine frische Luft gehabt, wunderte sich Marianne. Aber oben angelangt, verstand sie. Welch ein ‚Zufall', auch hier brannte ein Feuer. Auch Holger schien es romantisch zu finden, er entdeckte immer wieder eine Möglichkeit, die Holzscheite neu zu beleben und das Feuer zu verlängern. Sie standen hoch über Saarbrücken und küssten sich im züngelnden Schein der Flammen.
Auf dem Heimweg geleitete Holger sie Stufe für Stufe sicher zurück ins Haus. Dann machte er sich in der Küche zu schaffen und tischte bald ein leckeres Essen auf. Mit einem Glas guten Wein kehrten sie zum Kamin zurück, setzten sich nah beieinander, und es dauerte nicht lange, da entfachten sie zärtlich ihr ureigenes Feuer der Lust. Holgers sanfte Berührungen empfand Marianne als besonders. Die große Lust in ihr verwunderte und überraschte sie wieder einmal. Sie hatte sich in ihren Träumen nicht vorstellen können, wie er all das eingeschlafene und eingerostete Verlangen wieder aufzuleben vermochte. Nicht nur dieses Erleben genoss sie, auch sonst war sie in ihrem Leben noch niemals so verwöhnt worden wie von Holger.
‚Hoffentlich hält diese Partnerschaft lange, lange an. Und meistert auch den Alltag', hoffte sie.

Im Alltag angekommen

Es gab längst schon Momente, die auch das nicht ganz so überschäumende Glück widerspiegelten. Eben Höhen und Tiefen

eines Zusammenseins. Hin und wieder traten Meinungsunterschiede auf, die zu einem Dissens heranwuchsen. Marianne und Holger hatten sich versprochen, ehrlich zu sein. Auch die kontroversesten Dinge anzusprechen. Wenn sie die gleichen Fehler begehen würden, die sie in ihren Ehen festgestellt hatten, dann wären sie doch in einem Alter angekommen, in dem man gemeinhin als lernunfähig und starrsinnig geschimpft werde. Marianne und Holger versicherten sich beide, im Alltag angekommen zu sein! Auf einmal klang das erleichtert. Oder eher beschwörend?
Nach diesem Gespräch notierte Marianne:

Holger, wir sind auf gleicher Augenhöhe angekommen. Am Anfang unseres Kennenlernens habe ich Dich erhöht, vielleicht sogar mit einem überhellen Schein versehen. Den habe ich inzwischen gedämpft. Dich erleuchtet und erhöht vorzufinden, war sicherlich auch für Dich erhebend. Schritt für Schritt vom Sockel geholt zu werden, das schmerzt, gewiss. Doch nicht nur Dich.

O. K., es hörte sich klassisch an, gestand Marianne sich ein. Wer hatte das Beschriebene noch nicht erlebt? Es gehörte zum ABC eines jeden Psychologiebuches. Und die Methode, sich derartig mitzuteilen, wurde im Rollenspiel zur gewaltfreien Kommunikation eingeübt. Aber weshalb meinte sie es genau so, wie es dastand? Hatte sie sich ermutigen wollen? Etwas vorausgeahnt? Hatte sich da etwas angekündet?

Advent, Advent

Das Fest rückte näher. Eine schwierige Zeit, die Weihnachtszeit. Stress und Streit in den Familien eskalieren oft in diesen Tagen. Wenn Marianne sich traurig fühlte, dann nicht aus Mitgefühl. Sie hatte Holger um eine Aussprache gebeten, Gedanken und Fragen an ihn in Stichworten festgehalten, sie glaubte sich gerüstet,

als sie zu ihm fuhr. Eine seiner Unarten vorwegnehmend, bat sie ihn darum, sie zunächst ausreden zu lassen. Redende zu unterbrechen, das kannte sie generell von Männern. Was diese Spezies dann an Ausreden parat hatte, war kaum zu überbieten. Und wirklich, Holger verteidigte sich:
„Ich muss doch nachfragen können, wenn ich etwas nicht verstehe. Sonst kribbelt es unter meinen Nägeln. Ich muss dir doch sagen, wenn ich nicht mehr mitkomme."
Marianne blieb unbeeindruckt. Er möge in diesem Fall Geduld zeigen und warten:
„Denn zumeist ist es eine Bewertung oder eine Interpretation, die ich zu hören bekomme. Meine Schilderung nimmt ohne Unterbrechung einen anderen Verlauf. Momentan fehlt mir noch die nötige Distanz zum Problem, sodass ich nicht strategisch argumentierend zu diesem oder jenem Punkt zurückkehren kann. Einverstanden?"
Holger zeigte sich einsichtig, und Marianne begann:
„Ich habe wahrgenommen, dass du zu einer anderen Frau, deiner letzten Freundin, fahren möchtest. Ja, dass dein Wunsch, es zu tun, stärker wiegt als der, unsere Verbindung nicht zu gefährden. Wenn ich das richtig sehe, hat sie dich zu einem Konzert eingeladen, das du dir nicht entgehen lassen willst. Meine Bedürfnisse sind da anders, ehrlich gesagt. Bitte verzichte auf Dresden, auf das Konzert und damit auf deine Ex-Geliebte Ida. Ich glaubte eure Beziehung beendet, wie du vor Monaten versichert hast. Ich bin einfach nur traurig; verstehe das Ganze nicht. Und es gibt manches, was mir undurchsichtig scheint. Ein paar Beispiele: Da sparst du Öl bis zum Exzess. Oft ist hier nicht ausreichend geheizt. Das warme Wasser funktioniert nicht. Einmal ist es mit 19° zu kalt und mit 54° zu heiß. Ungenügend zu heizen auf der einen Seite, aber dann das nötige Geld aufbringen, um 650 km mit der Bahn oder dem Auto zu fahren, einer einzigen kostenlosen Konzertkarte wegen? Selbst wenn in Dresden die *Dicke Berta* auch noch lockt. Ich Kuh habe Benzingeld ausgelegt,

neulich unser auswärtiges Abendessen gezahlt! ... Diese Frau namens Ida stellt laut deiner Aussage einen der Scheidungsgründe dar. Und ich habe dir gegenüber sehr früh formuliert, niemals als eine Perle in deiner Kette von Frauen eingereiht werden zu wollen.”

Bisher hatte Holger tatsächlich nicht unterbrochen. Marianne hatte sich ihren enormen Frust von der Seele reden können. Schweigen stellte sich ein. Keinerlei Reaktion seitens Holgers. Keine Verteidigung, kein Kommentar, keine Rechtfertigung. Nichts. ‚Nichts ist nichts, und das ist auch etwas', dachte Marianne stumm. Sie presste die Lippen aufeinander, stand auf. Trotz ihrer Betroffenheit kleidete sie sich sorgfältig an und fuhr nach Hause. Sie empfand einzig Erleichterung, die Dinge ausgesprochen zu haben. Darüber sollte Holger einmal ins Grübeln geraten. Doch hoffte sie auf einen Anruf von ihm. Mitsamt einer Absage seiner Dresden-Reise.
Marianne wartete ab. Als Holger endlich anrief, platzte sie heraus:
„Und? Wie hast du dich entschieden?“
Seine zerknirschte Antwort lautete:
„Ich habe mich entschieden, nicht zu fahren. Ich will dir nicht wehtun.“
„Deine Begründung, Holger“, entgegnete sie, „tut mir gut. Aber ...“
Sie stockte. ‚Verflixt', ging es ihr durch den Kopf, ‚schon habe ich die ABER-Karte gezogen!' Doch Holger war schon woanders. Er plante ein gemeinsames Weihnachts-Fondue, zu dem er seine Tochter einladen wollte. Mariannes Stimme fehlte hörbar die ungeteilte Freude, als sie versprach, gern zu kommen. Und wirklich, am besagten Tag blieb trotz des feinen Essens ein fader Geschmack in ihr zurück. Ein erster Schnitt in ihrer Beziehung schien angesetzt. Marianne sah bedenklich nach vorn. Ein weiteres Fest stand in Aussicht. Wie würde das verlaufen?

Silvester 2005/06

Mehr als acht Tage verbrachten Marianne und Holger als Gäste bei einem seiner Brüder und dessen Frau, die im Schwarzwald lebten. Der Aufenthalt zu jener Jahreszeit erschien Marianne bezaubernd, vor allem das Zusammensein mit Holger, der seinen Wunsch ausdrückte, alles wieder gutzumachen. Er sprach zwar nicht über das, was zwischen ihnen geschehen war, versuchte aber offensichtlich, sie zu versöhnen, sie spüren zu lassen, nah und glücklich mit ihr zu sein.
Als das Ehepaar abreiste, Holger und Marianne das schöne Schwarzwaldhaus allein bewohnten, entpuppte Holger sich als überschäumender und bester Liebhaber aller Zeiten. Er verwöhnte und hofierte Marianne wie eine Prinzessin. Sie thronte förmlich in dem 1,40 m breiten Bett, Holger stellte mitgebrachte Teelichter und Kerzen auf. Massierte sie mit duftendem Massageöl. Diese wundersame Zweisamkeit wollte Marianne durch nichts trüben. Das versenkte sie lieber in ihrem Innern. Inspiriert von den Erlebnissen und von den märchenhaften Spaziergängen, brachte sie diese Eindrücke zu Papier – in der Hoffnung, sie könnten in jeder Leserin und jedem Leser neu entstehen. Auf jeden Fall, beschied Marianne, hatte das neue Jahr für sie vielversprechend begonnen.

Bizarre weiße Weite

Wohin das Auge blickt – bizarre weiße Weite.
Schneeig veränderte Welt.

Fast nicht versteh- oder erfassbar,
was die Natur aus der Natur gemacht hat.

Ein Fernsehturm – verfremdet.
Ein Sendemast – nicht mehr erkennbar.

Bäume bis auf die Erde gebogen,
die Last kaum noch tragend.

Werden sie brechen?
Viele sind schon ihrer Spitzen beraubt.

Darüber geht ein starker Wind.
Täglich ein anderes Bild durch Verwehungen.

Die Luft ist spitz und sticht ins Gesicht.
Durch die Nase tief einatmen.
Die Lunge freut sich.

Die aufkommende Sonne verzaubert
dieses Szenarium.

Kleine Eiskristalle blitzen wie Spiegel
auf der Fläche.
Eine verzauberte Landschaft.

Das alles zusammen ist die bizarre Welt,
oben auf der Hornisgrinde im Schwarzwald.

Unstimmigkeiten

In den Niederungen des Alltags tauchten bald Bodenwellen auf. Manche waren weithin erkennbar, andere erst im Schlingern zu spüren. Mariannes Blick trübte sich. Auf der Rückfahrt, im französischen Grenzgebiet, hatte sie das Geld für die Tankrechnung vorgeschossen, ein wenig später auch das Restaurantessen gezahlt, da Holgers Kreditkarte nicht akzeptiert wurde; die Bedienung bestand auf Cash. Diese vorgelegten Ausgaben verschmerzte Marianne ja noch. Als Holger jedoch nach einigen Wochen immer noch keine Anstalten machte, das Konto auszu-

gleichen, geschweige denn die Tatsache auch nur anzusprechen, missfiel ihr das doppelt. Denn nun musste sie sich auch noch mit der Frage herumplagen, weshalb sie Holger partout nicht darauf ansprechen wollte. War sie zu stolz dazu? War es ihr peinlich? Ende Januar schließlich fiel es ihm ein:
„Ach ja, du hast noch Geld zu bekommen."
Und erstattete ihr den gesamten Betrag. Nicht ohne seine fast ein wenig verärgert klingende Aufforderung:
„Ja, du musst so etwas auch verlangen! Ich kann nicht an alles denken."
Also passierte es wieder und wieder. Marianne sagte sich, zu verliebt zu sein, um kritisch damit umgehen zu können. Aber stimmte das? Machte sie es sich mit dieser Erklärung nicht zu einfach? Schon kreisten ihre Gedanken wieder um Holgers Verhalten. Sie hatte seine Entschuldigung für solche Vergesslichkeiten im Ohr: Das sei der sprichwörtliche Geiz im Alter. ‚Neiiin', rief es in ihr, ‚bitte nicht! Das Kapitel hatten wir doch abgehakt.'
Und die nächste Welle der Verärgerung wartete schon.
Eines Abends wollte Marianne vor ihrer Heimfahrt telefonisch herausfinden, ob ihr Mann zu Hause war. Das würde ihr die Ungewissheit und die Befürchtungen während der Autofahrt ersparen. Holger, aus Angst, seine Rufnummer könnte auf dem Display erscheinen, suchte Marianne von dem Anruf abzuhalten. Es gab kein Display auf ihrem heimischen Festnetzapparat, das hatte sie Holger längst beteuert. Und selbst wenn, dann war die Nummernerkennung extra zu beantragen, wie ein Techniker erklärt hatte. Marianne wies Holger auf diesen Umstand erneut hin. Er reagierte genervt. Sie solle die Kontrolle über die Anwesenheit ihres Mannes von ihrem Handy aus führen. Aber das war nicht geladen. Zudem hatte sie ihr Gepäck längst draußen im Auto verstaut, sodass sie Holgers Wunsch, mit dem Kabel in der Steckdose zu telefonieren, auch nicht erfüllen wollte. Frustriert fuhr sie nach Hause und hoffte im Stillen, er erhole sich von seinem verqueren Denken. Denn das Telefonat hätte ihn

maximal zwei Euro gekostet. Holgers schlechte Manieren begannen sie gewaltig zu ärgern.
Unerwartet für Marianne spitzten sich die Dinge zwischen ihnen zu. Und das auch noch sofort nach dem gemeinsamen Besuch eines Kommunikationsseminars. Sie saßen bei einem gemütlichen Feuerchen vor dem Kamin und plauderten über den vergangenen Tag, neu gewonnene Erkenntnisse und ihre praktische Bedeutung für sie beide, um nicht wieder in Streit zu geraten. Marianne unterbrach sich jäh, als sie Holger sagen hörte:
„Sei jetzt einfach mal still", und nochmals:
„Sei einfach still!"
‚Was war denn das jetzt?', analysierte sie sogleich. ‚Kommunikationstheoretisch gesehen! Sein Bedürfnis? Sein Gefühl? Eine Bitte? Nein! Ein Befehl!', deutete sie. Perplex fragte sie:
„Bist du noch ganz bei dir, so zu sprechen?"
Schweigen. Auch Marianne verstummte. Traurigkeit breitete sich in ihr aus. In die Stille hinein gründelte sie entlang dieser Stimmung in ihr. Sie duckte sich, wie ein gemaßregeltes Kind, dem der Mund verboten worden war. Holgers Ruhebedürfnis schien enorm groß zu sein. Aber hatten sie nicht gerade gelernt, Bedürfnisse so zu formulieren, dass sie als solche auch erkennbar wurden, statt andere damit zu verletzen? Zum Beispiel hätte Holger sagen können: ‚Ich habe das Bedürfnis nach Ruhe.' Oder: ‚Könnten wir eine Zeit lang schweigen?'
Holger richtete sich wieder an sie mit den Worten:
„Ich bin müde, sei bitte nicht böse. Meine Äußerung war unverhältnismäßig. Sie ist mir herausgerutscht. Bitte entschuldige, ich wollte dich nicht verletzen. Du bist mir halt im Miteinander ein großes Stück voraus. Da habe ich noch viel zu lernen, was die gewaltfreie Kommunikation angeht. Es ist mir ein großes Bedürfnis. Aber mit deiner Hilfe schaffe ich das, meine Gesprächspartnerinnen und Gesprächspartner nicht zu verletzen. Nimm mir diesen Ausrutscher nicht mehr übel. Dein Schweigen ertrage ich kaum. Mir ist lieber, wir reden."

Marianne bat ihn, das Gespräch ein anderes Mal wieder aufzunehmen, denn sie fühle sich momentan nicht dazu fähig.

Eine Reise in die Türkei

Im März verkündete ihr Geliebter, mit Marianne eine achttägige Reise in die Türkei unternehmen zu wollen. Während ihres Aufenthalts würde er für einige Überraschungen sorgen. Nach wenigen Überlegungen meldete Marianne Bedenken an. Holger plante eine Rundreise, mehrere Besichtigungstouren standen auf dem Programm. Marianne stand der Sinn eher nach einer Erholungs- denn einer Bildungsreise. Auch die Hotelfrage würde sich erst vor Ort klären lassen. Außerdem befürchtete sie, das ungewohnte vierundzwanzig Stunden währende Zusammensein, tags unterwegs und nachts in einem Doppelzimmer, könnte schnell Unstimmigkeiten heraufbeschwören. Zudem fühlte sie sich gesundheitlich desolat, was, wenn sie krank würde? Das konnte sie nicht ausschließen. Und überhaupt, was war mit ihrem Ehemann?. Wenn er allein im Haus wohnte und es passierte etwas? Sie dachte an sein Alkoholproblem. Alle ihre Bedenken warf Holger über Bord. Ende März fuhren sie los.
Wenn Eine eine Reise tut, dann kann sie viel erleben ...

Gegen den dusteren Nieselregen bis zum Ostbahnhof Saarbrücken half nur der Gedanke an Sonne und Meer. Als der Zug in Mannheim hielt, hatten Holger und Marianne sich über ihre Haltung während des Urlaubs verständigt:
„Egal, was kommt, wir werden die Tage harmonisch gestalten, ohne jedweden Stress."
Der Aufenthalt in Mannheim sollte eine Stunde betragen. Was bot diese Stadt an Besonderem? Sie freuten sich auf einen Kaffee im renovierten Bahnhof, Holger wollte Marianne die neue und nachts beleuchtete Kuppel zeigen. Es war 01:05 Uhr und der Bahnhof selbst bis 04:30 Uhr geschlossen, lasen sie. Kein

Reinkommen. Die einleuchtende Erläuterung lieferte ein angesprochener Taxifahrer:
„Mannheim ist ein Dorf."
Zwei Polizisten, die vor dem Haupteingang standen, bestätigten das:
„Diese Regelung gibt es seit Jahren. Mannheim ist ein Dorf."
Der freundliche Taxifahrer wies auf ein gegenüberliegendes Kebab-Restaurant, das durchgehend geöffnet habe. Trotz der rauchgeschwängerten Luft und einem laufenden Fernseher fühlten sie sich dennoch einigermaßen wohl. Der Raum war geheizt, und der bestellte Tee für zwei Personen kostete nur 1,80 Euro, da gab es nix zu meckern.
Der Anschlusszug brachte sie nach Stuttgart, von dort aus sollte der Billigflieger über Hannover nach Antalya führen. Marianne hatte ihre Reisebedenken noch nicht ganz losgelassen, denn in Höhe von Saarbrücken schlug sie Holger vor:
„Wir könnten ja immer noch hier abspringen, dann wären wir schnell wieder zu Hause."
In Antalya angekommen, bestiegen sie einen Bus, der die lange Strecke bis Kemer fuhr und direkt vor dem Hotel Nautilus hielt. Selbst hierzulande sei es für diese Jahreszeit recht warm, hörte Marianne sagen, als sie schon das Hotel begutachtete, das mit fünf landestürkischen Sternen ausgezeichnet war. Nach der guten Mahlzeit am Büffet verspürten die beiden Gäste nur noch zwei Wünsche, einen Spaziergang ans rauschende Meer und anschließend in die Heia.
Am dritten Tag tat Holger geheimnisvoll. Marianne war nicht darüber informiert, dass eine Sonnenfinsternis bevorstand. Holger hatte dieses Ereignis als Überraschung für sie aus dem Hut zaubern wollen. Daher gab er sich verschwiegen, aber der Reiseleiter hatte längst geplaudert. Auf einem Berg, in der Nähe von Kumluca, wollten sie dieses Ereignis ganz besonderer Art erleben. Ein freudiges Hallo machte die Runde, als sie hier ein sympathisches Paar antrafen, das sie bereits im Flugzeug ken-

nen gelernt hatten. Der Mann schien ebensolch ein Sterne-Freak wie Holger zu sein. Während die Sonne sich immer mehr verdunkelte, warfen sie einen Blick ins Tal. Am Fuße des Berges, auf dem sie alle standen, war eine Schafherde zu sehen, die sich langsam auf eine ebene Fläche zubewegte. Einige der Schafe blökten, ein Hund wies ihnen bellend die Richtung. Als der Mondschatten die Sonne fast völlig überdeckte, lagen die Schafe in der Runde, die Köpfe in ihrem Rückenfell vergraben, ohne noch einen Laut von sich zu geben. Auch vom Hund war nichts mehr zu hören. Während der totalen Sonnenfinsternis ließ sich nicht einmal mehr ein Vogel vernehmen. Gespenstisch, die Atmosphäre, und gleichzeitig seltsam schön. Hinter Holger und Marianne stimmte eine Menschengruppe das Lied an: *Großer Gott, wir loben Dich ...* Auch ohne christlich zu denken, löste das Naturschauspiel bei Marianne eine Gänsehaut aus. Sie war froh, und im Nachhinein Holger dankbar, das Ereignis unter diesen außergewöhnlichen Bedingungen miterlebt haben zu können. Die letzte Sonnenfinsternis in Saarbrücken, erinnerte sie sich, war wegen des schlechten Wetters buchstäblich ins Wasser gefallen. Umso größer war ihre jetzige Freude. Die zeigte sie ihrem Liebsten ganz deutlich. Eine wunderschöne Nacht, wie er morgens bestätigte.

In einem der nächsten Hotels nutzten Holger und Marianne die Sauna. Einige der Gäste trugen Badehosen oder ihr Handtuch um die Hüfte geschlungen. Marianne, als jahrelange und geübte Saunierererin, befremdete das. In der Sauna sollten alle nackt sein. Muslime aber, erklärte ihr der Reiseleiter später, machten da eine Ausnahme. Sich nackt vor fremden Menschen zu zeigen, und dazu vor weiblichen, das verbiete ihre Religion. Marianne nickte. Das Schwimmbad hingegen war menschenleer. Ein großes Privileg, es allein mit Holger zu teilen, freute sie sich. Das Ritual des anschließenden gegenseitigen Eincremens genoss sie ebenfalls. Behutsam und zärtlich massierten sie ihre Körper –

da blieb die Lust nicht aus. Erhellt von den vielen, vielen Teelichtern, die Holger eigens mitgebracht hatte und so einmal mehr die Stimmung verzauberten. Ihre Körper fanden sich in einer innigen Verschmelzung.

Das Umherreisen und die Aufenthalte in diesem einzigartigen Land nahmen Marianne auf eine andere Weise gefangen. Wenn sie sich vor der Reise nur erholungsbedürftig gefühlt hatte, weckten die Besuche historischer Stätten und die ausschnitthaften Einblicke in die ältere Kultur das Bedürfnis nach einer vertiefenden Begegnung, auch nach einer Verständigung darüber mit den Menschen vor Ort. Bisher hatte sie immerhin die wundersamen Ausgrabungen von Ephesus besichtigen können, das Freilichttheater, das schon zur Zeit seiner Entstehung gut fünfhundert Besuchern und Besucherinnen Platz geboten hatte; die gut erhaltene alte Handelsstraße, die über weite Strecken bis ans Meer reichte. Auf der Weiterfahrt konnte sie blühende Pfirsichbäume entdecken und sehr vereinzelt liegende Bauernhöfe. Wie gerne hätte Marianne auch mit ihren Bewohnern gesprochen. Aber auf solch einer kommerziellen Reise konnten die individuellen Wünsche der Mitreisenden nicht berücksichtigt werden. Da wäre ihr sehnlichster Wunsch gewesen, einmal die legendären Ausgrabungen von Catal Höyük zu besichtigen, der steinzeitlichen Stadt-Ansiedlung, in welcher die damaligen Menschen nachweislich in matrilinearen Strukturen zusammengelebt hatten. Und dann, ja dann würde sie unweit davon die tanzenden Derwische bewundern wollen, die sich, gewandet in bodenlange Kleider, drehend in eine göttliche Ekstase hineinbewegen.

Aber auch der Besuch eines Forellenhofs war erinnerungswert. Sie saßen im Freien, direkt neben den Tischen floss ein Bach mit so klarem Wasser, dass Marianne versucht war, davon zu trinken. Sie dachte sofort an Schuberts Forellenlied *In einem Bäch-*

lein helle ..., dessen Melodie sie vor sich hin summte. Nur übertönt von Entengeschnatter, das um Futter bettelte. Marianne hielt sich zurück. Was dem Federvieh daheim nicht bekam, konnte dem hier auch nur schaden. Sie schaute hoch. Die Bäume waren schon mit kleinen Blättern belaubt, blühende Pflanzen zogen die Blicke auf sich, insbesondere Mariannes Augen weiteten sich, die nach grüner Natur nur so hungerten. Ein Rettungsring, der über ihrem Kopf befestigt war, belustigte sie. Er würde bei der Wassertiefe von ungefähr 10 bis 20 cm bestimmt nicht lebensnotwendig werden. Ergo war seine Funktion mehr dekorativer Natur.
Der ansonsten nicht so fröhliche Reiseführer Erdigch überraschte sie mit einem Altherrenwitz. Ob seines politischen Inhalts, merkte sich Marianne fast den Wortlaut:
Ein Siebenjähriger fragt seinen Vater: Was ist denn Politik? Der Vater antwortet mit einem Beispiel: Sieh mal, ich bringe das Geld nach Hause, ich bin das Kapital. Deine Mutter verwaltet das Geld, sie ist die Regierung. Unser Dienstmädchen ist die Arbeiterklasse; dein kleiner Bruder, der noch in den Windeln liegt, ist die Zukunft, und du bist das Volk. Der Sohn soll eine Nacht darüber schlafen und nachdenken. Nachts wird der kleine Bruder wach, er hat in die Windeln gemacht und weint. Der Ältere will die Mutter wecken, die tief und fest schläft und nicht wach wird. Er läuft das Dienstmädchen wecken. Dort findet er auch seinen Vater im Bett. Der Sohn kehrt zurück ins eigene und legt sich schlafen. Am anderen Morgen fragt der Vater: Na, mein Sohn, hast du die Politik verstanden?
Der Sohn antwortet: Ja, jetzt ist mir klar: Während die Regierung schläft, missbraucht das Kapital die Arbeiterklasse, das Volk wird total ignoriert und die Zukunft liegt in der Scheiße.

Die Lacher waren noch nicht verebbt, als Marianne darüber nachdachte, weshalb ihr der Reiseleiter dennoch wenig freundlich erschien, um nicht zu sagen: unhöflich, insbesondere, wenn

Frauen ihn etwas fragten. Das war ihr mehrfach aufgefallen. In diesem muslimischen Kulturkreis aufzuwachsen bedeutete wohl für Frauen, an Männer keine Fragen zu richten. In dem Kleinbus, mit dem sie oft unterwegs waren, befanden sich stets vier Männer und fünf Frauen. Alle männlichen Insassen, einschließlich Holger, hatten während der Ausflüge munter ihre Fragen gestellt, durften den Reiseleiter sogar unterbrechen, und sie bekamen trotzdem kompetente Auskünfte. Als er über seine Religion referierte, berichtete er, dass jeder Muslim von Anfang an und für das restliche Leben dieser Religion angehöre. Sie hätte 99,9 % Mitglieder. 99,9 % der Bevölkerung teile diesen Glauben.
Marianne setzte zu einer Nachfrage an, kam aber nur zu einem „Ja, aber ...“, als er sie schroff in die Schranken verwies und scharfen Tones äußerte:
„Jetzt haben Sie mich unterbrochen, jetzt kann ich eine viertel Stunde nicht sprechen.“
Als die viertel Stunde Stille vorüber war und sie einen Besichtigungsstopp einlegten, nötigte sie dem beleidigten Reiseleiter ihre Feststellung auf:
„Wenn Ihre Religionsführer erlaubten, was bei uns gang und gäbe ist, nämlich einer anderen Religionsgemeinschaft beitreten zu können oder die bisherige einfach zu verlassen, dann kämen sie auch nicht auf 99,9 % Moslem-Gläubige.“
Auf diese Bemerkung hin erhielt sie überhaupt keine Antwort.
In das Hotel Nautilus, das sie von der Ankunftsnacht her kannten, kehrten sie nochmals zurück.

Nautilus am Morgen. Holger und Marianne schlenderten auf dem Weg zum Frühstück an die Rezeption. Obgleich sie sich gut fühlten, war die letzte Nacht, gelinde gesagt, wenig erfreulich verlaufen. Das Diskospektakel unter ihrem Zimmer hatte kein Ende nehmen wollen. Die Bässe liefen hochtourig bis in die Morgenstunden. Holgers Beschwerde hatte nicht gefruchtet.

Jetzt war eine Reklamation das Mindeste, und sei es, die kommende Nacht abzufedern, um durchschlafen zu können. Als Holger sich wegen der Beschwerde nach dem Namen des diensthabenden Personalchefs erkundigte und Marianne die Reaktion des Angestellten sah, kam ihr die Geschichte vom Herrn *Kannnit-verstaan* in den Sinn. Ein hinzutretender Türke übersetzte ihr Anliegen, das Holger sehr ruhig und dezidiert vortrug. Ein deutsch sprechender Reiseleiter gesellte sich ebenfalls dazu. Aber auch er schien aus der Familie *nit verstaan* zu kommen. Marianne behalf sich mit ihrer Spontaneität und spielte eine Trumpf-Karte aus. Sie kürzte das Palaver dieser Männer ab, indem sie versprach:
„Wir werden unsere Beschwerde halt ins Internet stellen, dann bekommen Sie zumindest keine deutschen Gäste mehr."
Marianne und Holger beschlossen, sich von nun an vom Reiseführer kein Zimmer mehr zuweisen zu lassen, sondern sich selbst um einen ruhigen Raum zu bemühen.
Die letzte Station ihrer Rundreise führte in das Hotel Galeria. Hier musste Marianne sich einen Safe mieten, da das Schloss ihres Koffers kaputtgegangen war. Sie wollte ihren mitgebrachten Schmuck auf keinen Fall offen liegen lassen. Bei der Besichtigung einer Schmuckfabrik hatte sie sich einen für ihre Verhältnisse sündhaft teuren Türkisring gekauft. Bei der Gelegenheit hatte sie auch erfahren, dass der Schmuck, den sie bereits trug, sehr wertvoll sei. Sie wollte kein Hotelpersonal herausfordern, sich bei ihren Stücken zu bedienen. Da Marianne die Handhabung solcher Safes von anderen Reisen her bekannt war, ließ sie sich das Ganze nur oberflächlich erklären. Aber so einfach, wie sie sich das vorgestellt hatte, funktionierte der Safe dann doch nicht. Es blieb ihr nichts anderes übrig, als den Zimmerservice gleich zweimal kommen zu lassen, sowohl für das Einschließen als auch zum Öffnen am nächsten Tag. Darüber entspann sich zwischen Holger und ihr auch noch ein Konflikt. Bevor sich der Schatten über den gesamten Urlaub legte, er-

laubte Marianne sich eine kurze Auszeit und zog sich zurück. ‚Erst einmal das, was mich tatsächlich bedrückt, klarkriegen', nahm sie sich vor. ‚Am besten, indem ich zunächst mein eigenes Ego wieder stabilisiere, und zwar in Form von Ich-Botschaften.' Ganz gelehrige Novizin notierte sie:

Heute Morgen habe ich einige gute Eigenschaften an mir festgestellt. Ich bin eine erwachsene, selbständige Person. Ich bin sehr praktisch veranlagt, die Nummer mit dem Safe heute bestätigt nur die Regel. Ich kann allein sein, bin sogar gern allein. Ich werde mit Dingen, die ich erledigen muss, gut fertig. Im Grunde weiß ich auch genau, was ich möchte. Vor allem: Ich möchte nicht bevormundet werden. Auch keine Befehle erteilt bekommen. Wenn ich Fehler mache, liegt mir daran, diese alleine auszubaden, sie selbstverantwortlich zu tragen. Vor allen Dingen mag ich nicht so oft den Satz an mich gerichtet hören: ‚Du musst!' Ich wünsche mir, als erwachsene Frau behandelt zu werden.

An diesem Punkt angekommen, überlegte Marianne, was sie dazu beitragen konnte, den Dissens mit Holger zu regeln. Es war der letzte Urlaubstag, das Ausflugsprogramm war bereits absolviert und die kommenden Stunden standen ihnen frei zur Verfügung. Sofort suchte sie Holger wieder auf. In fast gelassenem Ton gestand sie ihm, die Bevormundungen und Befehle nicht länger ertragen zu können. Er möge bitte darauf achten. Die nervige Geschichte mit dem Safe täte ihr leid, aber seine Verhaltensanweisungen, die er auf seinem Bett liegend an sie verteilt habe, sein ständiges: ‚Du musst ... Du musst dieses, du musst jenes', gespickt mit immer neuen Anleitungen zur Bedienung des Safes, hätte für sie das Fass knapp zum Überlaufen gebracht. Holger schien durch Mariannes Darlegung nicht nur wieder einmal etwas nachvollziehen zu können, großzügig gratulierte er ihr auch zu ihrem Vorgehen, eine Auszeit zu nehmen. Das sei eine tolle Art, sich selbst ein wenig zu distanzieren, um ein

Problem ohne das gewöhnliche Prozedere an Schuldzuweisungen anzugehen.
Marianne dachte an die oft zitierte Geschichte mit der Zahnpastatube, die kontroverse Diskussionen heraufbeschwören und in getrennten Badezimmern enden konnte. Aber diesmal suchte Marianne auf Nummer sicher zu gehen, sie beharrte darauf, Holgers Sicht der Dinge zu hören. Ihre Hartnäckigkeit musste ihn getroffen haben, registrierte Marianne, er schien zwischen Wut und Unsicherheit zu schwanken. Er wolle überlegen, erklärte er. Schweigend gingen sie zum Strand. Dort nahm er den Faden wieder auf:
„Ich weiß, ich muss dich mit dem Safe genervt haben. Doch erinnere dich, einmal bin ich aufgestanden und habe selbst probiert, das verflixte Ding zu öffnen und wieder zu verschließen. Nichts zu machen. Das Teil blieb einfach zu."
‚Sehr schön formuliert', dachte Marianne. ‚Es lag am Teil, am Safe selbst, nicht an Holger. Eine bekanntermaßen typisch männliche Sicht. Aber was soll's. Jetzt nur nicht penetrant werden ... an einem letzten Tag am Strand, bei 30° und Sonne pur.'
Holger erkühnte sich, trotz der frühen Jahreszeit zwei Mal ins Meer zu tauchen und auch zu schwimmen. Allerdings fing er sich einen gehörigen Sonnenbrand ein, als er auf seinem Badetuch einschlief, während Marianne unter einem Sonnenschirm ruhte. Dennoch, der Tag war gerettet. Ausgeglichener Stimmung traten sie anderntags die Heimreise an, die sich gleich halb so stressig wie die Hinreise gestaltete.
Bis auf die zusätzliche Überraschung, die Holger nach der Ankunft auf dem Heimatflughafen noch für Marianne parat hielt. Ausgesprochen liebenswürdig trug er ihr seine Bitte vor, mit ihm einen kleinen Abstecher einzulegen und seiner 94-jährigen Mutter einen Besuch abzustatten, die in der Pfalz in einer Seniorenresidenz lebte. ‚Noch nicht genug der Reisestrapazen', ging es Marianne durch den Kopf. Denn es bedeutete, einen Umweg zu fahren, weiteres Umsteigen in Kauf zu nehmen, Bahnsteige

entlangzulaufen. Aber was setzte sie Holger entgegen? Nichts. Ließ sich überreden und schwieg. Nicht ohne sich ein gewisses Buch ins Gedächtnis zurückzurufen, mit dem Titel: *Wenn Frauen zu sehr lieben* ... NEIN! sagen zu lernen, das dürfte ihre nächste Lektion werden.

Marianne hielt ihr Reise-Fazit in Stichworten fest:

Ein Urlaub in der Türkei. Ein Besuch – mit Ängsten verbunden, nicht zuletzt, weil dieses Land politisch umstritten ist – unerwünscht von manchen EU-Mitgliedstaaten. Freude – beim ersten Betreten des Bodens. Das Klima, das Land selbst und die Leute besaßen ihre eigene Ausstrahlung. Überraschungen en masse – Eine Sonnenfinsternis: Schafe, Hund und Vögel schwiegen.
Die Menschen – Gott lobsingend – einen Schauer auslösend.
Der Reiseleiter – ein Muselman, unhöflich gegenüber Frauen, die Fragen stellten.
Zurückgekehrt – am Ende mit einem sehr veränderten Meinungsbild über die Türkei.

Während des Notierens fielen Marianne auch einige Brocken Türkisch wieder ein. Worte, die sie gelernt hatte und nun halblaut rezitierte, bemüht, Schrift- und Lautbild korrekt wiederzugeben:

merhaba – bedeutet Hallo
tscherkür – bedeutet Danke
lütfern – bedeutet Bitte, und
güneidin – Guten Morgen

Erst jetzt, in der vertrauten Umgebung und ohne ständig neuen Eindrücken ausgesetzt zu sein, erinnerte sich Marianne an ihr Engagement vor Jahren in einer pro-türkischen Aktion. Zu jener Zeit hatte sie ein türkisches Mädchen kennen gelernt und versprochen, gemeinsam die Eltern zu besuchen, falls Marianne einmal in die Türkei reiste. Nun hatte sie das Land besucht, war auf der Rundreise sogar bis Anatolien gekommen, hatte aber an keinen Besuch gedacht. Nun ja, sie hatte diese Menschen aus den Augen verloren und keine aktuelle Adresse. Aber es gab doch einen Bericht, oder nicht?

Ein Haus – für Türken?

In der Tageszeitung stieß ich auf einen Artikel, der mich richtig wütend als auch nachdenklich stimmte. Es war die Überschrift, die meine Aufmerksamkeit weckte:

„Ein Haus mitten in unserer Stadt – gerade gut genug für Türken?"

Staunend nahm ich die Adresse zur Kenntnis. Es handelte sich um das Nachbarhaus. Bis zu diesem Zeitpunkt war mir entgangen, dass in diesem Gebäude nur ausländische Menschen wohnten.

Ich machte mich sofort auf, das Haus, seine Bewohnerinnen und Bewohner einmal nachbarschaftlich kennen zu lernen. In dem Zeitungsbericht waren die Wohnverhältnisse als katastrophal bezeichnet worden. Äußerlich wies das Haus noch Restbeschädigungen vom letzten Krieg auf, wie etwa die roten Sandsteine mit ihren Löchern durch Granatsplitter. Die knurrende Holztreppe war ausgetreten und zudem ungepflegt, was das Entree nicht einladender machte. Ich klingelte an der ersten Wohnungstür. Auf dem Schild stand: Ismir Aturek. Ein Mädchen öffnete – schätzungsweise fünf Jahre alt. Ich war sofort fasziniert. Da stand ein Kind mit einer ganz besonderen Ausstrahlung. Zwei dunkelbraune Augen lachten mich an. Auf den ersten Blick war erkennbar, welch wunderschöne Frau hier heranwuchs.

„Sprichst du Deutsch?", wollte ich von ihr wissen. Sie rief nach ihrem Bruder, der zirka vierzehn Jahre alt sein mochte. In akzentfreiem Deutsch fragte er:

„Was wünschen Sie?"

„Ich möchte deine Mutter sprechen."
Dieser Satz war derzeit nicht gerade klug gewählt, denn er antwortete:
„Kommen Sie wieder, wenn mein Vater zu Hause ist. Meine Mutter spricht außerdem nicht Deutsch."
Betroffen und nachdenklich trottete ich heim.

Am Abend desselben Tages traf sich unser Ortsverein, dem ich als Vorstandsbeisitzerin angehörte, zu einer Sitzung. Ich hatte selbstverständlich den anklagenden Zeitungsartikel dabei und fragte in die Runde, ob noch irgendjemand davon Notiz genommen hatte. Leider nicht. Der stellvertretende Ortsvorsitzende und ich vereinbarten einen gemeinsamen Termin, um uns ein klares Bild über den Zustand dieses Hauses und die darin wohnenden Menschen zu verschaffen.
Wir planten, öffentlich Stellung zu beziehen und gegebenenfalls einen Artikel über den Hauseigentümer zu schreiben, falls sich herausstellte, dass er in seinem Anwesen nichts, aber auch gar nichts reparieren ließ. Freilich mussten wir behutsam vorgehen.
Ich meldete uns für den nächsten Abend bei Herrn Aturek an. Als Richard Nospers und ich klingelten, öffnete uns ein freundlicher Mann die Tür und bat uns herein. Frau Aturek stand etwas schüchtern abseits. Jetzt war mir auch klar, woher die Ausstrahlung des Mädchens kam. Das Gesicht dieser Frau zeigte die gleiche Ebenmäßigkeit, eine Schönheit, die durch das bunte Kopftuch nur noch unterstrichen wurde. Der Hausherr bat sie, uns Tee zu servieren. Als der vor uns in den Gläsern dampfte, begannen wir unser Anliegen vorzutragen. Wir wollten, dass sich in diesem Haus etwas änderte, und zwar wesentlich – die gesamte Lebensqualität. In der Mietwohnung selbst hatte Herr Aturek sichtbar mit viel Aufwand an Geld und persönlichem Engagement einiges verbessern können. Die Wände waren frisch tapeziert, und in der Küche war sogar eine Duschkabine installiert.
„Alles", beteuerte er, „selbst gemacht!"

Herr Aturek gab uns auf unsere Bitte hin die Adresse des Hauseigentümers und zeigte uns noch die Toilette, die sich auf dem Flur befand. Er erklärte uns, dass es im Winter schon mal vorkomme, dass die Wasserleitungen einfrören. Nach dieser Wohnung besichtigten wir noch vier weitere, in denen tatsächlich ausschließlich türkische Familien lebten. Die Fensterrahmen aus Holz, das morsch und ungestrichen war, sorgten dafür, dass es aus allen Ritzen zog. Für diesen Tag waren wir bedient!
Den Hauseigentümer anzuschreiben, das übernahm Genosse Richard, sein Amt sollte für die erforderliche Autorität einstehen. Dennoch stieß er beim Eigentümer in ein Wespennest an Widerspenstigkeit.
„Das ist ein privates Haus, und da haben Sie sich nicht einzumischen.“
Daraufhin kündete der Politiker ihm in der Lokalzeitung einen Bericht über die Zustände seines Hauses an. Davor hatte der Vermieter Angst. Plötzlich hörten wir ihn, oh, welch Wandlung, sogar positiv über seine Mieter sprechen. Sie zahlten stets pünktlich ihre Miete, aber die sei so gering, dass er immer nur die akut anfallenden Arbeiten ausführen könne. Demgegenüber waren wir weitaus besser informiert. Bei der ersten Besichtigung seines Anwesens hatten wir die Missstände ja bereits in Augenschein genommen und notiert. Auf die Nachfrage, was er denn im letzten halben Jahr erneuert habe, konnte er nichts vorweisen. Durch Richards Überredungskunst vereinbarten wir einen gemeinsamen Treffpunkt am Objekt der Kritik, um eine Mängelliste zu erstellen. Inzwischen war der Hauseigentümer zu allem bereit, da er auf gar keinen Fall einen weiteren negativen Artikel in der Tagespresse lesen wollte. Es wurde eine beachtliche Liste, die wir da zusammenstellten. Der Eigentümer versprach, nach und nach alle Mängel zu beseitigen und das Haus in den Zustand versetzen zu lassen, der den Menschen, die darin leben, erlaube, sich auch wohlzufühlen.
Aber damit war meine Mission noch lange nicht beendet. Ich wollte mich unbedingt mit Frau Aturek unterhalten können. Ismir

Aturek hörte bezüglich meines Wunsches auf einem Ohr nicht gut. Ich hatte das Gefühl, er übersetzte nicht alles, oder nicht so, wie ich es gesagt hatte.
Inzwischen ging ich bei der Familie ein und aus. Ich fand es einfach wunderbar, mit welcher Gastfreundschaftlichkeit und sogar Herzlichkeit ich stets neu aufgenommen wurde. Außerdem konnte ich durch die vielen Besuche die einzelnen Arbeiten und Verbesserungen kontrollieren. Aicha, die Ehefrau und Mutter, fasste langsam Vertrauen zu mir.
An einem Montagmorgen, als an der Volkshochschule ein neuer Deutsch-Kurs für türkische Frauen begann, begleitete ich Aicha einfach dorthin und meldete sie an. Ihr Sohn hatte ihr vorher alles übersetzen müssen, auch, wie schön es doch wäre, sich endlich ohne Hilfe des Sohnes oder Ehemannes austauschen zu können. Dennoch machte Aicha ein sehr betrübtes Gesicht, als sie am darauffolgenden Donnerstag die erste Stunde besuchen sollte. Als wir vom Unterricht in die Wohnung zurückkehrten, stand Ismir da wie zur Salzsäule erstarrt. Er schrie mich ernsthaft verärgert an:
„Sie sind keine Frau! Sie sind eine Institution! Sonst würden Sie jetzt von mir etwas ganz anderes hören! Ich glaube, ich würde Sie rausschmeißen! Meine Frau hat mich nicht gefragt! Sie muss auch nicht Deutsch sprechen lernen. Ich will das nicht!"
Um ihn zu besänftigen, machte ich den längsten Besuch bei meinen Türken, wie ich sie inzwischen nannte. Immer wieder musste Ismir seine Tiraden unterbrechen und sie für mich übersetzen, bis plötzlich der Sohn mit ruhiger Stimme einwarf:
„Die Mutter würde gern in den Kurs gehen."
Damit war das Eis gebrochen. Aicha umarmte mich glücklich, als wir uns an diesem Abend verabschiedeten. Nun konnte auch sie mich besuchen kommen, und ich half ihr bei den Hausaufgaben, die nach einem halben Jahr auch schon ohne Hilfe gut klappten.
Wir waren dann über zehn Jahre regelrecht befreundet. Ich erfuhr viel über die Heimat meiner Nachbarn, und sie konnten mit der

Zeit sogar einige meiner emanzipatorischen Ansichten akzeptieren.
Das Haus wurde immer wohnlicher. Aicha nahm im nahen Kaufhaus eine Stelle an und trug so zum Lebensunterhalt der Familie bei. Erst als ich aufs Land zog, verloren wir uns aus den Augen.
Bis vor einigen Monaten; da begegnete mir in der Stadt eine zauberhafte junge Türkin, ohne Kopftuch und sehr modern wirkend. Es war Faida, Aichas und Ismirs Tochter, die inzwischen eine selbstbewusste junge Frau geworden war. Wir erkannten uns auf Anhieb. Ich lud sie zum Kaffee ein. Was ich dann alles erfuhr, würde noch zehn Seiten füllen. Nur so viel: Faida berichtete von der Rückkehr ihrer Eltern in die Türkei. Die Großeltern hätten versorgt werden müssen. Sie, Faida, sei bei ihrem Onkel geblieben, denn sie habe damals ihr Studium als Dolmetscherin begonnen, als die Eltern nach Anatolien aufbrachen. Wir merkten beide, dass dieses Wiedersehen bedeutsam war. Seitdem treffen wir uns oft an der Uni. Faida stellte mir dort ihre Freunde vor, und so besteht die Beziehung weiter. Es gibt sogar eine Einladung in die Türkei für mich. Ein Traum, den ich mir gerne erfüllen möchte; aber im Alter von über sechzig Jahren und mit einem lädierten Kreuz überlegt eine sich weite Flüge zweimal. Faida wird hartnäckig bleiben und es bestimmt eines Tages schaffen, mich zu überreden. Wer weiß?
Marianne bedauerte die verpasste Gelegenheit, diese liebenswerten Menschen wiederzusehen. ‚Sind sie die Einzigen, die ich aus dem Blick verloren habe?', fragte sich Marianne nachdenklich. Seit einem Jahr engagierte sie sich derartig in der Beziehung zu Holger, dass viele ihrer Kontakte abebbten und ihr sonstige soziale Aktivität nachgelassen hatte. Umso mehr stand die Dynamik zwischen Holger und ihr im Mittelpunkt. Sie war da inzwischen sehr sensibel geworden, häufig befand sie sich mitten in einer neuen Situation, die sie aufhorchen ließ.
Die nächste wartete schon. Ausgelöst durch Holgers leicht hingeworfene Bemerkung:

„Neulich, beim letzten Treffen mit meiner geschiedenen Frau, hat sie geäußert, welchen Eindruck sie von dir hat. Sie beschrieb dich als langweilig und penetrant."
Marianne wandte sich von Holger ab. ‚Unverschämt', dachte sie. ‚Diese Frau kennt mich doch kaum! Wenn ich diese Äußerung jetzt mit einem „Na, und?" abtun könnte, wäre ich echt ein Stück weiter.'
Holger schien ihr die Betroffenheit anzumerken. Suchte er das Urteil abzuschwächen? Versuchte er, Marianne zu beschwichtigen? Tat ihm seine Plauderei leid? Oder schob er die Äußerung seiner Ex-Frau nur vor? Jedenfalls setzte er noch eine drauf:
„Ja, das bist du – ab und zu."
Und nach einer kurzen Pause:
„Ich meine nur, hinsichtlich deiner feministischen Themen. Könntest du die nicht besser lassen?"
Diese Frage lenkte Marianne ein wenig von ihrer Betroffenheit ab. Sie wusste, Feministinnen galten in der medialen Öffentlichkeit per se als penetrant. Und auch in Mariannes Umfeld erwiesen sich feministische Argumentationen oft als erklärungsbedürftig. In den Medien wurde eine Feministin, selbst als Künstlerin, noch wie eine exotische Frucht serviert. Wenn mann sich nicht mit einer Alibi-Frau in einer Männerrunde begnügte. Dieses Gebaren wurde allerdings nicht als penetrant bezeichnet, im Gegenteil, die Einschaltquoten fielen leider nicht, soweit Marianne informiert war. Die Beschreibung ihres Auftretens als ‚penetrant' konnte sie also noch ertragen.
„Aber ehrlich, Holger", musste Marianne insistieren, „bin ich langweilig? Kannst du das bestätigen?"
„Nanni, meine Ex-Frau kennt dich nicht. Für mich bist du alles andere als langweilig."
„Das hätte mich sonst auch verwundert", fügte Marianne hinzu. „Und was das feministische Denken betrifft – was verstehst du denn darunter? Was heißt das?"
Holger bequemte sich zu keiner Antwort, er entgegnete:

„Du wirst es mir erklären. Was verstehst du darunter?"
Marianne parierte:
„Ich werde dir ein Interview bringen, das du lesen kannst. Vor kurzer Zeit hat mich eine Journalistin dazu befragt. Wenn du willst, lese ich es dir auch vor."
Holger schien es jetzt zu interessieren. In versöhnlichem Ton schlug er vor:
„Komm, erzähl mir, was dir dabei so wichtig ist; vielleicht kann ich dein Denken ja dann verstehen und mittragen. Aber noch einmal, langweilig bist du nicht."
Marianne fehlte die Zeit zu weiteren Diskussionen. Es drängte sie, aufzubrechen. Sie versicherte Holger, das Gespräch genau an dieser Stelle wieder aufnehmen zu wollen.

Bevor es dazu kam, berichtete Holger von einer neuen Situation mit seiner ehemaligen Frau. Er habe ihr erklärt, wie frauensolidarisch Marianne sich ihm gegenüber von Anfang an verhalten habe. Sie habe ihn einen Fremdgänger genannt, sogar als das „Schwein" in der Ehe bezeichnet. Marianne erinnerte sich schmunzelnd. Dann zog sie einen Artikel aus der Tasche. Leider war es nicht das versprochene Interview, wie sie zu spät bemerkte, sondern ihre eigene Reflexion zum Thema. Holger bat Marianne, ihm den Text vorzulesen. Das sei authentischer, und zudem gefiele ihm ihre Art, so etwas vorzutragen. Marianne begann:

Feminismus – Feministin

„Was – du bist Feministin?"
Dieser erstaunten Frage begegne ich nicht selten, sobald ich den Begriff auch nur erwähne. Ob eine Frau fragt, ob ein Mann sich vergewissert, sie tun erstaunt, ihr Ton nimmt eine bedauernde oder belächelnde Färbung an. Meine Antwort auf die Frage, ob ich Feministin bin, lautet nach wie vor:

„Ja, wie jede vernünftig denkende Frau bin selbstverständlich auch ich eine Feministin."
Inzwischen drängen sich mir selbst einige Fragen auf, denen ich nachgehen möchte:

1. *Ist Feminismus ein Reizwort?*
2. *Oder ein Reizthema?*
3. *Was besagt der Begriff eigentlich?*
4. *Wie wird er verwendet?*
5. *Was passiert mit seiner Bedeutungsvielfalt?*
6. *Macht Feminismus Angst?*
7. *Werden Frauen, die sich als Feministinnen zu erkennen geben, stigmatisiert?*
8. *Oder ist – wie viele behaupten – der Feminismus gar überholt, am Ende?*

Meine feministische Einstellung resultiert aus Erfahrungen und Erkenntnissen. Als ich den Auftrag bekam, über dieses Thema zu schreiben, freute ich mich darauf.
Mit dem Beitrag möchte ich in unserer Verbandszeitung ***Neuer Literaturkurier*** *eine Fortsetzungsreihe beginnen, die zur begrifflichen Klärung des Themas führt wie auch die Bandbreite der Diskussion sichtbar werden lässt. Unsere Absicht ist, Leserinnen und Leser, die mit dem feministischen Denken nicht vertraut sind, zu informieren, dem Denken einen breiteren, öffentlicheren Diskussionsrahmen zu bieten und indirekt dazu beizutragen, dass bestehende Vorurteile abgebaut werden können.*

Meine erste These:
In unserer individualisierten Gesellschaft werden wir oft unterschiedslos als neutrale Personen dargestellt.
Feministinnen sind dafür bekannt, dass sie sich nicht als geschlechtslose Personen betrachten, sondern als Frauen, die ein selbständiges Denken auszeichnet – das sich vom männlichen

Denken unterscheidet. In Streitgesprächen fällt immer wieder mal der Satz:
„Ihr Frauen seid euch ja selbst nicht einig!", und zwar genau dann, wenn Frauen ihre je eigenen Positionen vertreten.
In der Beschreibung „Ihr Frauen ..." stecken zwei grobe Denkfehler. Zum einen wird unterstellt, die Männer insgesamt seien einer Meinung, und zum anderen, Frauen seien eine homogene Gruppe. Weder Frauen noch Männer stellen homogene Gruppen an sich dar.
*Dies gilt auch für Feministinnen, die zu beurteilen, zu bewerten und ihren verschiedenen Richtungen zuzuordnen keine einfache Sache ist. Sie stellen in ihrer Unterschiedlichkeit keine repräsentative Gruppe dar, und schon gar keine homogene. Feministinnen finden wir heute in allen Institutionen und Einrichtungen, so auch in unserem Verband, dem Freien Deutschen Autorenverband (FDA). Die Art und Weise, wie dieser sich nach außen und innen darstellt, verdient feministische Kritik. Nehmen wir z. B. die Satzung, in der keine einzige Autor**in** vorkommt, oder das Motto des Europatages, der gerade zu Ende gegangen ist:*
Die Kultur als Mittler
Viele Feministinnen – zu denen ich mich zähle – sind Sprachkritikerinnen. Es sind Frauen, die unsere deutsche Muttersprache kritisieren und als androzentrisch (männlich dominiert) entlarven.
*Die Linguistin Luise F. Pusch hat mit ihrem Buch „Das Deutsche als Männersprache" inzwischen bei vielen Personen einen Bewusstseinsprozess in Gang gesetzt und den Stand ihres/unseres Wissens verändert. Die Gesellschaft für deutsche Sprache – GfdS – hat diesen **Zeitgeist** erkannt und unterstützt das Anliegen mit einer klaren Zustimmung.*
Noch vor Luise F. Pusch hat die Sprachwissenschaftlerin Senta Trömel-Plötz in den 70er Jahren mit der Sprachkritik begonnen. In der Fachzeitschrift Linguistische Berichte *wurde diese Kritik unter dem Titel „Sprache, Geschlecht und Macht" erstmals veröffentlicht. In ihrem Buch „Frauensprache: Sprache der Verände-*

rung" bringt sie dieses Thema auf den Punkt. Sie zeigt auf, wie Menschen durch Sprache ausgegrenzt werden.
Wer sprachlich erst einmal ausgegrenzt ist oder nicht genannt wird, der oder die wird auch politisch-kulturell ignoriert.
Als einleuchtendes Beispiel führt S. Trömel-Plötz an, wie Nationalsozialistinnen und Nationalsozialisten sprachlich mit der (Volks-)Bezeichnung Juden umgegangen sind. Am Anfang waren wir noch alle Deutsche, ob Jude oder Nichtjude. Dann wurden die Juden zu Deutschen jüdischer Herkunft. Danach zu Juden. Sie mussten sich einen Stern anheften, was sie zu Untermenschen degradieren sollte, die letztlich total vernichtet wurden. Ich überlasse es den Leserinnen und Lesern, sich an weitere historische Ausgrenzungen zu erinnern.
Vielleicht die der Schwarzen in den USA!
Die der Frauen in der Sprache?
In der Auseinandersetzung damit und nach Sichtung der Literatur hier nun meine zweite These:
Sprache ist Ausdruck von Denken, Fühlen, Handeln und das wichtigste Kommunikationsmittel überhaupt. Sie ist identitätsstiftend.
Denken wir einmal darüber nach, wie sich Ausländerinnen fühlen mögen, denen Ehemänner verbieten, unsere Sprache zu erlernen, und wir uns nicht mit ihnen unterhalten können. Dann verstehen wir auch den Sinn der feministischen Forderung:
Wir müssen uns sprachlich verständigen können, wenn wir frauensolidarisch miteinander leben wollen.
Ein weiteres Beispiel ist die als EG-Richtlinie inzwischen praktizierte Bedingung, Stellenausschreibungen geschlechtsneutral zu formulieren oder in Form einer Doppelnennung, z. B. Ingenieur/Ingenieurin. Dazu gibt es Forschungsarbeiten, die belegen, dass ohne explizite Ausschreibung selbst weibliche Fachkräfte sich oftmals gar nicht erst bewerben. Inzwischen hat die Nennung der weiblichen Berufsbezeichnung Erfolge gezeitigt. Die erwähnte Arbeit von S. Trömel-Plötz traf übrigens auf Widerspruch bei ih-

rem Kollegen Kalverkämpfer, wie ebenfalls nachzulesen ist. Gefolgt von einer Replik der genannten Sprachwissenschaftlerin Luise F. Pusch. Beiträge und Bücher lesen sich heute noch wie Krimis, stelle ich mit Vergnügen fest.
Zurück zu unserer FDA-Satzung und dem Motto des Europatages. Dem neuesten Stand der Sprachkritik und der deutschen Rechtschreibung zufolge hätte es lauten müssen: Kultur als **Mittlerin** *zwischen den Völkern. Die Kultur ist kein Mittler. Noch hat sie das generische Femininum.*
Wie androzentrisch unsere Sprache ist, ersehen Sie bitte an den von mir gesammelten Beispielen im Literaturanhang. Lassen Sie sich von ihnen inspirieren und vom Dubiosen in unserer Sprache überzeugen, dass Kritik angebracht ist.
Auch in Form einer Satzung wollen Frauen nicht mehr als Autor „mitgemeint" sein. Unsere Präsenz kann durch die eine oder andere sprachliche Variante zum Ausdruck kommen. Zur Wahl stehen die Doppelnennung, der Schrägstrich oder gar das große I. Denn alle Personen können in unserer Muttersprache vorkommen, und alles, was ein generisches Femininum hat, kann auch damit benannt werden – der Rest ist zu erfinden. Eine gute Übung, um den Blick zu schärfen und das Sprachbewusstsein zu trainieren, ist das tägliche Zeitunglesen. Wetten wir – Sie werden fündig.
Der FD-Autorenverband besteht inzwischen im Saarland kaum mehr, und auch ich bin ausgetreten.
Hier noch einige Kostproben dubioser Sprachblüten:
Die Polizei – dein Freund und Helfer, statt Freundin und Helferin!
Die Stadt Saarbrücken ist dein Arbeitgeber.
Die Versicherung ist der Helfer in der Not.

Holger platzte los:
„Ich kann viele deiner Argumente gut verstehen. Nur eines werde ich nie verwenden, das ist das große I inmitten einer Bezeichnung. So zu schreiben, kann mich niemand überzeugen, denn das ist ganz einfach falsch."

Marianne verteidigte dieses Schriftbild. Sie benutze es nicht nur der Einfachheit halber. Selbst im Infoheft der Allgemeinen und Vergleichenden Literaturwissenschaft, Stand WS 2001/2002, stünde durchgängig das große I. Dadurch sei sie in erlauchter Gesellschaft. Holger mochte es nicht glauben. Bis Marianne ihm eines Tages das Infoheft als Beweis vorlegte.
Holger schien feministisches Blut geleckt zu haben. Er wollte unbedingt noch das Interview kennen lernen. Und als sie bei einem weiteren Besuch schließlich daran gedacht hatte, bat er Marianne wieder, es ihm vorzulesen:
„Du weißt doch, ich höre dir zu gerne zu."

Feministische Kritik und Politik

„Ich frage, und Sie antworten bitte kurz und prägnant. Mir steht nur eine begrenzte Zeilenzahl zur Verfügung. Ich kann nicht einmal versprechen, das Interview in der Redaktion unterzubringen", hatte die Journalistin einer bekannten Zeitung Marianne vorab erklärt. Das Interview war eines von mehreren, die diese Journalistin mit engagierten BürgerInnen der Stadt führte.

Frage: *„Sie sagen, dass Sie schreiben. Was sind denn das für Texte?"*
Antwort: *„Ich erzähle Geschichten. Aus dem alltäglichen Leben. Geschichten, die ich aus feministischer, politischer und vor allem kritischer Sicht aufschreibe. Sie wissen ja selbst, das Leben schreibt oft nicht nur die besten, sondern sogar die spannendsten und interessantesten Geschichten."*
Frage: *„Befürchten Sie nicht, mit dieser Sicht der Dinge könnten Sie Ihre LeserInnen verschrecken? Dass eine feministisch-kritische Sicht womöglich nicht interessiert?"*
Antwort: *„Ich bin überzeugt davon, dass das Interesse größer ist als angenommen. Wenn Sie einmal überlegen, dann besteht die Möglichkeit, gesellschaftliche Veränderung zu erzielen, nicht im*

pausenlosen Erlassen von neuen Gesetzen und Regeln, sondern im alltäglichen Umgang miteinander. Das bedeutet genau hinzusehen, was passiert, es durch das Schreiben öffentlich machen und schon dadurch eine kleine Veränderung einzuleiten, dass sich das Bewusstsein schärft."

Frage: *„Also schreiben Sie politisch ambitioniert? Und das bei der Politikverdrossenheit, die herrscht. Wie wollen Sie Ihre Texte denn verkaufen, wenn sie in Buchform vorliegen?"*

Antwort: *„Ich schreibe nicht abstrakt-theoretisch über Politik. Meine bevorzugte Form sind Glossen. Mutterwitz und Humor haben noch keinem Buch geschadet. Selbst wenn ich die Misere in unserer Arbeitswelt beschreibe: die Unterbezahlung von Frauen; die Doppelbelastung und herkömmliche Arbeitsteilung in den Familien; die Jungsspielsachen und die Barbie-„Kultur". Oder glauben Sie, mit einer Kanzlerin an der Spitze wären diese Missstände vom Tisch? Die Gleichberechtigung schon erreicht? Das leidige Thema des Schwangerschaftsabbruchs erledigt?"*

Frage: *„Wie steht es dann mit Ihrer Kritik?"*

Antwort: *„Sie wissen, dass Kritik das Leichteste ist, was eine oder einer von sich geben kann. Ihr Zeitungsleute motzt und mosert doch jeden Tag, davon lebt die Zeitung. Aber Kritik auch mit Anerkennung zu koppeln, mit fundierten Änderungsvorschlägen aufzuwarten, diese in Verbindung mit feministischem Denken und politischem Handeln zu setzen, das ist dann schon schwieriger."*

Frage: *„Welche genauen Formen wählen Sie, um Ihre Geschichten an den Mann zu bringen?"*

Antwort: *„Um sie sowohl an die Frau als auch an den Mann zu bringen, beschreibe ich Fakten anhand authentischer Geschichten, die zumeist von Frauen und Männern und Kindern handeln. Ich trage fast immer einen kleinen Block bei mir – hier, sehen Sie! Ich schreibe in Dialogform; manchmal, wenn ich stadt- oder landbekannte Namen vermeiden möchte, wähle ich die Sie- oder Er-Form, das Ganze wirkt dann fiktiver. Oder ich belebe Gegenstände. Lasse also Hemden, Mützen, Jacken, Puppen, sogar Spiegel*

sprechen, die ihre Geschichte erzählen. Dann stehe ich auch nicht als kritische Person im Vordergrund."
Frage: *„Wie soll Ihr Buch heißen, und wann wird es herauskommen?"*
Antwort: *„Es wird das erste Buch sein, das ich ohne MitautorInnen herausbringe. Ich hoffe, es sehr bald veröffentlichen zu können. Kürzlich erst habe ich einen neuen Verleger gefunden, denn die zwei, die meine ersten Bücher verlegt haben, sind bankrott. Es gibt einen Arbeitstitel, den ich noch nicht verraten möchte."*
„Schade, ich hätte ihn hier gerne genannt. Dann wünsche ich Ihnen viel Erfolg, und dass sich alle Ihre diesbezüglichen Erwartungen erfüllen. Danke für das Gespräch."

Holger wollte wissen:
„Und in welcher Zeitung ist dieses Interview erschienen?"
Mariannes Stimme war die Enttäuschung noch anzuhören:
„Die Journalistin hat mir später mitgeteilt, dass der Artikel nicht gedruckt worden sei."

Wahlverwandtschaften

Ein Ereignis, dem Holger schon im Voraus viel Aufmerksamkeit widmete, betraf die Hochzeit seines Sohnes. Die standesamtliche Trauung sollte im Rathaus Saarbrücken stattfinden, und an diesem feierlichen Akt hätte auch Marianne sehr gern teilgenommen. Allein eine Einladung fehlte, und als sie Holger instruierte, herauszufinden, ob ihre Anwesenheit dort erwünscht sei, musste sie eine Absage akzeptieren. Marianne fiel das doppelt schwer, denn sie hätte Holger zu gern in eben dem Rathaus vor eine Büste geführt, deren Aufstellung vor Jahren Marianne und eine ihrer Freundinnen in die Wege geleitet, organisiert und realisiert hatten. Nun blieb ihr einzig, Holger den Standort zu beschreiben. Wenn er die wunderschöne Freitreppe des Rathauses hinaufgehe, solle er seinen Blick auf die zierliche Büste

in der rechten Ecke richten – der Frauenkopf auf dem schmalen Sockel stelle die Widerstandskämpferin Johanna Kirchner dar. Holger versprach’s. Doch seine Neugier war geweckt, er wollte unbedingt hören, wie es zu dieser Büste im Rathaus gekommen war. Marianne war vorbereitet:
„Ich lasse dich die Geschichte schon deshalb gern wissen, weil ich sie zwar aufgeschrieben, aber als Beitrag für die Eröffnungsrede einer Frau überlassen habe, die damals für den Landtag kandidierte.

Johanna Kirchner zum Gedenken

Im Rathaus der Landeshauptstadt Saarbrücken gibt es ein wichtiges „Denk“-mal für uns Frauen.
Aber auch eines, das den Worten:
„NIE wieder Krieg – nie wieder Faschismus“
einen Sinn verleiht. Zu Lebzeiten wollte Johanna Kirchner nie ein Denkmal sein. Wie kam es nach ihrem Tode dazu?
Ende 1984, bei einer Vernissage mit Bildern Otto Lackenmachers in der Galerie am alten See, Präsident-Balz-Str. 1, in Saarbrücken, traf D. H., eine Frau der St. Johanner Arbeitsgemeinschaft sozialdemokratischer Frauen (AsF), zu der Zeit auch Stellvertretende Landesvorsitzende, mit der Galeristin Gisela Oswald und dem Galeristen Peter Riede zusammen. Im Laufe des Abends unterbreitete Peter Riede ihr ein Angebot, das sich für sie sehr spannend anhörte:

„Im nächsten Jahr wird in Frankfurt/Main im Haus der Arbeiterwohlfahrt die Büste Johanna Kirchners, einer Widerstandskämpferin, aufgestellt, um zu deren 100. Geburtstag an ihre Taten und Leistungen in der Nazizeit zu erinnern. Der Künstler, Clemens Strugalla aus Frankfurt, hat eine zweite Büste gearbeitet. Diese habe ich in Kommission. Ich würde sie euch engagierten St. Johanner AsF-Frauen gerne verkaufen. Ihr müsstet versuchen, sie im

Rathaus aufzustellen, das wäre doch einmal eine Ehrung mit viel Sinn. Eine echte Herausforderung!
Kennst du Johanna Kirchner mit ihrem Schicksal, und das Buch darüber?“
Die Angesprochene bejahte, musste aber zugeben, das Buch von Antje Dertinger/Jan von Trott „... und lebe immer in Eurer Erinnerung“ *zwar zu besitzen, aber noch nicht gelesen zu haben. Dies änderte sich sofort. In der nächsten Sitzung unterbreitete D. H. – nunmehr überzeugt – den Vorschlag, und noch am gleichen Abend beschlossen die St. Johannerinnen, es sollten sich zwei Frauen weiter damit beschäftigen, um alle nötigen Schritte einzuleiten, um auch hier in Saarbrücken diesen denkwürdigen Tag begehen zu können. Beauftragt wurden D. H. und M-L. H-I.*
D. H. besorgte und sammelte Unterlagen, um mit M. L. ein Konzept zu erstellen und dann die dazu nötigen Herren im Rathaus anzusprechen.
Der Ortsverein der SPD gab ohne Diskussion seine Zustimmung, und die Vorbereitungen konnten beginnen. Inzwischen war den Frauen klar, dass die Aufstellung der Büste mit einer Gedenkveranstaltung verbunden werden müsse. Da alle, die sich mit dem Thema beschäftigten, inzwischen wussten, dass Johanna Kirchner auch lange Zeit in Saarbrücken gewirkt hat, war niemand gegen das Vorhaben ... es blieb, das dafür zu organisieren.
Bei einem Fest erzählte D. H. dem damaligen Oberbürgermeister Oskar Lafontaine von ihrer Idee. Er war angetan, erst recht von der Argumentation. Das ließ hoffen. Auf Landesebene befand man sich in einem Wahljahr. Die Idee, die für uns hinter dem Anliegen stand, lag auf der Hand. Johanna Kirchner, Widerstandskämpferin aus Frankfurt, war Arbeiterwohlfahrts- und SPD-Frau. Mit dem Aufstellen ihrer Büste würde im Rathaus, in dem an den Wänden und auf den Sockeln nur Männer abgebildet hängen und stehen, nun endlich eine Frau gewürdigt werden. Die Büste sollte 5000 DM kosten, und damit begann das Dilemma der Saarbrückerinnen. Der Oberbürgermeister übertrug für die Stadt die weite-

ren Verhandlungen Ingo Wolter, der auch die Finanzierung sicherstellen sollte.
Zufall? Als im gleichen Jahr im Hunsrück die Menschenkette – gegen Pershing II und Cruise Missiles – gebildet und geschlossen wurde, kam Oskar Lafontaine an D. H. vorbei und flüsterte ihr zu: „Wir haben die Büste für euch erworben. Sie kommt ins Rathaus."
Ein Faltblatt musste konzipiert werden. Auf der Vorderseite des DIN-A5-Doppelblattes sollte die abgelichtete Büste mit den persönlichen Daten Johanna Kirchners stehen. Innenseitig musste auch ein Auszug aus dem wichtigsten Teil des Urteils von Freisler stehen, aufgrund dessen sie in Berlin-Plötzensee hingerichtet – geköpft – worden ist. Auf der Rückseite mussten die Daten im Telegrammstil den Lebenslauf wiedergeben. D. H. stützte sich dabei nicht nur auf das besagte Buch von Antje Dertinger, sondern stöberte die beiden Töchter Johanna Kirchners, Lotte Schmidt aus Frankfurt und Dr. Inge Lietz aus Ostberlin, auf. Klar, dass diese dann auch zur Aufstellung der Büste eingeladen werden sollten.
Bei der Besichtigung des Rathauses wegen eines angemessenen Standortes, an dem das Mahnmal gut sichtbar und würdevoll platziert werden könnte, kämpfte D. H. um den Platz, an dem es heute steht. Vom Flurende im zweiten Stock (wo es zunächst angedacht war) rückte es vor auf den Treppenabsatz am Haupteingang. Die Unterhändlerin berichtete voller Stolz in der AsF über den Erfolg. Das Faltblatt war fertig, um in Druck zu gehen, die Veranstaltung geplant. Die gesamte Finanzierung erledigt.
Margit Conrad kandidierte für die Landtagswahlen, deshalb beschloss die AsF St. Johann, ihre Spitzenkämpferin mit der Laudatio zur Veranstaltung zu beauftragen.
Die musikalische Begleitung gestaltete Gaby Klees mit eigens komponierten und getexteten Liedern aus den Briefen Johanna Kirchners. Sie bot einen feinen Rahmen. Ilona Caroli, die damalige Gleichstellungsbeauftragte der Landeshauptstadt Saarbrücken, bat Jürgen Wönne, Theaterdirektor des STUDIO THEATERS, ein passendes Stück zu schreiben.

Die obligatorische Panne zum großen Ereignis: Als der Gedenktag immer näher rückte, wurde den Frauen eröffnet, der Sockel aus Sandstein würde nicht rechtzeitig fertig werden. Wohin mit dem Kopf? Die Handwerker der Stadt zimmerten rasch ein Provisorium aus Holz. Die einhellige Meinung der Besucherinnen und Besucher – ein wenig undankbar:
„Sieht das scheußlich aus, das wird doch hoffentlich nicht so bleiben!"
Die Büste stand ein wenig schräg, förderte mehr die Assoziation zu Johanna Kirchners Tod als zum Geburtstag. Aber die Frauen konnten wir alle beruhigen:
„Es wird genau wie bei den Männern einen Sandsteinsockel geben."
Marianne ergänzte:
„Und so kam es auch, Holger. Und nun? Im Laufe der Jahre war festzustellen, dass dieses Mahnmal von den Bürgerinnen und Bürgern der Stadt angenommen, beachtet und geehrt wird. Auch steht an einem der Gedenktage Kirchners ein Gesteck oder ein frischer Blumenstrauß an der Büste. Dass diese Grüße zumeist von der Vereinigung der Verfolgten des NS-Regimes (VVN), dem Bund der Antifaschisten, stammen, freut alle Beteiligten. Und es mahnt, die notwendige Zivilcourage zu zeigen, die selbst in einer Demokratie erforderlich ist. So erfüllt das „Denk"-mal für diese bemerkenswerte Saarbrückerin seinen Sinn."
Spontan sagte Holger:
„Eines verspreche ich dir, wenn ich nächstens ins Rathaus gehe, sehe ich mir dieses Denkmal ganz bewusst an. Ich denke, aus einer ganz anderen Perspektive", und weiter, „ich verstehe, dass du da stolz bist."

Eines Nachts wachte Marianne von spitzen Schmerzen im rechten Schultergelenk auf, eine Verletzung, die sie sich vor ein paar Tagen beim Öffnen der Garagentür zugezogen hatte. Ein höllischer Schmerz war das gewesen, sie hatte einen Schrei getan. Morgen würde sie sofort einen Orthopäden konsultieren, der ihr eine Spritze setzen musste.

Was Kortison so alles bewirkte! Dennoch war eine genauere Untersuchung zur Abklärung notwendig, Marianne solle eine Computertomografie vornehmen lassen – womöglich würde sie an einer Operation nicht vorbeikommen, prophezeite ihr der Facharzt.

Kuriose Begebenheiten 2007

Marianne saß unschlüssig an ihrem Schreibtisch. Sie rollte den Stuhl zurück, schlug die Beine übereinander und schaute sich im Zimmer um. Große Veränderungen standen an. Das Haus würde verkauft werden müssen, eine Operation an ihrem linken Oberarm vorgenommen werden, denn eine Computertomografie hatte drei gerissene Sehnen ans Licht befördert. Sie dachte an die Untersuchung zurück – schon die war mal wieder eine Geschichte für sich. Ihre bisherigen Arztbesuche und Krankenhauserlebnisse konnte sie nicht einfach wegstecken, nahezu jedes Mal hatte es irgendwelche Vorfälle gegeben, mal ärgerlicher Art, mal lustiger Natur, oder es war echt Komik aufgekommen. Marianne verpasste es selten, derartige Situationen schriftlich festzuhalten. Sie gab ihrem Impuls nach, zog den Schreibtischstuhl zurück zum Rechner und öffnete den Ordner ‚Kuriose Szenen'.

Die Computertomografie

„Haben Sie schon einmal in einer Röhre gesteckt?", fragte mich eine ebenfalls wartende Frau im Vorraum der Röntgenabteilung im Völklinger Herz- und Thoraxklinikum. Hier saß ich, weil mein Orthopäde eine CT angeordnet hatte. Wahrheitsgemäß bejahte

ich die Frage dieser Frau und fügte hinzu, dass es sich schon um die dritte CT in meinem über 70-jährigen Leben handele. Unbeeindruckt erwiderte sie, die Prozedur gerade hinter sich zu haben, sie warte nur noch auf die Röntgenbilder für ihren Hausarzt. Ihr Bedürfnis, über das Erlebte zu sprechen, schien groß, denn sie sprach sofort weiter:
„Wissen Sie, ich hatte Angst vor der CT. Es war für mich die erste. Ich wusste ja nicht, was auf mich zukommen würde. Aber ich habe sie überwunden – die Angst. Wollen Sie wissen wie?"
„Ja, schon; obgleich ...", bekundete ich vollmundig, „ich nie ängstlich gewesen bin. Heute weiß ich zudem genau, was auf mich zukommt. Und dass das hiesige Gerät auf dem neuesten Stand der Technik arbeitet. Klopfen tun die Tomografen alle. Aber die Behandlung ist in jedem Falle schmerzfrei."
„Ach, hier verabreichen sie ja Ohropax, damit ist das Klopfen zu ertragen. Aber wie ich die gut zwanzig Minuten mit meiner Angst umgegangen bin, ist schon toll. Ich habe einfach die Augen geschlossen und schöne Bilder fantasiert, solche, die das Klopfen in meinen Traum einbezogen haben."
„Das hört sich spannend an. Erzählen Sie, mit welchen Bildern konnten Sie das Geklopfe gut ertragen?"
„Als ich in der Röhre lag und die Stimme der Assistentin aus dem kleinen Lautsprecher ertönte, stellte ich mir vor, in einem Wald mit lauter hohen Bäumen zu liegen. Ein bunter Vogel ..., der gab Geräusche von sich. Ich war überzeugt, einen Specht zu sehen, der am Baumstamm klopfte."
Ich musste skeptisch dreingeschaut haben, denn sie beteuerte:
„Sie können mir ruhig glauben, ich habe den Vogel ganz deutlich gesehen. Sie glauben mir doch?"
„Ja, ja, ich kenne so etwas, das ist wie bei einer Autosuggestion."
„Die kenne ich jetzt nicht; aber jedes Mal, wenn die Stimme der Assistentin die nächste Ruhepause ankündigte, habe ich mir ein neues Bild ausgemalt. Einmal war es die Zubereitung eines exklusiven Menüs. Ich roch die Zwiebeln, hörte, wie ich die Petersilie

hackte. Ein andermal sah ich Boote an einem ganz bezaubernden Strand, die im Wind in den Wellen schaukelten und aneinander klopften. Da das so ein schönes Bild war, habe ich es gleich zwei Mal genutzt. Das letzte Geräusch habe ich in die Berge versetzt, dort hackten Baumfäller Holz, und ich roch sogar den Duft frisch geschlagener Tannen."

Leider wurden wir unterbrochen, die Frau erhielt ihre Röntgenaufnahmen und verabschiedete sich. Sie kehrte noch einmal kurz zurück, um mich eindringlich an die Bilder zu erinnern, die ich mir in der beengenden Röhre unbedingt zaubern sollte.

Ich las noch ein wenig in einer der Yellow-Press-Zeitschriften. Alle, die auf dem kleinen Tisch lagen, gehörten dieser Kategorie an. Werden die Patientinnen und Patienten so eingeschätzt? Als könnte sie nichts Anspruchsvolles entspannen? Wie auch immer, mir gingen die Bilder durch den Kopf, die ich erzeugen sollte, sie vermischten sich mit denen, die ich in den Gazetten überflog. Bis ich schließlich in Kabine vier gebeten wurde.

„Alles, was aus Metall ist oder Metall enthält, wie Brille, Schmuck, BH, lange Hose und so weiter, müssen Sie ausziehen oder ablegen. Die Bluse können Sie anbehalten", belehrte mich eine junge Frau in weißem Kittel. Sie sprach mit einer durchdringenden Stimme, als sei ich taub. Sie glaubte vielleicht wirklich, Personen in meinem Alter seien alle schwerhörig.

„Legen Sie sich auf den Rücken, den Kopf in die vorgesehene Einbuchtung, und mit dem Tuch decken Sie sich bitte zu, der Raum ist sehr kühl. Das Bällchen hier halten Sie in der Hand, es ist die Klingel. Falls es Ihnen schlecht wird, bitte einmal klingeln, ich komme sofort. Die Augen können Sie geöffnet oder auch geschlossen halten."

Sie zeigte mir gelbe Stöpsel und erklärte:

„Das sind Ohropax, die müssen Sie in Ihre Ohren stecken, dann ist das Klopfen erträglich."

„Danke, ich kenne die Dinger, ich schlafe schon seit fünfunddreißig Jahren mit denen."

Sie verschwand in einem Nebenraum, und gleich darauf hörte ich die Stimme aus einem kleinen Lautsprecher über mir. Ich schloss die Augen und erinnerte mich, Bilder suggerieren zu sollen.
„Wir gehen folgendermaßen vor“, erläuterte jetzt die weicher klingende Stimme.
„Es gibt immer zwei bis drei Minuten lang Aufnahmen, die von einem Klopfen begleitet werden, danach folgen minutenlange Pausen, in denen Sie sich erholen können.“
Bilder erzeugen! Ich gab mir den Befehl: schnell, schöne Bilder – kommt – bitte!
Beim ersten Durchgang klappte nichts, da ich viel zu angespannt war. In der Pause musste die Suggestion funktioniert haben, denn von dem ganzen weiteren Geklopfe war bei mir nichts angekommen. Wie in Trance begab ich mich in die Umkleidekabine, und in dem Zustand kleidete ich mich auch wieder an. Anschließend wartete ich auf die Aufnahmen für meinen Orthopäden.
Was waren denn das für Bilder, die langsam aus meinem Unterbewusstsein hochkamen? So harmonisch, wie die Erzählerin sie geschildert hatte, waren die meinigen nicht gewesen, nicht ein einziges. Ich erinnerte nur Horrorsituationen. Erst als ich still im Auto saß, vergegenwärtigte ich sie mir richtig. Bis mich plötzlich Angst erfasste. Wenn diese horriblen Bilder während des Fahrens in mein Bewusstsein drängten, wäre ein Unfall vorprogrammiert.
Denn da hatte sich doch tatsächlich eine der Geschichten, die ich vorher in der Zeitung nur überflogen hatte, in meine Fantasien eingegraben: der Autounfall einer jungen Frau mit zwei kleinen Kindern. Das Auto war nur noch ein Wrack, lag einer Ziehharmonika gleich an der Leitplanke. Auf dem Erdboden waren drei weiße Tücher ausgelegt, unter denen ich die Toten erahnen konnte. Plötzlich hatte ich durch die Tücher hindurchgesehen – ein grauenhafter Anblick, das waren keine Gesichter mehr. Abgerissene Gliedmaßen waren zu erkennen gewesen, überall Blutlachen. Nur die Feuerwehr klopfte in der Nähe. Der Anblick war gespenstisch, das Ganze in düsteres Licht getaucht.

Wie unter Zwang stieg ich aus meinem Auto, um ein paar Schritte zu laufen, immer noch diese schrecklichen Bilder vor Augen. Ich befahl ihnen: Weg! Ich will euch nicht! Plötzlich blieb ich stehen. Ich schaute vor mir auf einen Zaun, durch den ein hellgelb blühender Forsythienstrauch gewachsen war. Meine Blicke schweiften weiter nach unten. Dort lugten Krokusse durch das Gras, in den unterschiedlichsten Farben.
Wie von Zauberhand verschwanden die Zerrbilder. Die reale Welt nahm mich sanft wieder auf mit diesen wunderschönen Frühlingsvorboten. Nach einer Weile konnte ich getrost meinen Heimweg antreten.

‚Ach ja', erinnerte sie sich, ‚mein Geliebter hatte fest versprochen, mich im Anschluss an die Operation persönlich zu pflegen'. Sie sollte sogar in seinem Bett schlafen, um nicht auf dem harten Futon im Obergeschoss liegen zu müssen. Holgers Angebot hatte sie beglückt angenommen. Guten Gewissens konnte er sich so doch einmal für ihre geleisteten Dienste revanchieren.
Marianne war es gelungen, ihre Ängste vor der Operation zu überwinden, indem sie an die Schmerzfreiheit dachte, die ihr in Aussicht gestellt worden war. Die Schmerzen plagten sie unaufhörlich, seitdem sie diesen Unfall beim Öffnen der Garagentür erlitten hatte. Die gerissenen Sehnen waren schon einmal behandelt – geklebt – worden. Danach hatte Marianne sich bei der sie liebevoll betreuenden Lilli erholen können. Über jenen Krankenhausaufenthalt hatte Marianne doch ebenfalls einen Bericht angefertigt. Sie blätterte in ihrem Ordner zurück:

Die Schürze

Als Patientin in der Klinik von Saarlouis, nach einer Schlüssellochoperation am Schultergelenk, wo drei gerissene Sehnen am Oberarm angeklebt wurden, erlebte ich folgende Geschichte. Sehr bald nach dem Eingriff hatte ich den Arm wieder zu bewegen. Auf dem Tisch vor mir befand sich eine Markierung, die ich mit der Hand des verletzten Armes erreichen und dort die Hand vor- und zurückschieben sollte; mit jedem weiteren Tag würde sich auch der Markierungsabstand verlängern. Ohne sofortigen Beginn dieser Übung, wurde mir glaubhaft versichert, könnte meine Schulter womöglich ihre Beweglichkeit verlieren.

Ich übte und übte, auch im Kraftraum der Abteilung, bis über die Schmerzgrenze hinaus. Der Erfolg stellte sich bald ein. Bei der ersten wöchentlichen Visite, wo ich meine bereits bemerkenswerte Mobilität der operierten Schulter demonstrieren musste, sagte der Stationsarzt zu mir:

„Ja, gnädige Frau, das ist beispielgebend; ich nehme Sie gleich mit in die anderen Zimmer – aber könnten Sie auch ihre Schürze schließen?"

Ich war perplex. Als ich endlich begriff, hatte ich schon eine bedrohliche Haltung eingenommen und antwortete kühl:

„Schürze! Schürze?" Und noch eine Tonlage tiefer:

„Schürze?"

Dann brach es förmlich aus mir heraus:

„Würden Sie diese Frage auch an einen Mann richten? Oder assoziieren Sie da anderes? Frauen haben die Schürze längst abgelegt. Wir tragen Jeans und T-Shirts, die nicht mehr gestärkt und gebügelt werden müssen. Das ist mehr als nur symbolisch gemeint."

Der Arzt ging zum Gegenangriff über:

„Hätte ich Sie fragen sollen, ob Sie Ihren BH schließen könnten?"

Mein „Warum nicht?" versetzte ihn in Staunen.

Ab sofort schien die Geschichte die Runde zu machen. Pflegerinnen und Pfleger sprachen mich auf meine Courage an. Ich erklärte gern:

„Es gibt zwei wichtige Dinge in meinem Leben, an denen ich festhalte. Erstens bin ich eine mündige Bürgerin und somit auch eine mündige Patientin. Und zweitens versuche ich Abhängigkeitsverhältnisse zu vermeiden. Da sage ich mir doch, dass die Gehälter der ‚Halbgötter in Weiß' schließlich meine Krankenkasse zahlt."

Nix zum Lachen – Gerüche und Gestänker

Das, was sich wenig später ereignete, taugte überhaupt nicht mehr zum Lachen.

Seit geraumer Zeit waren Holger und Marianne einem Tanzsportverein beigetreten, wo sie sich einmal wöchentlich trafen. Das Vergnügen, Arm in Arm über das Parkett hinweg zu tanzen, teilten sie gleichermaßen. An einem dieser Abende jedoch stellte Marianne irritiert fest, dass Holger sich merkwürdig verhielt, still, abgewandt. Kurzerhand fragte sie nach. Holger druckste herum. Statt einer Antwort kam eine Gegenfrage:

„Weißt du es nicht? Hast du es noch nicht selbst bemerkt?"

„Ich habe keine Ahnung, bitte sag, was ich denn deiner Meinung nach schon wieder falsch gemacht oder gemerkt haben soll."

„Du hast Mundgeruch!"

‚Nicht schon wieder! Kann doch nicht sein!', schoss es Marianne durch den Kopf. Noch kurz vor der Veranstaltung hatte sie sich ihre Zähne geputzt, nein, geschrubbt, beim Spülen rot gesehen und die Blutung zu stillen versucht. Marianne brachte noch kein Wort heraus. Ihre Gedanken kreisten. Sollte er Recht haben? Sie kannte einige seiner Ticks. Einer betraf das Zähneputzen. Darauf achtete Holger penibel, denn er aß gern und oft Knoblauch. Für Mariannes Geschmack stank er dann penetrant aus dem Mund. Sie hatte bis jetzt vermieden, ihm das zu sagen oder zu signalisieren, dass sie das störte. Vielleicht hätte er längst mit einem ‚Du stinkst auch' reagiert.

Das Problem schleppte Marianne mit nach Hause: ‚Wie kann ich das regeln?', grübelte sie. ‚Einen Zahnarzt aufsuchen und um Rat fragen', befahl sie sich. ‚Meine Güte, Mundgeruch! Das kommt in den besten Familien vor! In einer normalen, sogar gut gepflegten Mundhöhle befinden sich zigtausend Bakterien. Weshalb nur fühle ich mich so geschockt?' Bis ihr klar wurde, dass dieser Makel, den Holger ihr da vorhielt, wieder mal den Anfang vom Ende der Beziehung anzeigen konnte. Denn als sie sich zu Be-

ginn ihrer Verliebtheit so oft küssten, war das auch schon mal am gedeckten Tisch passiert, zwischen zwei Happen oder nach einem Bissen. Zu allem Überfluss fiel ihr jetzt auch noch eine Redensart ein:
„Wenn Menschen sich nicht mehr riechen können, dann sollten sie sich trennen."
Marianne zögerte den Zahnarztbesuch hinaus; sie suchte in der Apotheke nach einem probaten Mittel. Eines versprach zweifache Wirkung: zu reinigen und die Atemluft nachhaltig aufzufrischen. Mal sehen, genauer gesagt: mal riechen. Eine neue Zahnputzstation wollte Marianne jedenfalls nicht erwerben, die würde das Übel nicht beseitigen. ‚Aber', schwor sie sich genervt, ‚jedes Mal, wenn Holger nach Knoblauch stinkt, werde ich ihn ab sofort darauf aufmerksam machen.' Das würde todsicher zu Konflikten führen, sah sie voraus. Und schon kroch Furcht in ihr hoch.
Marianne vereinbarte jetzt doch einen Zahnarzttermin. Aber die Untersuchung ergab keine Hinweise auf irgendwas.
Einmal mehr sah sie Holgers Körpersprache vor ihrem inneren Auge auftauchen: seinen beleidigend wirkenden Gesichtsausdruck, seine gerümpfte Nase, den steifen Hals, die nach oben gezogene Oberlippe. Eine regelrechte Ekelmiene. Den gleichen Ausdruck legte er an den Tag, wenn er über irgendwelche Dinge sprach, die moralisch zweifelhaft waren ...
Marianne trug das Problem ihrer Schwester vor. Die antwortete ihr unverblümt:
„Ja, Liebes, jetzt, wo du es sagst, nehme ich den Geruch auch wahr. Gestern habe ich nichts bemerkt."
Erst eine Kardiologin, der Marianne die Misere berichtete, half ihr, wieder festen Schritt zu fassen. Die Ärztin erklärte das Symptom:
„Mundgeruch kann vom Magensaft herrühren. Sie nehmen ja Blutverdünner. Bei der Einnahme dieses Mittels ist nicht auszuschließen, dass es auf den Magen einwirkt und sich dadurch

auch der Mundgeruch verändert. Dann nehmen Sie ein Kaugummi, um ihn zu neutralisieren."
Na also. Gesagt, getan. Alles schien wieder in Ordnung zu sein. Holger erwähnte nichts mehr, und Marianne schrubbte weiterhin aufmerksam Zähne, kaute Kaugummi, sprühte Mundwasser. Holger und sie liebten sich ungehindert.
Marianne hatte das Gefühl, ihre Beziehungswelt war wiederhergestellt. Oder?

Diese Frauen

Mariannes Gespür für unbehagliche, störende Momente zwischen Holger und ihr hatte sich verstärkt. Vorkommnisse, denen sie zuvor keine weitere Beachtung geschenkt und sie nicht der Rede wert gehalten hatte, schienen jetzt mehr und mehr Raum einzunehmen. Da gab es diese leidigen Telefonanrufe anderer Frauen oder Briefe, die Holger erhielt, allesamt von seinen früheren Geliebten und Freundinnen. Anfangs hatte Marianne gedacht, es ginge sie ja nichts an, das sei allein Holgers Sache. Und sie wusste von Anfang an von den vielen Affären und Frauen in Holgers Leben. Die eine schrieb oder eine andere rief an, just wenn Marianne sich bei Holger aufhielt, oder wenn sie beide vor dem Kamin saßen und sprachen. Falls Holger den Anruf dann nicht entgegennahm, ertönte eine Stimme vom Anrufbeantworter:
„Hallo Holger, hier ist die Else, bitte melde dich einmal."
Oder es war eine Ingeborg, eine Gila, eine Hanne, eine Moni, bei der Holger sich melden sollte. Am anhänglichsten kam Marianne jene Ida aus Dresden vor.
Marianne hatte schon einmal diese sie störenden Bandeleien im Selbstversuch zu lösen geübt. Indem sie der Ex-Geliebten Ida einen Brief geschrieben hatte, der allerdings statt im Briefkasten im Kokon gelandet war. Vorausgegangen waren mehrere Anrufe und ein Schreiben Idas an Holger, das er Marianne in die

Hand drückte, es zu lesen. Ein seltsamer Brief, befand Marianne. Vor allem in Anbetracht der Tatsache, dass Holger ebendieser Ida telefonisch und im Beisein von Marianne erklärt hatte:
„Ida, du weißt doch, dass es zwischen uns aus ist. Ich habe eine neue Partnerin."
Trotzdem war dieser Brief an Holger gekommen: Auf dem Umschlag stach Marianne ein Herz ins Auge. Ein weiteres auf dem Papier, in das eingezeichnet stand: *Für Dich*. Dann war ein früheres Foto von Holger beigelegt, ein aktuelles Horoskop über Holgers Sternzeichen Widder und Idas Zeichen Waage. Des Weiteren fielen noch vier ausgeschnittene Bildchen zum Thema: LIEBE IST ... heraus. Und zu guter Letzt stand da handschriftlich:
„Vielleicht komme ich nach Saarbrücken, wenn ich die Möglichkeit habe, die drei Tage bei Dir zu übernachten, denn Dein Haus ist ja groß. Ich habe zwei Fahrkarten für je 25 Euro bei MacDonald's gekauft. Gültig bis Juli. Gruß Ida."
Holger sah Marianne gespannt an, die den Blick aufnahm. Ironisch antwortete sie:
„Mal abgesehen vom Niveau dieser Frau ... Sie scheint dich weiterhin zu lieben. Ist doch toll für dich, soo geliebt zu werden. Und sie kennt deine Vorliebe für Horoskope, die sie entweder teilt oder glaubt, dir darüber nahe zu sein. Kurzum, ich denke, Ida will und wird nicht verstehen, dass du auch ohne sie glücklich bist. "
Holger versicherte Marianne, mit ihr glücklich zu sein. In der anschließenden Nacht flüsterte er ihr das nicht nur einmal zu. Und auch, dass er keine Lust verspüre, Ida in Saarbrücken zu empfangen.

Das Geburtstagsdrama 2008

Geburtstage standen bei Marianne hoch im Kurs. Erst recht der eigene. Sie freute sich auf ein paar besonders schöne Stunden mit Holger, war gespannt auf seine Überraschungen. Der Tag hatte kaum begonnen, da flogen ihre Finger schon über die Computertastatur:

Ab sofort bin ich 76 Jahre. Ich begehe heute den 77. Jahrestag meiner Geburt. Traurig. Verletzt. Wund in der Seele. Ich fühle eine tiefe Leere. Ich liebe einen Menschen. Mein Gefühl wird mit Füßen getreten. Kieselsteine liegen in meinem Bauch. Stacheldraht zieht mein Herz zusammen. Ich bin müde.

Marianne stockte, las den Text, rekonstruierte: ‚Ich habe einen Alkoholiker als Mann. Doch er ist der Einzige, der an mich gedacht hat.' Eine riesige Schachtel Pralinen war an ihrer Eingangstür befestigt gewesen. Dazu ein Zettel mit der Ansprache: ‚Alles Gute zum Geburtstag. Für Nanni, von Ottmar.'
Der Einzige, der an sie dachte? Das war nicht fair. Sie hatte Lilli abbestellt. Britta auf später vertröstet. Nun war es still. Zu still. Marianne riskierte einen Blick zum Fenster hinaus. Die Sonne lachte. Über Mariannes Untergangsstimmung? Es war erst 09:00 Uhr, und sie überlegte bereits: ‚Was kann mir dieser Tag jetzt noch bringen?'
Dabei hatte der gestrige Abend so gut angefangen, erinnerte sie sich. Holger und sie waren zu einer Aufführung im Theater der Studierenden gegangen. Schon vor dem lustigen Stück waren sie fröhlich gelaunt, alberten miteinander herum. Zwischendurch hatte Marianne einmal an ihren bevorstehenden Geburtstag gedacht. Ihre Nachtutensilien lagen gepackt im Auto, neben den vorbereiteten Überraschungen, die sie sich für Holger ausgedacht hatte. Und dann mochte sie ihren Ohren nicht trauen, als Holger mit seinem Freund eine Verabredung für den nächsten Tag traf. Für den nächsten Tag! Das war Mariannes Geburtstag!
„Wenn ich so gegen 10:00 Uhr bei dir auftauche, ist das früh genug?", hörte sie Holger fragen. Und Peter bestätigte das.
Marianne hatte es nicht glauben wollen. Und sich nicht eingemischt. In Holgers Wohnung angekommen, erwartete sie eine

Erklärung. Die nicht kam. Stattdessen machte Holger eine Ansage, die Marianne aus ihrer Erwartungshaltung riss und in die raue Wirklichkeit zurückholte:
„Ich gehe heute vor 24:00 Uhr schlafen, ich bin müde."
Ein Argument, das Marianne jetzt des Öfteren zu hören bekam. Sie hatte geschwiegen, ihre Siebensachen eingesammelt und war noch vor Mitternacht maßlos traurig in ihre Wohnung zurückgefahren. Ungeweinte Tränen schnürten ihr das Herz zusammen.
Morgens war sie wie gerädert erwacht. Jetzt klingelte das Telefon zum ersten Mal. Es war 09:20 Uhr. Sie ging nicht dran. Auch beim zweiten Mal nicht. ‚Ich werde heute keinen Hörer abheben', nahm sie sich vor. Und hielt sich strikt daran, als es erneut klingelte. Heute war ein Tanzabend angesagt. Bis Sonntag wäre sie allein in der Wohnung. Das würde Stress bedeuten. Oder sollte sie heute Abend doch zum Tanzen gehen und später versuchen, ihre tiefe Enttäuschung an den Mann zu bringen? NEIN! Die vergangene Nacht würde sie so schnell nicht vergessen. Zehn Minuten hatten Holger und sie von ihrer Geburtstagsnacht getrennt. Inzwischen war es 09:35 Uhr, die laut geschaltete T-Box übermittelte ihr Brittas Glückwünsche. Die nahm an, ihre Freundin sei bei ihrem *Herzallerliebsten*. Der zweite Anruf auf der Box war dann von Holger. Schon beim ersten Satz schaltete Marianne innerlich ab, zu unbekümmert klang seine Stimme.
„Hallo, hier Holger! Ich wünsche dir alles Gute zum Geburtstag und hoffe, dich irgendwann noch mal persönlich an den Apparat zu bekommen."
Gefolgt von Schmeicheleien, die heute nicht zu ihr durchdrangen, geschweige denn sie versöhnten. Dennoch hörte sie die Nachricht ein zweites Mal ab. ‚So nicht', blaffte sie den Apparat an. Eine gute Stunde später machte sie sich bereit, um zur Uni zu fahren. Ein zweites Kuvert lag im Briefkasten. Wieder von Ottmar. Im Briefumschlag lag Geld und die Botschaft: „Zum Geburtstag." ‚Fein, das Geschenk kommt gut an; ich werde gleich

nach dem Seminar den aus Geldmangel verschobenen Besuch bei meiner Friseurin machen.' Automatisch dachte Marianne an weitere Besorgungen, die zu erledigen waren: ‚Morgen ist Christi Himmelfahrt, der sogenannte Vatertag für viele Männer. Also werde ich einkaufen gehen, denn jetzt habe ich ja das nötige Geld.' Aldi und Akkord, rasch noch in die Apotheke, der Stress hatte wieder einmal Herpes auf ihre Lippen gezaubert.
Bei ihrer Rückkehr war noch nicht die Tür ins Schloss gefallen, als sie wieder vor der T-Box stand und die Anrufe abhörte. Luka gratulierte ihr zum Geburtstag und bat um Rückruf, er habe da eine Idee, die er ihr mitzuteilen wünsche. Auch der ältere Ansgar gratulierte herzlich. Und noch einen Anruf gab es, von Britta, die Marianne zum Geburtstagskaffee erwartete. Dafür war es zwar schon zu spät, aber Marianne rief dennoch zurück, um sich zu bedanken. Bald hatte Britta sie überredet, doch noch auf ein Stündchen vorbeizukommen. ‚Als hätte sie meine Trauer geahnt', dachte Marianne, als sie bei Britta den festlich gedeckten Tisch sah, auf dem eine Kerze brannte und ein Geschenk wartete. Eine weiße Handtasche! Marianne wusste, ihre Rede – ‚dieses Mal keine Geschenke' – hatte Britta wieder einmal in den Wind geschickt. Marianne kannte keine Person in ihrem Umfeld, die so gerne schenkte wie Britta. Und immer mit neuen stichhaltigen Begründungen aufwartete:
„Die Tasche stand da herum und rief deinen Namen, Nanni. Außerdem passt sie gut zu deinen Sachen. Du kannst sie den ganzen Sommer lang tragen. Ich dachte übrigens, du seiest gerade heute bei Holger."
Diese Anspielung löste in Marianne einen Dammbruch aus. Überbordend erzählte sie der Freundin die ganze Geschichte vom vergessenen Geburtstag. Doch Britta hielt sich zu Mariannes Erstaunen sehr zurück. Als ob sie nicht weiteres Öl ins eh lodernde Feuer gießen wollte, dachte Marianne. Sie betrachtete wieder ihr Geschenk. Die Tasche war nicht leer. Marianne entdeckte ein Top in angesagter grüner Farbe, aus bester Qualität.

Sie fand noch ein Gästetuch mit gehäkelter Spitze vor und einen dazu passenden Waschlappen. Außerdem eine Tüte feinster Trüffel-Pralinen, aus der besten Confiserie am Platze, und eine Duschhaube. Noch etwas hatte Britta in der Tasche unterbringen können. Marianne fischte zwei Gutscheine für einen Besuch in dem Restaurant heraus, das sie beide bevorzugt aufsuchten. Aber jetzt verspürte sie Lust auf Kuchen. Es gab Biskuitrolle mit Zitronenfüllung.

Als Marianne wieder zu Hause war, kontrollierte sie abermals die Anrufbox. Holger hatte sich noch nicht wieder gemeldet. Sie wählte die Nummer ihres Jüngsten:
„Mutter, ja zuerst noch einmal alles Gute zu deinem Geburtstag. Ich drücke dich ganz fest. Ich hoffe, dass das nächste Jahr wieder etwas besser verläuft ... Aber wie klingst du denn?"
„Ich bin sehr traurig. Holger hat meinen Geburtstag total vergessen. Aber dein Vater nicht. Obwohl er schon wieder da unten sitzt und sturzbetrunken ist."
Luka hatte sich offenbar Gedanken um sie gemacht, bemerkte Marianne, als der Luft holte und ansetzte:
„Liebste Mutter, du schaffst zurzeit auf zu vielen Baustellen. Ein paar davon müsstest du meiner Ansicht nach schließen. Ich weiß doch, dass dich der verhängnisvolle Zustand deines Mannes und die Situation im Haus nicht loslassen. Erinnere dich, kürzlich sprachen wir über die gewisse Macht der Fantasie, die töten kann. Die Überlegung war, dass du deinen Mann symbolisch töten musst. Du wusstest nicht, wie du so etwas zuwege bringen solltest. Doch jetzt habe ich die Idee. Du sagst doch selbst: Schreiben befreit! Schreibe eine kriminelle Geschichte, das kannst du doch. In der Geschichte tötest du deinen Mann. Das hilft dir bestimmt, und die Arbeit auf einer deiner Baustellen ist abgeschlossen."
Marianne war gerührt. Sie versprach, diese Aufgabe anzugehen. Denn eine solche Nacht wie die letzte, wo Ottmar zu allem Über-

fluss auch noch randaliert hatte, durfte sich nicht wiederholen. Mit Luka vereinbarte sie, bald wieder anzurufen.
‚Clever, dieser Sohnemann', überlegte Marianne, ‚immer hat er von meinem Mann gesprochen; nicht einmal ist das Wort Papa, Vater, Erzeuger gefallen. Ob er das einfach so trennen kann?' In Gedanken versunken bereitete sie ein Nachtessen zu, als Lilli anrief, die umweglos von Mariannes Tonfall auf deren desolaten Zustand schloss. So müde Marianne sich auch fühlte, sie wurde es nicht müde, Lilli ebenfalls über diesen traurigen Tag zu unterrichten. Marianne endete mit den Worten:
„Sei so gut und sage jetzt nicht den schon stereotypen Satz, den du sonst so schnell auf den Lippen hast: ‚Das hätte er mit mir nie gemacht.' Das kann ich jetzt nicht vertragen."
Lilli beteuerte, Marianne trauere zu Recht ihrem Geburtstag nach, was Marianne ein wenig tröstete. Beide sprachen lieber noch über den Plan von Jakob, mit Marianne ein Buch vorzubereiten. Nach Beendigung des Telefonats mit Lilli raffte Marianne ihren Restmut zusammen, überwand ihren Stolz und ihre Verletzung und rief Holger an. Er war sofort am Apparat. Nach wenigen Worten über die späte Störung trug Marianne ihm ihre morgens notierten Zeilen vor. Holger unterbrach sie nicht. Doch dann kam er wieder auf seine gestrige Müdigkeit zurück, die ihn den Geburtstag habe vergessen lassen. Aber Marianne war noch nicht fertig. Sie kämpfte weiter, ohne recht zu wissen, worum und weshalb. Sie holte aus:
„Im April habe ich dir einen zwar kleinen, aber feinen Geburtstag ausgerichtet. Deine Tochter und ein Freund von dir waren dabei. Ich habe dir das gelungene Türkei-Urlaubsfoto von uns beiden abziehen lassen und selbst gerahmt. Du warst überrascht und hast dich gefreut. Und was bekomme ich? Nichts!"
Mit der noch verbliebenen Kraft verabschiedete sie sich:
„Das ist mein letzter Anruf bei dir."
Das Telefon, auf das sie starrte, schrillte zurück, und da Marianne dachte und wünschte und hoffte, Holger sei es, nahm sie den

Anruf entgegen. Holger war es nicht, aber sein Freund Peter. Er wollte noch gratulieren und wissen, wie ihr Tag verlaufen sei. Was Holger sich habe einfallen lassen. Ob der Einfachheit halber oder aus welchem Grund auch immer, Marianne las ihm die gleichen Zeilen vor, die sie Holger schon zitiert hatte. Nur, dass Peter betroffener reagierte insofern, als er den Freund sogleich entschuldigte, beide hätten da ihre Probleme, so wären sie nun mal ...

Marianne konnte es nicht fassen, alle um sie herum, Lilli, Jakob, Britta und jetzt auch noch Peter und Holger, schienen ‚nun mal so zu sein', wie sie waren. ‚Dann bin ich halt auch so!', wütete sie stumm. Aber das würde schwierig werden, vermutete sie. Gäbe es da eine oder einen, der sie so akzeptierte, wie sie war? Das wollte sie sehen. Von dem Gedanken fühlte sie sich herausgefordert. Und schon bereit, alles aufs Spiel zu setzen. Sie verwarf ihre Vorsätze, ihre telefonische Drohung, die sie erst vorhin Holger gegenüber losgetreten hatte, sie vergaß den ganzen Rest – und rief ihn nochmals an. Sie rief ihn an und bat ihn, zu ihr zu kommen. Sie habe einfach Sehnsucht. Hochempfänglich für seine Reaktion, glaubte sie seine Freude zu spüren, denn er sagte:

„Ich will nur noch schnell meine Zähne putzen."

Wenn sie zu ihm fuhr, rechnete sie bald ungeduldig nach, war sie in – plus/minus – fünfzehn Minuten bei ihm. Er benötigte für die gleiche Strecke eine geschlagene Dreiviertelstunde. Der Monolog, den sie Holger dann hielt, dauerte freilich nicht so lang. So kam die Welt für Marianne wieder ins Lot. Einen zerknirschten und reumütigen Holger vor sich, der zugab, dass dieser Tag für sie schlimm gewesen sein musste. Die wenigen Worte, die er sagte, sorgten nicht für eine Aussprache. Aber seine liebevolle Entschuldigung ließ sie dahinschmelzen. Er hatte eine Flasche Pfirsichsekt mitgebracht, um mit Marianne auf ihren Geburtstag anzustoßen. Sie schaute zur Uhr und musste lachen, als er fragte:

„Auf deinen Geburtstag?"

Der Geburtstag war gerade mal die zehn Minuten vorüber, die sie beide einen Abend zuvor noch von ihm getrennt hatten. ‚Typisch für mich', dachte sie, einen Moment lang in ausgeglichener Stimmung, ‚Lachen und Weinen in einem Sack.' Nun liefen doch ein paar Tränen über ihre Wange. Selbstmitleid? Erlösung? Nein, die pure Angst, spürte sie, als sie die Worte sagte:
„Ich will dich nicht verlieren."
Wenn Frauen zu sehr lieben ... Genau so fühlte sie sich. Holger war woanders. Er fragte:
„Am Donnerstag ist doch wieder Tanzabend, gehst du da mit?"
Und ergänzte:
„So ohne Partnerin ist das nichts."
„Könntest du das vielleicht als Wunsch oder als eine Bitte formulieren, wenn du möchtest, dass ich mitgehe?"
Doch, das konnte er, und tat es auf der Stelle. Um sie dann in seinen Arm zu nehmen, sie zu streicheln, sie zu küssen ... sie zu lieben. Gegen 01:00 Uhr begleitete sie ihn zur Haustüre.

Es war das Wochenende nach dem verpatzten Geburtstag. Holger kam zum ersten Mal in Mariannes Wohnung, um über Nacht zu bleiben. Er begrüßte sie mit den Worten:
„Es ist, wie du immer zu sagen pflegst, ein ‚Auszug der Kinder Israel'. Ich hatte an so viele Sachen zu denken!"
Marianne fühlte sich glücklich, ihn endlich einmal in ihrem Nest empfangen zu können. Und ihr Glücksgefühl hielt an, als Holger zeigte, wie er die noch vorhandenen traurigen Geburtstagserinnerungen wettzumachen gedachte. Auch er schien sie nicht verlieren zu wollen, beteuerte, wie glücklich er mit ihr sei. Immer wieder schloss er sie in seine Arme, küsste sie, und sobald sie jenen Tag auch nur erwähnen wollte, verschloss er ihren Mund mit seinem.
Sie wollten saunieren. Doch die verflixte Steuerung funktionierte nicht. Ersatzweise badeten sie gemeinsam und spielten dabei Szenen ihres Lieblingsfilms nach, *Die Brücken am Fluss*. Zauber-

haft, fand Marianne, sie waren die Hauptpersonen und das am meisten begeisterte Publikum zugleich.
Früh am nächsten Morgen, Holger schlief noch, fuhr Marianne ins nahe Lothringen, frische *Flûtes* zu holen. Leider gab es keine Croissants mehr. Dennoch gelang es ihr, einen opulenten Brunch auszurichten. Anschließend durfte Holger zwei Mal seine Rede zur Hochzeit seines Sohnes üben.
„Bravo", Marianne klatschte in die Hände. Sie schien rundum zufrieden. Befriedet? Manchmal verlor sich ihr Blick. Was fehlte nur? Sie gestand sich, auf eine Aussprache mit Holger zu warten, dass er die Rede darauf brachte, nicht sie: ‚Nicht wie in meiner Ehe, wo ich auch immer die kleinen wie die großen Unstimmigkeiten ansprechen und bereinigen musste.' Aber Holger ließ die Dinge geschehen und verhielt sich, als würden sie sich von selbst lösen. Eine männliche Haltung, die sich kaum von der unterschied, die ein Mann an den Tag legte, der vor ihrem Computer saß und sich von ihr etwas zeigen lassen wollte. Schon vor ihrem Eingreifen hieß es:
„Ach, lass mich einfach mal machen, das wird schon richtig."
Wie konnte sie angesichts dieser herrlichen Unbekümmertheit noch taktvolle Einfühlung erwarten?

War sie überreizt oder überarbeitet, fragte sie sich, als einige Tage später Holger wieder einmal in ihrem Schlafzimmer das schöne Bett erobert hatte. Er fixierte von da aus einen Fleck auf dem Teppich. Was das denn sei, fragte er, Wasser vielleicht? Marianne klärte ihn auf:
„Nein, das ist ein Überbleibsel unseres letzten Mieters. Ich vermute, es stammt von einer seiner Katzen."
Holger verstieg sich zu der Antwort:
„Man riecht es!"
Aber Marianne fühlte sich schon wieder getroffen. Verletzt. Dann wütend. Am nächsten Tag schrieb sie es sich von der Seele:

Ich bin eine Frau, die viel Wert auf Reinlichkeit legt. Im Gegensatz zu Dir. Bei Dir stinkt es immer, und sei es nach der Asche im Kamin, die Du zu oft nicht entsorgst. Aus den Toiletten in Deinem Haus stank es früher fürchterlich. Auf allen Gegenständen in Deiner Wohnung liegt fingerdick Staub. Hier in meiner Wohnung lebe ich seit eineinhalb Jahren ganz allein. Du solltest wissen, dass es aber auch nicht die Spur nach Katze riechen kann. Schließlich hatte ich Dir erzählt, vor meinem Einzug für sage und schreibe 375 DM den Kammerjäger bestellt haben zu müssen, weil der Vormieter ein Katzenliebhaber gewesen war. Mein Teppichboden ist lange nicht so alt wie Deiner, weder so verdreckt noch vertreten wie der in Deinem Wohnzimmer. Über all diese Sachen habe ich bisher geschwiegen. Doch die Dinge, die in der letzten Zeit passieren und sich häufen, kratzen an meinem Nervenkostüm. Es reicht. Ich wünsche eine Aussprache darüber.

Holger hörte gebannt zu, als Marianne sich Luft zu verschaffen suchte, indem sie ihm den wütenden Brief vorlas. Aber dann verschanzte er sich hinter der Feststellung:
„Wie du mir, so ich dir? Das ist doch nur eine ‚Du auch'-Retourkutsche."
Wie sie diesen Satz von ihm inzwischen hasste, den er so blasiert ins Feld zu führen wusste. Das zweite Geschütz war seine Müdigkeit, die ihn vergesslich sein lasse, ihn taktlos erscheinen lasse. Marianne musste sich damit begnügen, reinen Tisch gemacht zu haben.
Sie erinnerte sich an einen Bittbrief, den sie eines Morgens im Haus ihrer Schwester zwar an sie geschrieben, Lilli die Zeilen jedoch nie ausgehändigt hatte. Damals, zu Beginn ihrer Liebesgeschichte, hatte sie intuitiv geahnt, welch hohes Maß an Verständnis und Vermittlung eine leidenschaftliche Beziehung verlangt, einfach, um sie leben zu können, um dauern zu können. Nun steckte sie mittendrin, verstrickt in Befindlichkeiten und Animositäten, die sich spürbar nicht restlos ausräumen ließen.

Doch in der folgenden Zeit kehrte zumindest Ruhe in ihr wechselseitiges Nomadenleben ein. Marianne blieb in ihrer Wohnung und Holger in seiner. Allein das Telefon blieb nicht still. Holger versicherte, der Abstand täte ihm gut. Aber zum Tanzen würden sie doch gemeinsam gehen? Sie bestätigte, ihn dort zu treffen.

Marianne nutzte die Auszeit und wählte genau das Richtige, als sie – wie ihrem Sohn Luka versprochen – die tödliche Geschichte zu schreiben begann. Die Vorstellung, Ottmar sterben zu lassen oder sterben zu machen, erlaubte sie sich. Doch das leere Blatt schien sie schier zu erdrücken. Sie wechselte das Medium, aber am PC erging es ihr nicht besser. Sie knetete ihre Hände locker und suchte unterdessen, den Zweck des ganzen Unterfangens zu begreifen. Welche Absicht steckte hinter Lukas Idee? Der Versuch, dies zu erforschen, öffnete die Schleusen. Marianne konnte beginnen. Wenn auch wüst. Sah es nicht genauso in ihr aus, wenn sie an ihren Mann dachte?

Wüster Körper, wüste Seele
Teil I

An Ottmar.
Was ich Dir hier sagen muss – klingt nicht gut. Erschrick nur! Denn so sieht es in diesem Moment in mir aus. Ich bin wütend auf Dich. Verdammt wütend. Ich gebe zu, mein Innerstes ist total zerrissen. Ich weiß, auch Du trägst Wunden – ganz reale, denn man hat Dich soeben erst operiert. Aus dem Grunde kann ich Dir auch nicht persönlich sagen, was ich hier schreibe. Du willst aus dem Krankenhaus entlassen werden; noch lange nicht gesundet, zieht es Dich nur heim. Für acht Tage. Ich hingegen hatte mich darauf eingestellt, dass Du vom Krankenhaus aus umgehend die postoperative Heilbehandlung antreten würdest. Mit der für die Überweisung zuständigen Frau hast Du jetzt ausgemacht, in jedem Fall zuerst nach Hause zu gehen. Der Gedanke daran, meine Vorstel-

lungsbilder über diese Zeit sind fast nicht zum Aushalten. Ich kenne mich – aber auch Dich. Ich habe Angst vor allem, was da auf mich zukommt. Ich werde abhauen. Denn ich will Dich nicht versorgen, nicht Rücksicht nehmen, nicht in Deiner Nähe sein. Bei den geringsten Anzeichen sich wiederholender Konflikte zwischen uns würde ich Dir etwas auf den Kopf schlagen, und Ruhe wäre. Gedanklich habe ich das, was ich Dir mittlerweile zuzufügen imstande bin, schon ausgeführt. Um nichts mehr sehen, hören, miterleben zu müssen. Wie etwa die Wirkung Deines Medikamenten-Alkohol-Gemischs. So oft miterlebt, habe ich inzwischen sogar Angst vor meinen Ausbrüchen. Wenn auch weniger als vor Deinen. Zwei Male beinahe getötet worden zu sein, hinterlässt Spuren – wie meine wüsten Fantasien zeigen.

Wie soll ich mir helfen? Wie die Wut meistern? Das Chaos in mir?

Wenn ich aus dem Krankenhaus zurückkehre, schreie ich laut auf. Ich schreie mir die Seele aus dem Leib. Bis ich mich zu wund dazu fühle. Ich denke so viel an meinen Vater zurück, der auch nicht hören wollte, dass nach seiner Operation eine Heilnachbehandlung am besten für ihn wäre. Nein, lieber verbrachte er seine letzten Jahre mit einem Narbenbruch. Und wer hatte den Huddel? Meine Mutter. Aber Vater blieb liebenswert, war dankbar und zufrieden.

Was mich erwartet, kann ich aufgrund der Erfahrungen von fünfzig Ehejahren voraussehen. All die furchtbaren Dinge, die sich in mir eingegraben haben, sind so parat, als seien sie gestern passiert. Ich spüre sogar so etwas Schäbiges wie: ‚Jetzt kann ich mich rächen. Es Dir heimzahlen.' Um mich dann entsetzt in meiner Wüste wiederzufinden. Seelisch wie körperlich. Traurig im Denken und Handeln. Keiner Zuneigung mehr fähig. Kein Verständnis mehr für Dich aufbringend.

Du tust mir noch nicht einmal mehr leid. Ich kann Dich nicht ertragen. Ich fühle mich erdrückt von Dir, seitdem Du mir an den Hals gegangen bist. Hätte ich das Haus nur verlassen. Statt auszuhalten.

Ich glaubte, mich von Dir erholen zu können. Das ist unmöglich. Deshalb habe ich Angst. Angst vor dem, was ich vielleicht anstelle. Im Moment kann ich Dich kaum noch ansehen. Ich freue mich auf die drei Wochen, in denen Du fort sein wirst. Ich werde Dich nicht besuchen. Ich werde versuchen, etwas für mich zu tun. Ja!

Erschöpft hielt Marianne beim Schreiben inne. Ließ sich im Schreibtischstuhl vornübersinken. Gleich morgen würde sie diese wüste Geschichte fortsetzen.

Teil II

Ein Kopf vor mir! Aus seiner oberen Öffnung steigt eine Blase. Zeichen tauchen darin auf, wie bei einer Sprechblase. Sie sind blass, nur mühsam zu entziffern. Es gelingt nicht. Nochmals ein Versuch. Beklemmendes, verzweifeltes Gefühl. Da stehen doch Botschaften, wichtige Botschaften. Die Blase platzt, die nächste erscheint. Auch sie verschwindet, bevor ein sinnvolles Wort zu entziffern ist. Genauso wie die Blasen entstehen, vergehen sie wieder. Die geschlossenen Augen im Gesicht dieses Kopfs geben ebenfalls nichts preis. Im Draufschauen und Hinschauen verlangsamt sich der Vorgang der Blasenbildung. Die ersten Buchstaben lassen sich erkennen. Jetzt tauchen viele Sprechblasen auf einmal auf. Eine hier – eine da, dem Mund entsteigt eine besonders große. Bleibt beständig. Zu lesen ist: ‚Ich haue ab.'
Jetzt steigt aus jedem Auge eine Blase hoch. In der linken steht geschrieben: ‚Dir etwas auf den Kopf schlagen, und Ruhe ist.'
Die rechte Blase: ‚Schreie, muss schreien.'
Aus den Nasenlöchern quellen weitere Blasen, deren Zeichen ineinander verlaufen, unentzifferbar.
Alles bleibt bestehen. Eine Blase nach der anderen stülpt sich aus dem Kopf heraus. Sehe mich zwischen ihnen herumlaufen und sie lesen – in mich aufnehmen, aufsaugen, trotzdem verschwinden sie nicht. Stehe am linken Ohr, wo geschrieben ist: ‚Alles tut weh.'

Die Sprechblase am rechten Ohr enthält viele, viele Zeichen: ‚Warum tust Du mir das an. Ich bin eine ganz normale Frau.'
Fühle verworren, irre umher. Aus jedem einzelnen Haar quellen jetzt Blasen, die wie mit Kaugummi angeklebt scheinen. Die Mitteilungen sprechen von Schlägen, von Betrunkenheit. Von Streitereien.
Jetzt wendet sich der Kopf, dreht sich. Die Drehung nimmt mich mit, wird schneller und schneller. Falle aus der Zentrifugalkraft heraus.

Das war kein Traum. Das war ein Albtraum, konstatierte Marianne. Die Gefühle, die sie dabei durchgestanden hatte, kannte sie aus dem sogenannten richtigen Leben. Doch trotz dieses Albs – gar seinetwegen? – spürte sie sich erholt. Ruhe breitete sich in ihr aus. Die Ruhe vor dem Sturm, fragte sie sich, an die Tötungsabsicht denkend, die sie heute umsetzen musste. Das hatte der Traum nicht für sie übernommen.

Teil III

Was sollte sie während der acht Tage unternehmen, die Ottmar im Hause zu verbringen gedachte? Im Krankenhaus war die Entscheidung schon gefallen. Der chirurgische Eingriff war gelaufen. Blutige Entlassung nennen sie das heutzutage. Der Rest sei Heilung, da sei das Zuhause oftmals förderlicher als eine fremde Umgebung. Ja, ja, ja, so wird die Pflege auf Privatpersonen abgewälzt. Es gab keine Zeit mehr, großartig zu überlegen. Es mussten gute Tage für sie werden. Sie würden gut. Alles wird gut. Mein Mantra, gemäß der sich selbsterfüllenden Prophezeiung. Was ich denke, geschieht.

Marianne tat einen tiefen Atemzug und richtete sich auf. Das nächste Kapitel sollte den Schlussakkord setzen. Sie musste es zu Ende bringen. Nur wie?

Teil IV

Lass ihn nur nach Hause kommen. Ich weiß, was ich mache. Wenn der Zeitpunkt definitiv feststeht, packe ich. Das Nötigste, das für mindestens vierzehn Tage reichen muss. Ottmar wird Augen machen. Er wird sich auf sein gemütliches Heim freuen, während ich bereits wahllos Kleider und Wäsche in einen Koffer werfe. Aber nein, du wirst auf gar keinen Fall bis dahin warten. Mach dich sofort aus dem Staub, haue gleich ab. Wie oft habe ich mir das schon ausgemalt, ins Blaue hinein fantasiert. Im Moment ist der Zeitpunkt günstig. Ich habe alle Trümpfe in der Hand. Er ist krank, er ist auf mich angewiesen. Und ich? Ich möchte ihn loswerden, überhaupt und für immer! Irgendetwas aufs Hirn, und Ruhe ist. Das wäre die Befreiung. Aufs Hirn hauen? Nein, dann würde die Kripo dich sofort festnehmen, und du kämest auch noch wegen Totschlags in den Knast, bestenfalls. Etwas subtiler müsste ich es schon einfädeln. Also, den Koffer wieder auspacken, alles einräumen, denn in einer Stunde fährt Ottmar im Taxi vor. Ich hatte ihn abholen sollen. Ha! Abgelehnt. Aus Zeitmangel. Oje, da fährt der Wagen schon vor. Als Ottmar die Steintreppe hinaufgehen will, stolpert er. Er stolpert weiter, kann sich nicht auffangen, und mit seinem geklammerten Thorax stürzt er auf eine der scharfen Ecken der Steintreppe. Schlägt dann, so lang er ist, weiter hinunter auf die Platten, und die kaum geheilte Wunde platzt auf. Ich sehe es am Hemd, das sich langsam rot färbt. Das Krankenhaustaxi ist längst weg.

Ich gehe langsamen Schrittes ins Wohnzimmer, suche umständlich nach der Telefonnummer des diensthabenden Notarztes. Besetzt! Ich suche nach der Nummer der Polizei. Niemand nimmt den Ruf an. Ich wähle die Notrufnummer und bitte, sofort einen Krankenwagen zu schicken. Als der eintrifft, röchelt Ottmar nur noch. Eine riesige Blutlache färbt den grünen Rasen rot. Die Ärztin legt einen dicken Notverband an. Sie sucht eine Vene, setzt eine Nadel, nimmt eine Flasche mit irgendeiner Flüssigkeit hoch.

Sie legen ihn auf eine Trage und heben ihn ins Auto. Aber das Blut quillt aus allen Knopflöchern. Sie fahren mit Tatütata und Blaulicht im Eiltempo in die Klinik. Später rufe ich in der Klinik an. Es dauert eine Ewigkeit, bis sich ein Arzt bereit erklärt, mit mir zu reden. Schon während der Fahrt sei der Puls des Verunglückten immer schwächer geworden, habe ihm die Kollegin berichtet. Als der Mann im Krankenhaus angekommen sei, hätten sie schon Gehirntod diagnostizieren müssen. Reanimation und schnell in den OP. Der Arzt, der die Notoperation durchgeführt hatte, bedauerte: „Gnädige Frau, leider kam jede weitere Hilfe zu spät!" Durch die kürzlich erst überstandene Operation sei der Organismus stark geschwächt gewesen, auch eine Transfusion habe ihn nicht stabilisieren können. Ich muss noch einmal genau berichten, wie diese traurige Geschichte daheim hatte passieren können. Der Arzt protokolliert. Dann spricht er sein Beileid aus und fordert mich auf, jetzt stark zu sein. Als ich auflege, ist der Spuk vorbei. Endgültig, als die Polizei auf einem Dokument den ‚Unfalltod' bestätigt.

Marianne sah auf, warf einen Blick über die verstreut liegenden beschriebenen Seiten und schob sie ineinander. Sie ruderte mit den Armen: ‚Geschafft', freute sie sich. Sie lächelte erleichtert. Die grässliche Bürde belastete sie nicht mehr. Stattdessen verspürte sie einen gewaltigen Hunger. Sofort stand sie auf, um den Kühlschrank zu inspizieren. Nach einer Stärkung sollte sie ihre handschriftlichen Notizen in den Computer übertragen, überlegte sie. In der kommenden Nacht würde kein Albtraum sie heimsuchen, im Gegenteil. Ob diese Leichtigkeit von Dauer war? Das würde sich erweisen.
Mit neuem Elan kehrte Marianne an den Schreibtisch zurück und machte eine Abschrift. Anschließend suchte sie sich abzulenken. Sie wollte andere Bilder sehen und griff nach der Fernbedienung ihres Fernsehers. Sie spurtete durch die Programme, bis eine Magazinsendung über die Kaiserbäder an der Ostsee ihre Aufmerksamkeit fesselte.

Kaiserbäder

Als ich mich vorhin der Lieblingsbeschäftigung vieler Menschen hingab, durch zig Fernsehprogramme zu zappen, blieb ich in einer Sendung über Kaiserbäder an der Ostsee hängen. Lohnte sich vielleicht eine Reise dorthin? Da mein Ehegespons weder in den Urlaub fliegen will noch mit einem Schiff reisen möchte, auch jedes Krisengebiet weiträumig zu umgehen sucht (aber wo ist das auszuschließen angesichts der schockierenden Bilder über die Zwillingstürme des World Trade Centers*), könnten die Kaiserbäder an der Ostsee ihn womöglich reizen. Es gibt derer drei, hörte ich, Heringsdorf auf Usedom zum Beispiel. Zu sehen waren sorgfältig renovierte oder restaurierte Häuser, eine wunderbare alte Promenade aus Holz, 508 Meter lang, na bitte, und zu hören gab es einen Reporter auf Suche nach dem Ursprung der Bezeichnung ‚Kaiserbäder'. Eine Kulturbeauftragte erklärte, Kaiser Wilhelm II. habe sehr oft in diesen Badeorten geweilt. Einst dort sogar einen Schneidermeister geehrt, weil der dreiunddreißig Kinder gezeugt hätte.*
Was? Wie? – Meine Aufmerksamkeit war empfindlich gestört. War das die neue Wertediskussion? Was wurde da wie nebenbei vermittelt?
Mein erster Impuls: Ausschalten. Erster Gedanke: Das tue ich mir nicht mehr an! Ich drückte auf den dafür vorgesehenen Knopf. Aber dann gingen die Gedanken erst richtig los. Egal, ob vor hundert Jahren oder heute:
Ein Mann wird dafür geehrt, dass er dreiunddreißig Kinder gezeugt hat. Solch eine Ehrung wäre heute unvorstellbar! Stimmt! Es wird aber heute davon berichtet, in eben den Worten und via Bildschirm vermittelt. Damit wird Millionen Menschen untergejubelt, es ist ehrenwert, dreiunddreißig Kinder gezeugt zu haben, auch heute noch.
Um mir weitere Informationen über die Bäder zu verschaffen, surfte ich im Internet. Auf einer gut gemachten Homepage war

nachzulesen, dass die drei Kaiserbäder Ahlbeck, Heringsdorf und Bassin heißen und in Mecklenburg-Vorpommern liegen. Eine Marketingadresse gibt's auch, Telefonnummern sind vermerkt; kurz, die Werbung funktioniert. Aber nicht bei mir, denn mich interessierte weiterhin der Schneidermeister, Vater von dreiunddreißig Kindern. Ganze Familienchroniken lassen sich aufblättern. Es befinden sich auch Schneidermeister darunter. Aber ich fand darunter keinen mit dreiunddreißig Kindern. Auf diesen Seiten wird er also nicht mehr erwähnt. Von nun an stellte ich mir vieles vor und brauchte dazu nur wenige Fakten:

Ein Geschlechtsakt dauert, mit allem Drum und Dran und je nach Paar und Situation, zwischen fünf Minuten und einer Stunde, oder auch länger.

Ich stelle mir einmal vor, der Zeugungsakt selbst dauert nur Sekunden.

Ich stelle mir einmal vor, dieser Schneidermeistermann hat eine Ehefrau gehabt. Nein, geht ja gar nicht.

Ich stelle mir einmal vor, er hatte mehrere Ehefrauen, weil ihm die eine oder andere durch die vielen Geburten weggestorben ist. Was hatte dieser Schneidermeister denn Ehrenwertes getan? Oh, Entschuldigung, er hat für dreiunddreißig Kinder seinen Samen geliefert. Samen? Samen. Auch so eine Bezeichnung, die das Sperma überbewertet.

Ab jetzt stelle ich mir etwas ganz anderes vor.

Ob eine oder mehrere Frauen – diese haben die Kinder empfangen. Empfangen? Noch so ein überholtes Wort. Denn hier handelt es sich nicht um den Heiligen Geist, sondern um einen Schneidermeister.

Im Klartext, damit keine Missverständnisse aufkommen: Die Frau oder Frauen hatten diese Kinder neun Monate lang in ihrem Bauch getragen, dann zur Welt gebracht, in einem Geburtsakt, der wirklich zu ehren gewesen wäre und ist. Sie haben die Kinder mit Sicherheit auch aufgezogen. Das ist eine Geschichte, die ich mir als eine echt zu ehrende Leistung vorstellen kann, sowohl heute als auch damals. Allein schon einmal die Lebenszeit zu veranschlagen, welche die Frauen der Mutterschaft gewidmet haben, lässt die Leistungen des Mannes, selbst wenn wir einen Teil seiner Arbeitszeit zum Broterwerb berücksichtigen, in keiner Relation dazu erscheinen. Die Differenz beträgt nach meiner Schätzung ein ganzes Jahrzehnt! Ich bin froh, dass heute mehr und mehr Frauen über diese komplexe Veränderung ihres Lebens selbst bestimmen. Hiermit ehre ich mit meinem ganzen Bewusstsein die Leistungen der Frauen, wenn auch erst im Nachhinein.

Verletzungen

Was war nur los? Kaum dass Marianne ihr Gleichgewicht wiedergefunden hatte, stolperte sie förmlich über die nächste ‚Baustelle'. Ein Dissens zwischen ihr und Jakob ließ sich nicht beilegen, bis Lilli vermittelnd eingriff, indem sie Marianne bat, den ersten Schritt zu tun. Doch wie, fragte sich Marianne. Gut, sie würde sich nichts vergeben. Aber die anderen, also Lilli oder Holger, durften sich nicht einbilden, Marianne akzeptierte damit den Vorwurf, den sie ihr machten, nämlich flippig zu sein, überdreht! Der erste Schritt auf Jakob zu durfte nicht als Eingeständnis interpretiert werden.

Doch nicht genug – Britta meldete ihrerseits Beschwerden an. Unter Tränen hielt sie ihr vor, für Marianne wohl so gut wie nicht mehr vorhanden zu sein:
„Du hast bei mir – bildlich gesprochen – einen Eiskübel ausgegossen und auf der anderen Seite, ich meine bei Holger, ein Höllenfeuer entfacht."
Britta sah die Sache so:
„Du bist abhängig."
Sie ging sogar so weit, Marianne als süchtig zu bezeichnen. Die Freundschaft zwischen ihnen habe durch diese Beziehung nicht nur gelitten, nein, sie sei dabei zu zerbrechen:

„Ich existiere überhaupt nicht mehr für dich, nicht einmal, wenn du bei mir in der Wohnung sitzt."
Marianne setzte sich zur Wehr: Wenn eine neue Liebe ins Leben träte ... die Zeit benötige ... Aber Britta winkte ab. Enttäuscht gestand sie, die Freundschaft beenden und begraben zu wollen:
„Ich schlage vor, wenn wir uns begegnen, dann sprechen wir noch miteinander, aber das ist dann auch alles."
Marianne senkte den Kopf. Britta erinnerte sie:
„Früher haben wir Gespräche geführt, über Ästhetik und Politik. Nach der Uni bist du zu mir gekommen, auch das ist längst vorbei. Alles dreht sich bei dir nur noch um Holger und dessen Familie. Seine Tochter, seine Mutter, die Schwägerinnen, die Brüder, davor und danach wieder Holger und nochmals Holger."
Marianne suchte abzuschwächen:
„Kann es sein, dass du eifersüchtig bist? Womöglich neidisch bist?"
Der Verdacht entlockte Britta nicht einmal ein Lächeln. Und spätestens da begriff Marianne den Ernst der Situation. Bis in den Abend dauerte ihre Aussprache, sie weinten und lachten miteinander und versicherten, ihre Freundschaft nicht aufs Spiel setzen zu wollen.

Daheim angekommen, vergegenwärtigte Marianne sich ihren Zustand in den letzten Monaten. Sie litt an einer Blasenentzündung, die chronisch zu werden drohte, und der sie mit Antibiotika-Bomben zu Leibe rückte. Und Schmerzen - gab es auch, reichlich sogar. Fast jede Nacht. Glaubten denn alle, sie schöpfe nur aus dem Vollen? Sie sei zu beschuldigen und anzuklagen? Es sollte sich einiges ändern. Sie musste Abstand gewinnen.

Seit Wochen freute sich Marianne auf eine Reise mit Lilli, die beide in die Schweiz führen sollte. Jakob würde sie nicht begleiten können. Einen Moment lang überlegte Marianne, ob sie eventuell die Rolle einer Lückenbüßerin ausfüllte – doch sie

wollte zu gern Lillis Enkelin als Ballettelevin auf der Bühne sehen. Außerdem hatte ihre Schwester betont, die Fahrtstrecke besser in Mariannes Gesellschaft zurücklegen zu können. Sie könnten sich am Steuer abwechseln und gemeinsam auf den Verkehr achten.
‚Göttin, hilf mir, allen Anforderungen gewachsen zu sein', betete Marianne insgeheim; sie wusste, es kam auf sie selbst an, wenn sich in ihren strapazierten Beziehungen etwas verändern sollte. Die Tage in der Schweiz gestalteten sich ungemein kurzweilig und schön. Nicht nur die Gastfreundschaft der Kinder von Lilli tat Marianne gut, auch die Stadt Zürich hatte es ihr angetan, die Lage am See und die hohe Bergkulisse dahinter. Und selbst die Ballettaufführung wurde erfolgreich gefeiert. Alles in allem eine wohltuende Abwechslung in ihrem, wie Marianne fand, in vielerlei Hinsicht tristen Leben.

Nach ihrer Rückkehr spürte sie sich erholt und hatte das Bedürfnis, Britta anzurufen. Dem Vorschlag, einen Geschäftsbummel in der Innenstadt zu unternehmen, stimmte Britta begeistert zu. Mit Schirmen bewaffnet liefen sie von Geschäft zu Geschäft. Es gab zwar nichts, das ihre Kauflust reizte, doch das Vergnügen, das sie empfanden, war wie dazu angetan, die letzte Aussprache vergessen zu machen. Selbst über belanglose Begebenheiten konnten sie gemeinsam lachen. Bis sie in der Wäscheabteilung eines großen Kaufhauses landeten. Dort ging der Spaß erst richtig los.

Der Stringtanga

Hi, ich bin trendy!
Wer ich bin? Na, dieses kleine Nichts von Dessous auf einem Bügel, aufgereiht neben all meinen Schwestern in der Galerie der Höschen. Bin ich nicht bezirzend schön? Mit dem dünnen Schnürchen, das so unauffällig zwischen den beiden Pobacken verschwindet.

Eure Gesichter bleiben skeptisch? Gefällt euch nicht dieses hauchzarte Stoffdreieck, mit seinen Spitzen und Verzierungen, das jenes Dreieck knapp bedeckt, das bei euch Frauen so anziehend wirkt. Ich kann euch nicht zum Kauf überzeugen? Dann gönnt euch zumindest das String-Höschen Aquarelle, aus feinmaschiger, dehnbarer Mikrofaser, traumhaft weich und angenehm zu tragen. Es kombiniert hohen Komfort und modischen Schnitt mit fantasievollen Säumchen in zartem Fliederton. Ihr seid überhaupt nicht zu gewinnen? Ja, kennt ihr denn nicht den Trend? Seid ihr denn gar nicht auf dem Laufenden? Seht ihr nicht einmal TV? Wo ich, so wenig ich auch bin, auf der gesamten Bildfläche erscheine? Wie etwa gestern, in einem Feature:
Ein Sternchen entstieg gekonnt der Limousine, um über den roten Teppich zur Bambi-Verleihung zu schreiten. Ein Blitz zuckte auf, als ich zwischen den Beinen der jungen Frau hervorlugte – und schon hatte ein Paparazzo mein Foto im Kasten. Danach war Kylie Minogue zu sehen, wie sie während eines Auftritts geschickt den Rock anhob. Und was schaute hervor? Richtig, das Höschen. Dann ging es Schlag auf Schlag, besser mir nichts, dir nichts von Modenschau zu Modenschau. War in den vergangenen Jahren noch der tiefe Rückenausschnitt der Hit, ist nun das nackte Hinterteil Pflicht. Nicht nur die Frau, nein, auch der Mann trägt Po.
Ein Psychologe wurde bemüht: Wieso plötzlich das Hinterteil statt silikongefüllter Busen? Nun, der Busen stünde wieder für Mutterschaft und Stillen, was nicht gerade sexy und stimulierend sei, während der Po für uneingeschränkte Sexualität stehe. Wer also heute auch nur ein wenig trendy sein will, zeigt sein Hinterteil. Deshalb stelle ich als Stringtanga in der Dessousausstattung ein ‚Must-have' *dar. So, ihr zwei Frauen, ich hoffe, euch voll überzeugt zu haben.*
Wie bitte – ich sei zu teuer? So wenig Ware und so viel Geld? Also das halte ich für eine glatte Ausrede. 27,90 Euro, preiswerter gibt es mich gar nicht. Also wenn ihr bei meinem Anblick nicht in Verzückung geratet, dann vielleicht bei dem Stringtanga da neben

mir? Der trägt sein Herz in der Mitte des Dreiecks. Sogar verziert mit Strass-Steinchen. Immer noch nicht kaufbereit? Hängt mich sofort wieder auf meinen Chromständer! Versperrt den jungen Leuten nicht die Sicht auf mich. Zum Schluss noch ein gut gemeinter Rat:
Da hinten auf dem Wühltisch liegen Baumwollfeinripphöschen. Doch nehmt keines mit Eingriff – den braucht ihr ja nicht.

Marianne las diese Version zuerst Britta vor, die schließlich selbst der schreibenden Zunft angehörte. Sie zeigte sich darüber amüsiert:
„Fein, dein Stil gefällt mir. Wie ich feststelle, hast du zu deinem Humor zurückgefunden. Dir hat der Bummel sichtlich gutgetan. Siehst du, dazu sollten wir uns öfter Zeit nehmen. Ich meine natürlich, du müsstest dir diese Zeit nehmen."
Marianne stimmte leichten Herzens zu. Nicht ohne sich anschließend zu fragen, ob sie das auch würde einhalten können.
Mit dem Text noch in der Hand rief sie Holger an, um sich auch bei ihm aus der Schweiz zurückzumelden. Sie traf ihn bei Vorbereitungen an: die Rede zur Hochzeitsfeier seines Sohnes sollte fertig werden, und für die anschließende Auslandsreise musste ebenfalls Vorsorge getroffen werden.
Um Holger für diese Reise eine gute Fahrt und viel Glück in der Begegnung mit Bekanntem und Fremdem zu wünschen, hatte Marianne ihm ein Briefchen zukommen lassen. Es sollte ihn darin unterstützen, die Reise gelassen und ausgeglichen anzutreten, ihm ihr Vertrauen und ihre Zuneigung vermitteln.
Doch wie sie später hören musste, waren ihre Zeilen gar nicht zur Wirkung gekommen. Nach seiner Rückkehr erwähnte Holger nebenbei, den ungeöffneten Brief im Hausflur vergessen und liegen gelassen zu haben. ‚Männer', dachte Marianne und fühlte sich mit Lilli solidarisch, die über die besonders nüchternen Naturwissenschaftler à la Jakob und Holger geklagt hatte. Doch schon war sie ganz Ohr, als Holger erzählte, seine wohlbe-

dachte Rede sei quasi ins Wasser gefallen. Ausführlich beschrieb er seine Enttäuschungen und berichtete von traurigen Begebenheiten. Marianne konnte ihm keine Situation abnehmen, keine andere Sicht der Dinge anbieten, die Geschehnisse nicht einmal kommentieren, die ja in ihrer Abwesenheit passiert waren. Holgers Kummer dauerte an. Einzig die Kuschelstunden halfen über alles hinweg. Als sie wieder einmal nach ihrem Liebesakt beieinander lagen, flüsterte Nanni ihrem Geliebten ins Ohr, wie gelöst sein Gesicht in diesem Augenblick sei, wie gern sie dieses Bild festhielte. Solch ein Foto wünsche sie sich schon lange.
„Es gibt kein Bild von dir, das dich so zeigt. Wir werden irgendwann fotografieren."
Doch als sie dann mehrmals versuchten, diesen Moment nachzuspielen, gelang das nie. Kein Zauberwort vermochte den Ausdruck hervorrufen. Fehlte es an Fantasie, mangelte es an Imaginationskraft? Oder war es „einfach" so, dass ihre gesamte Physiognomie nur dann so ausstrahlend und glücklich erschien, wenn sie gerade den Akt des Beisammenseins erlebt hatten?

Trinken und kein Ende in Sicht

Marianne blätterte in ihrem Tagebuch zurück. Bis zu einem Eintrag, der ohne ein genaues Datum noch hilfloser wirkte:

Für heute reichen mir die Nachrichten. Gerade einmal das Ergebnis des Spiels der deutschen Fußballmannschaft gegen Schweden werde ich noch zur Kenntnis nehmen. Dieser Tag hatte es in sich. Mein Ehemann glänzt seit Langem wieder einmal mit Abwesenheit und hält sich in Frankreich auf. Im Grunde eigentlich beruhigend. Aber nicht wirklich.
Er darf in Frankreich nicht mehr Auto fahren. Der Führerschein ist dort längst eingezogen worden. Ich wusste nicht, dass eine Person in Deutschland dennoch fahren darf. An dieser Stelle trifft das

Schlagwort der europäischen Einheit wohl nicht zu. Wie wäre es mit einer Harmonisierung?

Den ganzen Mist hatte Ottmar auf der Heimfahrt angestellt, wie Marianne mitgeteilt worden war: Zwei Autos hatte er fahrend ramponiert, einen Polizisten angegriffen und danach eine Ausnüchterungszelle besucht. Die Folgekosten, die auf sie beide zukamen, boten ausreichend Anlass und genug Stoff, wieder einmal flüchten zu wollen. Bis die vielen Verurteilungen wegen Trunkenheit am Steuer in Höhe von knapp 13000 Euro abbezahlt waren, würde geraume Zeit verstreichen.

Zwei Tage später, Marianne las gerade, hörte sie in der unteren Wohnung eine Tür schlagen. Marianne blieb still sitzen, sie ortete das Geräusch:
‚Eben kommt mein Ehegespons nach Hause.' Wenn sie sich in ihrer Wohnung weiterhin nicht bewegte, die alten Dielen nicht mit jedem Schritt zum Knarren brächte, würde er nicht wissen, dass sie zu Hause war. Denn seine Randale fürchtete sie nach wie vor – die jagte ihr eine fast existenzielle Angst ein. Sie hatte geplant, zu Holger zu fahren, obgleich es zurzeit zwischen ihnen beiden kein Einvernehmen gab. Auf ihrer gemeinsamen Reise nach Dresden und während des Aufenthalts dort war einiges schräg gelaufen und noch nicht aus der Welt geschafft. Eine Klärung schien ihr vonnöten, wenn sie das Ziel ihres derzeitigen Veränderungsprozesses im Auge behalten wollte.
Marianne griff nach den Aufzeichnungen, die sie schon vor Ort angefertigt hatte, legte sie zum *Nabuko* und stahl sich leise wie auf Socken aus dem Haus. Ohne sich zuvor bei Holger telefonisch angemeldet zu haben. Er schien glücklich überrascht zu sein, denn er nahm sie in die Arme und wisperte:
„Hast du telepathisch gespürt, dass ich regelrecht auf dich gewartet habe? Mit sehr viel Sehnsucht nach dir und Lust auf dich."

Holger bereitete für sie beide ein Essen zu und servierte es sogleich. Nach der Mahlzeit widmete er sich dem Ritual des Kaminbefeuerns, rückte die Sessel heran und bestückte sie mit leichten Decken und Kissen. Derweil hatte Marianne sich in ihre Notizen vertieft, dem auf der Spur, was seit Dresden immer noch in ihr brodelte. Ob Holger sich überhaupt an die Vorfälle erinnerte? Ganz andere Bilder im Kopf behalten hatte? Besser, ihm ihre Version vorzulesen, die konnte eine Brücke bilden. Holger war bereit zuzuhören, gern sogar:

Tagebuch. Dresdenreise

In Dresden – ein Besuch der wunderschönen Pfunds-Molkerei, im 17ten Jahrhundert durch Villeroy und Boch gefertigt. Der Rückweg führte uns am Sächsischen Landtag vorbei. Holger wies auf eine Tribüne und erklärte, sie sei für die 800-Jahrfeier der Stadt aufgebaut. Ich erinnerte mich, weitere Bühnen in der Stadtmitte wahrgenommen zu haben, und ich dachte an den hohen Preis, den die Bürgerinnen und Bürger für einen solchen Tribünenplatz aufzubringen hatten. Ich kommentierte also folgendermaßen: ‚Ja, lieber Holger, diese Plätze sind für die Großkopferten gebaut, die dann dafür nichts bezahlen müssen ...' Weiter kam ich nicht, obwohl ich noch hinzufügen wollte: ‚Und das arme Volk muss zahlen!' Holger hatte mich unterbrochen. Barschen Tones entfuhr es ihm: ‚Ja, sei jetzt still. Schau dir hier von der Brücke aus die wunderbare Sicht an!', und er deutete auf die andere Elbseite. Ich war perplex. Wieder einmal bekam ich von ihm den Mund verboten. Ich konnte nicht mehr reden. Wohl wissend, dass es angebracht gewesen wäre. Das gleiche Benehmen legte Holger auf dem Weg zur Geburtstagsfeier einer seiner Cousinen an den Tag. Auch diesmal hat es mich verletzt, von Holger ein Mundverbot erteilt zu bekommen. Ich bin eine mündige Bürgerin. Keiner und keine hat mir den Mund zu verbieten. Schon beim ersten Mal hatte ich mir das verbeten. Ich werde mir das nicht mehr gefallen lassen.

Holger verharrte schweigend. So ausdauernd, dass Marianne bereits überlegte, ob sie nicht besser heimführe. Endlich erklärte er:
„Auf deine vorwurfsvollen Situationsschilderungen hin musste ich mich erst einmal selbst wieder erinnern. Die Dialoge waren mir gar nicht parat, oder ich habe sie völlig verdrängt und vergessen. Inzwischen erinnere ich mich, und da du sie aufgeschrieben hast, müssen sie sich so und nicht anders abgespielt haben. In Dresden hatte ich angenommen, du würdest dich bei meinen Cousinen nicht wohlfühlen. Warum hast du nicht direkt angesprochen, was dich verletzt hat? Bitte glaube mir, ich wollte das nicht. Immer, wenn ich mich müde fühle, sage ich solche unbedachten Sätze und höre auch nicht mehr den Ton, in dem ich spreche. Niemals wollte ich dir den Mund verbieten, ganz im Gegenteil. Vielmehr durch solch eine Ansage Streit und Stress vermeiden, dich ablenken. Aber das ist ja überhaupt nicht bei dir angekommen."
„Wie denn auch", erwiderte Marianne, „denn die Aufforderung, meinen Mund zu halten, war eindeutig, wie ein Befehl. Ich wollte, du hättest etwas von der feinen englischen Art, meine Rüge der Großkopferten lässig gelten zu lassen. Und zum wievielten Male höre ich deine Entschuldigung, müde zu sein? Fällt dir keine bessere Ausrede ein?"
Holger stand auf, schloss Marianne fest in seine Arme und versuchte mit Worten, gutes Wetter zu machen:
„Liebe Nanni, ich habe mich so sehr über dein Kommen gefreut. Die Stimmung ist jetzt sehr getrübt, aber ich bin froh, dass du die Dinge angesprochen hast. Glaube mir, ich wollte dir keinesfalls den Mund verbieten, dich nicht verletzen und dir auch nicht wehtun."
Sie setzten sich wieder vor den Kamin. Holger legte seinen Arm um Marianne und bedauerte ein weiteres Mal sein Fehlverhalten. Trotz der körperlichen Nähe hielt Nanni beharrlich am Thema fest:

„Wir werden solche Entgleisungen ein für allemal klären müssen. Ich möchte keine Entschuldigungen im Nachhinein. Ich möchte auch nicht wieder und wieder solche Verweise erst schlucken und dann aufschreiben müssen. Um die Situation Tage später dir wieder vor Augen zu führen und dich um eine Stellungnahme zu bitten. Es wäre überaus hilfreich für mich, wenn du zukünftig statt eines Redeverbots sagst, dass du in dem Moment nichts Kritisches oder Missliches hören möchtest."
Holger versprach, über diese Lösung nachzudenken, damit sie auch zur Tat führte. Marianne war einverstanden. Beide schwiegen jetzt, aber einvernehmlich. Sie schauten zum Feuer, Holger suchte manchmal Mariannes Hand, streichelte sie. Bis er plötzlich aufstand und Marianne es in der Küche klappern hörte. Er kam mit zwei eigens dekorierten Schälchen Tiramisu-Eis zurück. Eines davon reichte er ihr:
„Lass uns den Rest des Abends und der Nacht genießen."
Versöhnt durch seine sichtliche Zerknirschtheit und seine Beteuerungen, spürte Marianne wieder ihre Zuneigung.

Hiebe und Triebe

Die Kleinkunsttage in diesem Jahr boten ein herausragendes Programm an. Jede Veranstaltung, die Marianne und Holger besuchten, löste intensive Gespräche zwischen ihnen aus, die harmonisch verliefen und auch so endeten. Wenn da nur nicht immer wieder mal eine der früheren Geliebten Holgers auftauchte, wünschte sich Marianne. Eine von ihnen hatte zuletzt seinen AB besprochen. Ihre Suada bekam auch Marianne zu hören. Die Ex war schockiert, welch alte Frau sie an Holgers Seite gesichtet habe. Was er denn machen würde, wenn sie alsbald stürbe. Ob überhaupt etwas zwischen dieser neuen Freundin und Holger liefe. Es sähe eher danach aus, dass Holger sich von ihr unterbuttern ließe. Er, der intelligente und gebildete Mann. Marianne reagierte scheinbar cool auf diese Bösartigkeiten. Was hatte

Holger erwartet? Dass sie einen „Krieg“ vom Zaune brach? Den Schlag wollte sie einzig durch Nichtbeachtung retournieren, die ja stärker schmerzen soll als alles andere. Und zickig zu sein, das war gerade in. Junge Frauen schmückten sich mit dem In-Wort auf ihren T-Shirts. Ein Autor lancierte soeben ein ganzes Buch zum Thema. Schon nahmen Männer die Bezeichnung für sich in Anspruch und fanden das chic. Und es stimmte ja auch, zickig hört sich intelligenter an als bockig, das kleine Jungs im Trotzalter assoziieren lässt. Und wer nähme gar das Wort Bockskrieg gern in den Mund. Holger bestätigte Mariannes Haltung. Bei ihrer Dynamik und ihrem Aussehen könne sie das Ganze doch locker sehen. Er kenne diese Gemeinheiten der Frau:
„Sie ist halt so! So war sie immer!“
Marianne urteilte:
„Sie ist dumm, naiv und verletzend.“
Verblüfft hörte Marianne Holger zustimmen. Mehr noch, er sei genervt, und er kündigte an, die Beziehung total beenden zu wollen. Auch die Telefongespräche würde er sich verbeten:
„Ich will von all diesen Frauen nichts mehr hören.“
Marianne ging die Geschichte trotzdem nicht aus dem Kopf. Wie sehr es in ihr rumorte, erkannte sie sofort, als sie sich bei nächstbester Gelegenheit Peter davon erzählen hörte. Das war doch der reine Tratsch, den sie da von sich gab. Denn sie hatte nicht ihre Betroffenheit dargestellt, sondern sich lustig gemacht über die Situation, sie ironisch überzeichnet. So musste sie zur Kenntnis nehmen, dass ihr Ansinnen dem Herrn ganz und gar nicht passte. Er tat ein wenig ‚peleidigt’, wie Marianne zu sagen pflegte, und er stellte sich vor seinen guten Freund Holger.

Bei einem weiteren nächtlichen Telefongespräch mit Holger sprach Marianne ihr Gefühl an, dass noch etwas zwischen ihnen in der Luft läge, sie spüre das. Holger bestätigte das, drückte aber Vorbehalte aus:

„Am Telefon will ich nicht darüber sprechen, da kann ich so etwas nicht sagen."
Und in der Nacht darauf, Marianne war gerade von einem Besuch bei ihm zurückgekehrt, überraschte er sie mit einer liebevollen, liebestollen Ansage auf dem Band. Marianne war gerührt von den vielen Zwischentönen, zu denen er gefunden hatte. Das war doch Liebe, auch wenn Holger dieses Wort nie aussprechen konnte. Er wünschte, ihr noch näher kommen zu können, er sprach von langen Umarmungen. Trotzdem, spürte Marianne, das Unausgesprochene zwischen ihnen war nicht aufgelöst. Doch im Moment wollte sie keine grundsätzliche Diskussion mehr führen und es darauf beruhen lassen. Nach längerem Nachdenken beschloss sie, in dieser Nacht gar nicht mehr zurückzurufen. Jene Freundinnen und das, was in ihrem Schlepptau noch in der Schwebe hing, konnte sie zumindest jetzt ad acta legen.

Scheidung 2008

Kaum hatte Lilli sich von einem ausgedehnten Besuch bei Marianne verabschiedet, traf Sohn Luka ein. Er war mit der Absicht gekommen, wenige Tage später seinen Vater zu einer Untersuchung in die Essener Universitätsklinik zu fahren. Aber Ottmar weigerte sich beharrlich, bis Luka schließlich verärgert aufgab. Mariannes Ältester erkundigte sich telefonisch nach dem Stand der Dinge.
Marianne gestand Ansgar, bald keine Kraft mehr zu haben, um die Situation länger auszuhalten. Sie ärgere sich, nach der Eskalation damals, als Ottmar sie beinahe umgebracht hatte, nicht auf die Scheidung gedrungen zu haben. Luka meldete sich, er sei gut zu Hause angekommen. Sie berichtete jetzt von ihrem großen Ärger.
„Ärgere dich nicht", empfahl Luka, „Ärger ist das überflüssigste Gefühl von allem: Eigentlich ist Ärger nur zum Kämpfen gut."

Luka wollte wissen, was sie empfinde, wenn sie an ihren Ehemann denke. Marianne erklärte ihm, für sie und auch Ottmar sei es am besten, er wäre tot. Stille in der Leitung. Dann schlug Luka vor:
„Du schreibst doch viel, und gut. Vielleicht hilft es dir, deinen Mann symbolisch zu töten, vor deinem geistigen Auge. Du legst den Vorgang dann in einem Ordner ab, ähnlich wie die Försterin in Loriots Adventsgedicht."
Unaufgeregt erinnerte Marianne ihn:
„Das hattest du mir doch schon geraten. Und ich habe es längst ausgeführt."
„Hat es dir geholfen? Ich war der festen Überzeugung, dass das nicht ohne Wirkung bleibt."
Schwierig sei es gewesen, erläuterte Marianne. Sie habe mehrere Anläufe gebraucht, zwei Tage lang sich damit konfrontieren müssen. Sie könne diese festgehaltenen Truggebilde noch niemandem zum Lesen geben. Auch ihm nicht.
„Versuchs doch, ich bitte dich darum."
„Gut, wenn du wieder einmal hier bist. Sprich mich drauf an."
Es war Holger, der ihr über diese Zeit hinweghalf. Marianne war heilfroh, ihn als Ansprechpartner zu wissen. Was immer sie auch ab und zu mit ihm erlebte. Überdies versuchte er, sie auf andere Gedanken zu bringen. Etwa durch eine feierliche Einladung ins Theater.

Sie fuhr an jenem Tag schon nachmittags zu Holger, denn sie hatte die köstlichen Äpfel aus seinem Garten nicht nur zu Apfelmus verarbeitet, sondern darüber hinaus einen Apfelkuchen gebacken. Bei Holger fühlte sie sich ruhig werden, er selbst war ausgeglichener Stimmung. Selbst die kleine Verletzung am Oberschenkel, die er sich beim Sport zugezogen hatte, konnte ihn nicht davon abhalten, ins Theater zu humpeln. Marianne blieb auch über Nacht bei ihm. Nach der innigen Zweisamkeit schlief sie, an ihn geschmiegt fast wie ein Baby, ein. Morgens,

bei einem weiteren guten Brunch, sprachen sie über Märchen, über das Lesen und Vorlesen. Als Holger Marianne fragte, ob sie wirklich gesättigt sei, zitierte sie:
„Ich bin so satt, ich mag kein Blatt, mäh. Das stammt aus dem Märchen der Sieben Geißlein, behaupte ich."
Holger zog ein Buch aus dem Regal und schlug das Märchen auf, das er Marianne in Gänze vorlas. Tatsächlich entstammte ihr Zitat der Geschichte ‚Tischlein, deck dich'. Nur die Erzähler beider Märchen waren die gleichen: die grimmigen Brüder. Als Holger Marianne vorlas und das Mäh, Mäh anstimmte, sah sie ihn um Jahrzehnte versetzt: Ebenso musste er seinen Kindern die Märchen vorgelesen haben, mit all seinem Talent in der Stimme und im Mienenspiel ... Sie selbst fühlte sich an die Zeit früher bei ihrer Großmutter erinnert, die ihrerseits Märchen erzählt hatte. Marianne eilte um den Tisch herum auf Holger zu, drückte und verküsste ihn.

Alltagswirbel

Auf der T-Box ihres Telefons befanden sich zwei Mitteilungen noch vom Tag zuvor, wie Marianne beim Abhören feststellte.
Die erste Nachricht war von Britta:
„Bitte, liebe Marianne, ruf mich einmal zurück."
Die zweite kam von einer Installationsfirma. Marianne zögerte: ‚Ich habe Zeit, Hektik ist unnötig. Holger wird sicher erst am Nachmittag wegen seiner Zeh-OP aus dem Krankenhaus entlassen werden können.' Sie hatte versprochen, ihn abzuholen. Sie wählte Brittas Nummer. Die Angerufene berichtete begeistert von einem Stadtbummel, wo sie für Marianne zwei Tops erstanden hatte, sehr chic und zudem äußerst preisgünstig:
„Du musst sie nicht nehmen; aber stell dir vor, sogar eine dazu passende Bluse habe ich dir gekauft, die zuvor über 20 Euro, jetzt nur noch 4,50 Euro kostete. Da habe ich auf keinen Fall widerstehen können."

Marianne nahm ihre ganze Kraft zusammen und konzentrierte sich. Hatte sie sich nach ihrem Geburtstag nicht geschworen, Brittas nächste Schenkattacke abzuwehren und die Sachen einfach nicht anzunehmen? Diese Geschenke verursachten ihr ein schlechtes Gewissen, denn sie selbst konnte der lieben Freundin kaum etwas schenken, da sie erstens „alles hatte" und sich zweitens weit teurere Dinge leisten konnte. Deshalb erklärte Marianne nachdrücklich:
„Ich nehme die Sachen gerne, wenn sie passen, und selbst dann nur, wenn ich sie bezahlen darf."
Britta war einverstanden. Beim nächsten Besuch sollte die Anprobe stattfinden.
Noch bevor Marianne den anstehenden Anruf beim Installateur tätigen konnte, hörte sie, dass Holger inzwischen eine Nachricht hinterlassen hatte. Die Visite sei vorüber, die Formalitäten wären erledigt, er warte abholbereit auf dem Krankenhausbett auf sie.
Als Marianne den Hörer auflegte, klingelte das Telefon schon wieder. Die Praxis ihrer Hausärztin vermeldete, zur Quartalsabrechnung die Krankenkassencheckkarten des Ehepaars als auch die Entrichtung der Praxisgebühren zu benötigen. Marianne versprach, diese Angelegenheit sofort zu erledigen. Doch bevor sie sich auf den Weg machte, musste sie ein paar persönliche Dinge zusammensuchen, wenn sie eine Zeit lang bei Holger bleiben wollte. Dabei stellte sie fest, dass ihr geschätztes Einschlafmittel Baldrian zur Neige gegangen war. Also würde sie vor dem Praxisbesuch noch in die Apotheke eilen. Zuerst die Tasche fertig packen. Dann schnell den Installateur zurückrufen. Die Firmenchefin Frau Roth wollte einen Termin für den von Mariannes Ehemann bestellten Heizungsmonteur vereinbaren. Der Hausherr habe wegen des Stromausfalls bereits mehrfach angerufen, vor ein paar Minuten sei er gar selbst in der Firma vorstellig geworden, er erschien ihr gereizt. Marianne fühlte sich veranlasst, zwar vage, aber doch das Krankheitsbild ihres Man-

nes zu schildern. Dann erklärte sie, der Fachmann brauche nicht mehr zu kommen, sie selbst könne die Fehlerquelle beseitigen, denn ihr Ehemann habe wohl alle drei Pumpen auf einmal eingeschaltet. Wegen des häuslichen Wirbels wolle sie ihre neue Telefonnummer in der Firma hinterlassen. Sie bat darum, in jedem weiteren Falle zuerst mit ihr zu verhandeln und den Ehemann zu beruhigen.

Marianne griff nach Tasche und Kleidern, um auf dem Weg ins Auto in der unteren Wohnung die Krankenkassenkarte abzuholen. Sie war erstaunt, Ottmar anzutreffen, der mit bloßem Oberkörper bei 35° Zimmertemperatur im Wohnzimmer saß und Rätsel löste. Ihr Blick auf den Thermostat ergab, dass der auf 28° eingestellt war. Schnell lief sie wieder hoch, um die Gradzahl abzusenken, eilte nach unten, um die drei Pumpen auszuschalten, und ab ging es zur Apotheke, weiter zur Ärztin und von dort aus sofort ins Krankenhaus. Holger empfing sie mit den Worten:

„Das hat aber jetzt noch lange gedauert."

Sie war nicht mehr willens, den Stress zu schildern. Ein solcher Tag durfte sich nicht so bald wiederholen, das wäre zu schädlich für ihr bereits lädiertes Herz. Kein Wunder, dass ihr Körper so oft mit Schmerzen reagierte. Zum Glück war die Aufregung für heute vorbei. Das friedliche Zusammensein setzte sich fort bei einem Abendkrimi vor dem Fernseher.

Die Schauspielerin

Holger und Marianne reisten ins Schwabenländle. Eine Theaterpremiere stand auf dem Programm, ein Stück über die Jugend, in dem Holgers Tochter eine Rolle spielte. Aber vor dem Trubel führte Holger Marianne zum Mittagessen aus. Sie betraten ein außergewöhnliches Lokal, das in einem Turm lag. Obgleich sie beide die einzigen Gäste waren, flitzte das Personal nahezu lautlos durch den Saal und deckte professionell die an-

deren Tische ein. Für sechsundachtzig US-Amerikaner, die das ganze Restaurant gemietet hatten, um abends dort zu speisen, ließ ein Kellner vernehmen. Eine gute Wahl, ohne Frage, verständigten sich Marianne und Holger. Nobles Inventar, erstklassige Speisen und eine unaufdringliche Bedienung, kurz: das Preis-Leistungs-Verhältnis stimmte.
Wenn Holger abends vor der Aufführung das Lampenfieber seiner Tochter teilte, so war es ihm doch nicht anzumerken. Und tatsächlich spielte die ihren Part überzeugend, ihr langer Monolog zum Schluss rief großen Applaus hervor. Sichtlich stolz auf seine Tochter begab sich Holger mit Marianne zur anschließenden Premierenfeier. Und das Fest setzte sich für die zwei in einer rauschhaften Nacht fort. Holger schüttete sein Glück über Marianne aus. Er konnte gar nicht genug verteilen. Haut und Körper verschmolzen ineinander. Marianne musste ihn bitten, nicht so laut zu reagieren. Er küsste alle Bedenken von ihren Lippen und explodierte vor Glück. Die Harmonie danach und die tiefe Ruhe andauern zu lassen, war wieder einmal der einzige Wunsch, den Marianne noch hegte.

Das kranke Herz

Wochen waren verstrichen, in denen Mariannes Unruhezustände als auch die Schmerzen zunahmen. Da braute sich etwas zusammen, irgendetwas schien mit ihrem Organismus nicht in Ordnung zu sein. Darüber musste sie sich Gewissheit verschaffen. Aufschreiben – Festhalten.

Eines frühen Morgens habe ich neulich meine Hausärztin aufgesucht. Während der gesamten Nacht hatte ich Herzrhythmusstörungen verspürt. In der Praxis wurde sogleich ein EKG gemacht. Drei ÄrztInnen beugten sich über die Aufzeichnungen und diagnostizierten eine akute intermittierende Arrhythmie mit Herzvorhofflimmern. Ich bekam ein Überweisungsschreiben und sollte so-

fort ins Völklinger Herzklinikum fahren. Ich rief Holger an und bat ihn, mich dort hinzubringen, denn die Ärzte hatten mir das Autofahren verboten. Im Klinikum wurde ich sogleich stationär aufgenommen, eine Reihe von Untersuchungen sollte erfolgen. Der Verdacht meiner Ärztin bestätigte sich. Nach dem Krankenhausaufenthalt müsse ich medikamentös auf eine Blutverdünnung eingestellt werden.

Marianne spürte, wie sich ihr Leben veränderte. Irgendeine Hauptsache sah plötzlich eher nebensächlich aus, Wichtiges und weniger Wichtiges ließen sich leicht unterscheiden. Doch ihr Liebster blieb für sie ein Anker. Bis, ja, bis er in einer dieser Nächte, wo sie nur schwerlich in den erholsamen Schlaf kam, anrief. Es war schon fast 01:00 Uhr. Holger konnte sein Anliegen nicht freiheraus äußern, er druckste herum, um ihr endlich doch zu sagen, was ihn des Längeren schon störe. Der Geliebte beklagte sich:
„Du hast Mundgeruch, Nanni. Ich merke, wie ich von dir abrücke. Schon am vergangenen Freitag ist es mir aufgefallen, während der Veranstaltung im Residenzhotel. Hast du das nicht bemerkt?"
Marianne verneinte. Sie hatte nichts dergleichen gemerkt, weder das eine noch das andere. Umso stärker spürte sie aber jetzt, wie Holgers Worte sie angriffen. Bis zu diesem Tag hatte sie mit dem Problem gar nicht viel zu schaffen gehabt. Trotzdem achtete sie auf eine regelmäßige Mund- und Zahnhygiene. Manchmal schob sie sich auch gern ein Pfefferminzbonbon in den Mund, doch mehr um des frischen Geschmacks willen. Obgleich sie nicht einmal rauchte. Doch Holger hatte es sich nicht nehmen lassen, ihr zum Geburtstag eine exklusive Zahnstation zu schenken. Und jetzt dies. Mundgeruch. Seine Aversion. Marianne stoppte jeden weiteren Gedanken:
„Wenn das für dich ein schier unüberwindbares Hindernis ist, dann denke ich, müssen wir uns trennen und unsere Beziehung

beenden. Das war's dann! Ich wünsche dir alles Gute für die Zukunft."
Ohne auf eine Reaktion zu warten, beendete sie abrupt das Gespräch. Sie richtete sich auf, dachte nach.
Furchtbar! Sie war doch trotz allem glücklich gewesen! Auch jetzt noch, wo sie mit ihrem Krankheitsbild fertig werden musste, ihren Freund so dringend brauchte. Wo ihr Ehemann endlich geschützt in einem Heim untergebracht war, jetzt, wo Marianne sich mit Holger gemeinsam erholen wollte. Nun das. Ein Gefühl, das sie fast erdrückte. Tränen, die nicht fließen konnten. Dabei fühlte sie sich im ganzen Körper wund und weh. Und Schlaf würde es wohl auch keinen geben. Ihr krankes Herz meldete sich dafür umso heftiger. Sie spürte ein Stechen, Klopfen, Rasen. Wie es beruhigen? Wie diese große Traurigkeit überwinden? Die lange schon andauernde und schöne Zeit, der Rausch von Glücksmomenten sollten ab heute Erinnerung sein? Ja, Erinnerung! Sie spürte Dankbarkeit für all das, was sie erlebt hatte, für das Gefühl, geliebt zu werden. Es war ein großes Geschenk. Vorbei und vorüber? Es sah so aus!
Noch am gleichen Abend dieses Tages trafen überraschend Mariannes Söhne ein. Zu viert steuerten sie dann ein italienisches Restaurant an, um dort gemeinsam zu speisen. Die Stimmung blieb einigermaßen harmonisch, selbst als Ottmar eine seiner vergeblichen Erziehungsmaßnahmen anzubringen versuchte. Die Schirmmütze, die Ansgar trug, störe ihn bei Tisch, es gehöre sich auch nicht. Nach dem Essen gingen sie gemeinsam nach Hause, um sich dort aufzuteilen. Marianne sprach oben in ihrer Wohnung erst mit Luka, daraufhin mit Ansgar. Es war ihr wichtig.
„Mutter, wie kommt es, dass du so schlecht aussiehst?"
Marianne konnte sowohl dem Jüngsten als auch dem Älteren anvertrauen, weshalb sie sich miserabel fühlte. Sie berichtete unter Tränen, dass eine schwere Krankheit bei ihr diagnostiziert worden war und dass sie überdies auch noch die Bezie-

hung zu Holger beendet habe. An dieser Stelle schluchzte sie laut auf. Ansgar wie Luka, jeder auf seine Art, verstanden es, sie zu trösten. Der eine hielt sie liebevoll in seinen Armen; der andere suchte sie aus ihrer Betroffenheit herauszuführen, indem er anmerkte:
„Ich habe das Gefühl, bei euch verliebten Alten ist es nicht anders als sonst im richtigen Leben, ein Auf und Ab, eine Achterbahn."
Und dann, als beide fortgegangen waren, schrie sie.
„Warum tut das so weh?"
Sie hatte keine Antwort. Oder kannte sie noch nicht. Was erwartete sie denn? Etwa, dass Holger sie anriefe und sich dafür entschuldigte, dass ein gewisser animalischer Duft ihn störe? Denn sie erwischte sich dabei, viel zu oft ihre T-Box zu überprüfen. Ja, sie wünschte, seine Stimme zu hören. Sie brauchte doch nur seine Nummer anzuwählen, schon würde seine Stimme per Ansage ertönen. Aber das war es ja nicht. Sie war gekränkt über die Art und Weise, wie Holger sich über ihren Mundgeruch geäußert hatte.
‚Marianne, wach auf', forderte sie sich heraus. Aber was hielt dieses Erwachen anderes als Traurigkeit für sie bereit.
Sie flüchtete dennoch davor und stellte pragmatische Überlegungen an. Was würde aus dem Tanzvergnügen, das sie beide teilten? Was aus den Geburtstagsfeiern der Freunde, zu denen sie beide eingeladen waren?
Sie schrieb sich ihren Kummerfluss von der Seele:

Schweig, mein Herz. Bitte. Werde ruhig. Du birgst eine große Liebe in Dir. Wie viele Herzen Deines Alters erleben so etwas? Vergrabe Dich nicht in Wehleidigkeiten. Freue Dich über jede gelebte und geliebte Sekunde. Schwinge Dich darüber in Deine Zukunft. Und erinnere Dich so gerne wie zufrieden dieser fünfzehn Monate. Bewahre die große Liebe in Dir, mein wundes Herz, und gib sie frei.

Marianne war jetzt bereit abzuwarten. Sie könnte eh nichts mehr ändern, sagte sie sich. Und ergab sich wieder praktischen Überlegungen: ‚Wie hole ich meine Sachen aus seinem Haus? Ohne ihm dabei zu begegnen.' Irgendwann jedoch musste sie sich der Sache stellen. Nur im Moment nicht, da galt es, Stabilität zu gewinnen. Selbststabilität!

Der Abschied

Marianne hatte schon vieles in ihrem Leben erlebt, doch so etwas noch nie. Sie empfand es einzig demütigend:
Als sie ihre Sachen bei Holger abholen wollte, hatte er sie weder ins Haus gebeten noch eine diesbezügliche Frage gestellt. Da stand sie auf der Türschwelle, die Ablehnung war ihr ins Gesicht geschrieben, und gleichzeitig liefen Tränen über ihre Wangen. Sie weinte still in sich hinein. Auch bei Holger zeichneten sich Tränen ab. Er habe ihr einen Brief geschrieben. Es sei ihm schwergefallen. Der Brief sei wohl heute noch nicht bei ihr eingetroffen, obwohl er ihn schon vorgestern beendet habe. Er wollte sich zumindest von ihr verabschieden.
‚Das hat mein Stolz nicht zugelassen', erkannte Marianne. Holger bot an, ihre Sachen ins Auto zu bringen. Auch das ließ sie nicht zu: ‚Ich bin zu verletzt.'
Sie bettelte nicht. Nicht um Liebe: ‚Die ist entweder da oder nicht da', beschied Marianne.
Holger glaubte festgestellt zu haben, dass sich zwischen ihnen schon etwas abgekühlt hatte. Er bat Marianne dennoch um eine Reaktion auf seinen Brief. Sie möge ihn bitte anrufen. Holger hatte sie in dem Moment Nanni genannt. Ungewöhnlich, in der Situation, fast unpassend, fand Marianne.
Sie spürte in sich nur Leere. ‚Abgekühlt', wie er das formuliert hatte, das spürte und fühlte sie nicht, nur Weh. Und gleich darunter, in dieser Minute, wo sie vor ihm dastand und in sich hineinhorchte, ein vertrautes Gefühl, das doch stärker war. Gleich

dem, das sie zu Anfang ihrer Beziehung empfunden hatte, sie wusste: ‚Ich liebe ihn.'
Daran änderte auch dieser von ihr gewählte Abschied nichts.

Sie hielt an der Hoffnung fest, dass es ihr einmal besser gehen werde. Diese Trauer würde sich legen. Vielleicht kehrte schon bald der erholsame Schlaf zurück. So durfte es jedenfalls nicht weitergehen. Sie hatte Angst vor den Nächten. Mit den vielen offenen Fragen, die sie dann überfielen:
‚Ist Holger überhaupt fähig zu lieben? Hatte er nicht in den dreißig Ehejahren stets nach neuen Affären gesucht? Ist so jemand in der Lage, die Qualität, die Einzigartigkeit einer Liebe zwischen zweien wahrzunehmen?'
Marianne irrte auf der Suche nach Antworten umher. Oder musste sie sich diese Fragen selbst stellen? Sollte sie eher um Holgers Zuwendung und Liebe ringen? Sollte sie ihn von der Einmaligkeit ihrer Liebe zu überzeugen versuchen? Aber um wie vieles schlimmer, wenn er sich dann doch von ihr verabschiedete! Ihre ambivalenten Gedanken und Gefühle quälten sie. Jede Faser ihres Herzens, ihrer Seele schrie nach ihm. Aus der Trauer entstand Wut. Die sich nicht gegen Holger richtete. Gegen Marianne selbst. Wieso hatte sie es nicht geschafft, den Zwiespalt, in dem sie sich befand, ihm darzustellen, zu zeigen, was sie wirklich spürte? Sie wollte den Brief abwarten. Dann würde sie neu entscheiden.

Am nächsten Morgen, früh um 08:00 Uhr, erhielt Marianne den Anruf einer kroatischen Frau, die sich als Haushaltshilfe bewarb. Marianne war in dieser Zeit der Rekonvaleszenz noch nicht fähig, diese Arbeit selbst zu verrichten. Nach den telefonischen Verhandlungen fand Marianne zu keiner Ruhe zurück, obwohl sie erst gegen 02:00 ins Bett gefallen war. Gedanken und Bilder bestürmten sie aufs Neue. Sie erinnerte sich daran, wie sie kürzlich nach einer Veranstaltung Holger nach Hause

gefahren hatte. Noch vor der Zufahrt hatte er sich mit den Worten an sie gerichtet:
„Du brauchst gar nicht erst hochzufahren. Du kannst gleich hier unten drehen und heimfahren."
Jetzt fiel ihr die Erklärung der Situation wie Schuppen von den Augen. Holger hatte noch nichts vom Mundgeruch gesagt, Marianne war dementsprechend irritiert über seine grobe Verabschiedung gewesen. Sie hatte nicht verstanden, was das sollte. Nachdem er ausgestiegen war, hatte sie an der nächsten Ecke einen Moment lang angehalten, um sich konzentrieren zu können. Der Hammer war dann in einer der folgenden Nächte gefallen, als Holger telefonisch über ihren Mundgeruch geklagte hatte.
‚Und das kam von dem gleichen Mann, der mir in unseren zärtlichsten Umarmungen immer wieder versichert hatte: „Du gibst mir so viel", der unzählige Male hintereinander meinen Namen Nanni geflüstert, hingehaucht hatte.'
Sie sah die vor kurzem erlebte Situation in seinem Bett vor sich. Da war das Innigste geschehen, was sie je erlebt hatte. Am ersten Abend nach Holgers Krankenhausaufenthalt: Sie lagen nah aneinandergeschmiegt, ganz ruhig da, teilten eine Nähe und eine Stille, die sie beide umhüllte ...
Und nun dieses Voneinander-Abrücken. Aufgrund eines Mundgeruchs, der ihn störte. Gewiss, Holger war diesbezüglich ein gebranntes Kind. Er hatte sich einmal heftig über einen ungeliebten Schwager beklagt, dessen Mundgeruch sogar im ganzen Raum wahrnehmbar gewesen sein sollte. Gut möglich, dass Holgers Aversion daher rührte. Und ein Trauma verdeckte. War sie, Marianne, gerade dabei, Holger zu rechtfertigen? Nein, vergewisserte sie sich selbst, Holger projizierte das Erleben auf sie, garantiert. Sie würde abwarten, oder sollte sie besser sagen: fortwarten.
Erst am darauffolgenden Morgen spürte Marianne, dass ihr Kopf wieder frei war, das Denken endlich einwandfrei funkti-

onierte. Sie setzte sich hin, um auf dem Papier ein Selbstgespräch festzuhalten. Das konnte sie, darin war sie geübt:

Was ist los, Marianne-Nanni?
Hat Dich die starke Liebe zu diesem Mann gelähmt? Den Kopf getroffen, das Zentrum Deines Verstandes? Erinnere Dich an das Kant'sche Motto zur Zeit der Aufklärung: SAPERE AUDE! – HABE MUT! Erinnere Dich desselben Rates, den Dir Deine Schwester am Anfang Deiner Beziehung zu Holger mitgegeben hat.
Kant forderte – in berüchtigtem Befehlston – zu dem Mut auf, sich des eigenen Verstandes zu bedienen. Und zwar ohne die Leitung eines anderen. Das muss um 1784 herum gewesen sein. Ich bitte Dich, Nanni, bediene Dich Deines Verstandes, statt weiterhin in Gefühlen zu baden. Kläre sie lieber, helle sie auf. Was sagte Kant noch, in Beantwortung der Frage, was Aufklärung sei? Ich zitiere:
„Aufklärung ist der Ausgang des Menschen aus seiner selbstverschuldeten Unmündigkeit."
Und unter Unmündigkeit verstand er:
„... das Unvermögen, sich seines Verstandes ohne Leitung eines anderen zu bedienen."
Und weiter:
„Selbstverschuldet ist die Unmündigkeit, wenn die Ursache derselben nicht am Mangel des Verstandes, sondern der Entschließung und des Mutes liegt, sich seiner ohne Leitung eines anderen zu bedienen."
Ja, Marianne, „Sapere aude", habe Mut, Dich Deines eigenen Verstandes zu bedienen.

Marianne setzte sich ruckartig so aufrecht hin, dass sie fast ins Hohlkreuz fiel. Sie erhob das Motto der Aufklärung zu ihrem Mantra, wiederholte es laut – um sich dann erneut über das Papier zu beugen ...
Holgers Brief war angekommen, er hatte ihn über die neue Zustellungsfirma *saarriva* versandt, daher die Zeitverzögerung.

Die Zeilen stellten für Marianne eine einzige Entschuldigung dar. Es war ihr nicht schwergefallen, Holger anzurufen. Der kluge Mann hatte sich am Telefon wie ein aufgeschrecktes Kind verhalten: Ja, er vermisse sie! Er fühle sich wie eine leere Hülle. Marianne saugte die Metapher erneut förmlich in sich auf: Leer fühlte er sich – leer ohne sie!
Sie hatte Holger in dem Telefonat angedeutet, seinen Brief nicht schriftlich zu beantworten. Doch von ihrem neuen Mantra, ihrer Kant-Spätlese und Reflexion hatte er wissen sollen. Er war bereit gewesen, ihr Zeit zu lassen, Zeit zum Überlegen, zum Versammeln. Er wolle sie nicht verlieren. Danke! Danke! Danke!
Und Marianne nahm sich die Zeit. Bislang hatte sie Holger noch nicht wieder aufgesucht, doch auf der T-Box meldete sich ab und zu seine Stimme. Wenn sie Lust hätte, solle sie kommen. ‚Oh, nein, so haben wir nicht gewettet', antwortete sie still. Wenn er Lust hatte, dann sollte er es auch so sagen. Wenn er Lust hatte, sie trotz ihres Atems zu sehen, dann musste er es schon formulieren. Den letzten Anruf hatte er gegen 01:00 Uhr nachts getätigt. Lilli war gestern richtig wütend geworden:
„Bist du bescheuert? Du wirst hoffentlich nicht mehr zurückgehen. Wenn mich ein Mann so gekränkt hätte, wäre das exakt das Ende unserer Verbindung gewesen."
Am anderen Morgen gegen 07:30 Uhr wurde sie durch den laut gestellten Anrufbeantworter geweckt. Das Band zeichnete Holgers Anruf auf. Er bat:
„Wir müssen reden. Und das bald."
Aber Marianne suchte immer noch nach der richtigen Eröffnung für eine Aussprache. Sie beide waren im Alltag angekommen, doch sie bewältigten ihn nicht. Der Holger, nach dem sie rief, war nicht in Sicht. Und backen ließ er sich auch nicht. Marianne spürte, wie ihre Abgrenzung langsam aufweichte. Sie beharrte nicht länger auf ihren Erwartungen und Bedürfnissen, denn ihre Vermittlung schien unmöglich. Sie setzte zum Sprung an und teilte Holger mit:

„Was sind wir zwei doch für dumme alte Personen! Warum machen wir uns das Leben so schwer? Statt uns auszusprechen und uns miteinander und aneinander zu freuen! So lange ist unsere zu erwartende Lebenszeit auch nicht mehr."

Versöhnung

Ja, es gab eine Versöhnung. Eine, die stellvertretend gelesen werden konnte für viele andere Erlebnisse mit dem Geliebten. Marianne resümierte: Holgers Brief war so etwas wie eine Entschuldigung, sie enthielt auch die Bitte, noch einmal miteinander zu sprechen. Das Problem selbst, stellte sie sich vor, würde mit Mundwasser und Bonbons zu lösen sein. Als Holger Tage später einen Vorschlag zur Überwindung ihrer beider Zurückhaltung machte, schlug sie den nicht aus. Er hatte einleitend gesagt:
„Nanni, lies mir irgendetwas vor. So, wie ich dich kenne, hast du inzwischen bestimmt wieder etwas geschrieben."
„Ja, einmal direkt nach unserem Abschied, aber auch soeben. Ich sitze hier unten in der Küche, bewaffnet mit Papier und Stift, oben ist es kalt."
„Bitte, lies. Ich selbst bin sehr traurig. Ich habe mich gescholten, überhaupt etwas über den Geruch gesagt zu haben, denn hätte ich ihn ertragen, dann hätte ich dich nicht verloren. Bitte, lies, das hat uns immer geholfen, und es wird mich jetzt ablenken."
Genug der Bitten. Marianne las ihre Reflexionen vor, die sie in den letzten Tagen notiert hatte. Sie zitierte die Merksätze zur Aufklärung, über die sie zu ihrem Mut zurückgefunden hatte. Holger unterbrach sie kein einziges Mal. Am Ende angekommen, kommentierte er:
„Du hast mit deinem Schreiben und Zitieren immer einen super Ausgleich. Allmählich begreife ich dein geflügeltes Wort, Schreiben befreie. Es hilft – wirklich! Und was hast du heute geschrieben? Liest du es mir auch vor?"

„Das wird zu teuer am Telefon, es kostet dich zu viele Gebühren."
„Ich habe *Call-by-Call* gewählt, um länger mit dir sprechen zu können."
In dieser Zeit hatten sie beide noch keine *Flatrate* eingerichtet. Marianne suchte ihre zuletzt geschriebenen Seiten heraus:

Ein Gesicht erzählt Geschichten

Morgens, vor dem Spiegel. Der fragt:
Wer ist denn das? Was ist das heute für ein Gesicht, das mir da entgegenschaut? Eine richtig miese Miene. Na, komm, lächle mich an, wie auch sonst bei der Morgentoilette. Und dann erzähle, was dir die Petersilie verhagelt hat. Oh, wie ich sehe, interessieren dich mehr die Falten in deinem Gesicht! Deine Fingerkuppen gleiten zart an ihnen entlang. Das ist aber ein neuer Zug an dir. Hattest du nicht bis gestern behauptet, Falten würden dich nicht stören? Und eine im Übrigen ausgezeichnete Erklärung geboten: Dein weit über siebzigjähriges Gesicht würde gelebtes Leben repräsentieren. Genau! Was zeichnet dieses Leben morgens aus, wovon ist es gezeichnet? Vom Lachen, das ich so sehr an dir liebe. Von den Fratzen, die du mir entgegenwirfst, um richtig wach zu werden, vom morgendlichen Gesichtstraining mit der frech herausgestreckten Zunge und – sehr schön – dem kurzen, verschmitzten Augenkneifen links, wenn du dich von mir verabschiedest. All das signalisiert mir, dass mein Gegenüber mit sich zufrieden ist. Heute sieht das anders aus. Teile mir deine Sorgen ruhig mit. Ich höre. Habe ich richtig verstanden? Du bist gestern in der Stadt gewesen, an diversen Geschäften vorbeiflaniert, ohne auch nur einen Gedanken daran zu verschwenden, etwas zu kaufen. Das ist aber kein Grund, heute so selbstkritisch dreinzuschauen. Es muss etwas anderes passiert sein, wenn du auf einmal deine Falten derart prüfst. Du meinst, der Stein des Anstoßes sei der Werbe-Text im Schaufenster eines Kosmetikladens gewesen? Sag an!

„Ein Gesicht erzählt Geschichten ...
Damit es das Alter verschweigt, empfehlen wir Ihnen eine Pflege, die Ihrer Haut hilft, jung durchs Leben zu kommen. Besuchen Sie jetzt einen Verwöhntermin in unserem Kosmetik-Institut, eine 4-Wochen-Kur kostet 272,80 Euro.“
Wie, das hat dir die Laune verdorben? Das verstehe ich nicht. Ach so, der Grund deines Unmutes sind gar nicht deine eigenen Falten, sondern es ist dieses Angebot, das dich kritisch stimmt. Der Text stört dich. ***„Ein Gesicht erzählt Geschichten“*** *klingt doch positiv und passt auch zu deiner Einstellung. Es geht dir um den zweiten Satz? Ja, ja, die Aussage ist eine Unverschämtheit. Wieso soll das Alter verschwiegen werden? Inge Meisels Gesicht erzählte das gesamte gelebte Leben durch all die eingegrabenen Falten und Fältchen hindurch. Dich stört außerdem der Preis? Für eine Kur von vier Wochen verlangen die satte 272,80 Euro. Du fragst dich, was eine ältere Sozialhilfeempfängerin macht, der im Monat ungefähr 150 Euro für die Ernährung bleiben. Dieser Schönheitswerbung zufolge bleibt ihr nichts anderes übrig, als immer ihr wahres Alter zu zeigen. Sie kann sich nicht verwöhnen lassen. Du meinst, die Werbung habe exklusiv die zahlungskräftigen Alten als Konsumenten im Visier? Und ködere euch mit dem allseits gehuldigten Jugendwahn? Willst du etwas dagegen unternehmen? Nicht hingehen! Ignorieren! Sieh an, jetzt lachst du wieder und zwinkerst mit dem Auge! Ich freue mich, dein Spiegelbild zu sein.*

Diese Erzählung schien Holger weniger goutieren zu können. Er gestand, anfangs eine Geschichte über Mundgeruch erwartet zu haben. Marianne bedauerte. Sie habe etwas der Geschichte Ähnliches erlebt, das sie inspiriert hatte.
Holger kam auf den Vorgang ihres Schreibens zurück:
„Weißt du eigentlich, dass du mit deinem Schreiben über ein wunderbares Ventil verfügst?“
„Ja, was meinst du, warum ich das immer wieder nutze?“, entgegnete Marianne.

Diamantene Konfirmation

„Marianne, du willst mit deiner Schwester zu deren Diamantenen Konfirmation nach Meisenheim fahren. Ich möchte mitfahren, denn von dem Ort hast du schon so viel erzählt. Lass uns diese Feier gemeinsam begehen."
„Gut, Holger, vielleicht kannst du dann besser verstehen, weshalb ich so an diesem Ort hänge. Und du begreifst etwas von dem Überschwang, in dem ich davon berichte."
Marianne schwärmte tatsächlich oft von Meisenheim. Von der Heimat ihrer Mutter. Von dem Ort, den sie schon in Geschichten festgehalten und beschrieben hatte. Sie und Lilli hatten während der letzten Evakuierung dort gewohnt, und Lilli und sie waren dort gemeinsam auch konfirmiert worden. Jetzt gab es eine Einladung zur Diamantenen Konfirmation. Obwohl Marianne schon lange aus der Kirche ausgetreten war, wollte der Pfarrer sie unbedingt dabeihaben. Marianne übernahm die Hinfahrt und genoss die einvernehmliche Stimmung zwischen Holger und ihr. Sie freute sich, als sie sah, wie er den Ort begrüßte, dem sie so vielfältige Erinnerungen verdankte. In der Kirche saßen die beiden Schwestern nebeneinander. Sie schauten sich gleichzeitig an, als der Chor ein Lied sang, das ihre Mutter früher mit ihrer schönen und ausgebildeten Stimme oben auf der Empore oft gesungen hatte. Tränen liefen über die Wangen der Schwestern. Lilli drückte Nannis Hand ganz fest. Die starke Verbindung zwischen ihnen war spürbar lebendig. Holger, neben Marianne sitzend, rückte näher an sie heran. So saßen alle drei fest miteinander verbunden da. Dieses gemeinsame Erleben schien sie wieder zusammenzuschweißen. Solch eine körperliche Nähe hatte es schon eine lange Zeit nicht mehr zwischen ihnen gegeben.

Nach dem Jubiläum in Meisenheim trafen sich Marianne und Holger auf der Geburtstagsfeier seines Freundes. Das Fest fand in einem Restaurant statt, das an einem Weiher gelegen war. Bei Tisch, während des vorzüglichen Menüs aus acht Gängen und guten Weinen, entdeckte Marianne bekannte Gesichter. Leute aus früheren Zeiten, die sie noch aus dem Skiclub von Saarbrücken her kannte, manche hatte sie seit zwanzig Jahren nicht mehr gesehen. Die Atmosphäre an dem Abend war angenehm locker; erst gegen 24:00 Uhr verabschiedeten sich mehrere Gäste vom Gastgeber, und Marianne fuhr mit zu Holger.

Während der Fahrt wurde ihr ein wenig mulmig zumute. Sie wusste nicht einzuschätzen, wie diese Nacht verlaufen würde. An ihrer leichten Spannung änderte sich auch nichts, als Holger, daheim angekommen, sich am Kamin zu schaffen machte. Nach einer Weile saßen sie gemeinsam vor dem Feuer, erzählten von kleinen, gerade erlebten Episoden, als nach einer kurzen Pause Holger sagte:
„Lass uns raufgehen."
Marianne blieb sitzen:
„Wohin, rauf?"
Holger hob den Kopf an:
„Ganz hinauf, dahin, wo du sonst schläfst."
Noch sitzend, umarmten sie sich, zogen sich näher und näher und standen dann Hand in Hand auf. Was dann geschah, empfand Marianne nicht nur als schön, sondern als einmalig schön. Sie hörte Worte und traute ihren Ohren nicht.
„Spürst du, wie nahe ich dir bin? Für mich ist es wie im Märchen. Du bist ein Phänomen. Ich bin wahnsinnig gern mit dir zusammen. Bitte, denke nicht mehr über den letzten Verdruss nach. Ich habe dich so vermisst."
Nanni schaute Holger an:
„Du siehst glücklich aus. Dieses Lächeln konnte ich nie auf dein Gesicht zaubern, wenn ich es willkürlich versucht habe. Und in deiner gesamten Fotogalerie existiert kein Bild, das dich so lächelnd zeigt. Bleib ganz ruhig so liegen."

Was sie beide dann genießen konnten. Zufrieden, glücklich miteinander.
Später suchte Holger sein Bett in der unteren Etage auf, und Marianne wechselte auf ihre Schlafseite über.

Ihr Herz

Eine halbe Stunde später erwachte Marianne. Sie mochte es nicht glauben, aber starke Herzrhythmusstörungen bedrängten sie, derart, dass sie zu Holger ans Bett ging, um ihre Situation zu schildern. Er bat sie, sich in seine Arme zu legen, um vielleicht ein wenig ruhiger zu werden. Holger tastete nach ihrem Puls und stellte fest:
„Oh, ja, die Unregelmäßigkeit ist zu fühlen; dein Puls wird mal schwächer, dann rasend, manchmal setzt das Pulsieren völlig aus."
Was geschah? Holger schlief wieder ein. Marianne stand auf, sie suchte nach ihrem Handy, um sich bei einem Notarzt zu erkundigen, was sie denn wohl unternehmen könne, wenn ihr Herz nicht mehr rhythmisch schlug. Was diese Erkrankung betraf, hatte sie noch keine Erfahrungen gesammelt oder gar eine Behandlungsroutine entwickelt. Alles war zu neu. Die Suche nach dem Handy blieb ergebnislos, denn ihre Handtasche, in dem es steckte, befand sich noch im Auto, und jetzt wollte sie nicht nach draußen gehen. Sie wählte auf dem Festnetztelefon die 112. Der Notarztwagen käme sofort, lautete das Hilfsangebot. Das Marianne wiederum ausschlug. Sie erhielt die Rufnummer der Klinik, in der sie ein paar Wochen zuvor behandelt worden war. Dort schien sie mit ihrem Anruf den diensthabenden Arzt geweckt zu haben, denn der erkundigte sich verwirrt nach der Uhrzeit. 05:03 Uhr, orientierte Marianne ihn. Mit ungehaltener Stimme empfahl er ihr, sich wieder hinzulegen und Stunden später in die Klinik fahren zu lassen. Holger schlief weiterhin selig in seinem Bett. Marianne nahm eine Dosis der verschrie-

benenen Arzneimittel, die sie dabeihatte. Als sich ihr Herz etwas beruhigte, war es 06:00 Uhr geworden. Gegen 09:30 Uhr erwachte sie. Es ging ihr immer noch nicht wirklich besser. Holger bereitete einen Brunch zu. Als er von Mariannes nächtlichen Unternehmungen hörte, schimpfte er. Wenn sie ihn doch nur geweckt hätte, dann wäre er mit ihr sofort in die Klinik gefahren. Marianne begann einen Tagesplan aufzustellen. Gegen 15:00 Uhr hatte sie ihrer Freundin Britta einen Besuch versprochen, die zurzeit im gleichen Krankenhaus lag. Inzwischen fühlte sich Marianne so weit hergestellt, dass sie dort allein hinfahren konnte. Doch kaum unterwegs, tauchten die Herzattacken wieder auf. Also fuhr sie besser sofort zur Notaufnahme einer näher gelegenen Klinik, den Besuch bei Britta musste sie aufschieben. Dort angekommen, ließen sie Marianne gar nicht mehr weg. Sie bekam eine Pille und ein Bett verordnet, durch ihr übermäßig schnelles, angstvolles Atmen befand sie sich kurz vor einem Kollaps. Das Herz raste noch immer. Nur langsam stabilisierte es sich. Alle notwendigen Untersuchungen wurden angeordnet und unverzüglich ausgeführt. Ungefähr sechs Stunden dauerte die Prozedur. Dann erhielt sie ein Abendbrot, denn zur Sicherheit sollte sie über Nacht in der Klinik bleiben. Aber das wollte Marianne auf gar keinen Fall. Als endlich die Laborwerte kamen und diese nicht besorgniserregend waren, durfte sie heim.

Nach ihrer Ankunft zu Hause versuchte sie sofort, Holger telefonisch von den Untersuchungen und ihrem Zustand zu berichten. Es gelang ihr nicht – sein Telefon meldete von 20:30 Uhr bis 24:30 Uhr nur das Besetztzeichen. Endlich. Marianne berichtete, die Ärzte und Ärztinnen hätten beklagt, dass sie nicht schon nachts in die Klinik gekommen war, dann wäre die Ursache leichter festzustellen gewesen und die nötige Therapie eingeleitet worden. Holger reagierte erstaunt auf den Vorwurf in Mariannes Stimme, er schien fast eingeschnappt.

Marianne dachte nach: ‚Ja, ich bin auch sauer, über seinen gesegneten Schlaf nämlich. Wieso konnte er sich nicht wach halten? Warum habe ich ihn nicht noch einmal aufgeweckt? Bin ich wirklich so unfähig, mir in dem Moment Hilfe zu holen, wo ich sie nötig habe? Ich wünschte, so etwas würde von meinen Nächsten und Liebsten selbst gesehen und erkannt.'

Am Sonntag darauf kam Marianne schon ziemlich erschöpft von einem Besuch bei Lilli zurück. Trotzdem wollte sie das geplante Treffen bei Holger nicht absagen. Gleich nach ihrer Ankunft bereitete er ihr ein Getränk zu und half ihr, es sich bequem zu machen. Dann widmete er sich wieder seinem Feuerritual. Er wählte besondere Holzscheite aus, die er Marianne unter die Nase hielt, mit der Aufforderung, den je spezifischen Geruch wahrzunehmen. Mit wichtiger Stimme erklärte er daraufhin, um welches Holz es sich handelte. Faszinierend fand Marianne, dass die Scheite, die für sie am seltsamsten aussahen, am schönsten brannten. Etwa wenn sich ein Ast schon fast verabschiedet hatte und ein Loch im Holz entstanden war, sah das besonders toll aus. Holger setzte sich zu Marianne, er streichelte sie liebevoll zu den Worten, die sie wechselten. Nach ein oder auch zwei Stunden, Marianne hatte das Zeitgefühl längst verloren, sprach er vor sich hin:
„Gehen wir nach oben. Ich verspreche dir, sehr rücksichtsvoll zu sein. Aber ich möchte dich mehr spüren."
Marianne verlangte es gleichfalls danach. Oben, im Dachgeschoss, verlebten sie unvergessliche Stunden. Salopp formuliert, die Chemie stimmte einfach, dachte Marianne. Ihr Austausch von Zärtlichkeiten wurde in Fachzeitschriften als *Alterssexualität* bezeichnet. Nun, so schön und erfüllend hatte sie sich die nicht einmal erträumen können.

Später war es noch Zeit, gemeinsam den Sonntagskrimi zu schauen. Danach würde Marianne in ihre Wohnung zurückfah-

ren. Holger bat sie, noch ein wenig länger zu bleiben. Nanni bedauerte:
„Ich muss für meine Verhältnisse morgen sehr früh aufstehen, meine erste Schulung im Herzzentrum beginnt um 08:00 Uhr."

Schulungen und Operationen

Wieder einmal konnte Marianne nicht einschlafen. Dieser Tag war ebenso ereignisreich wie anstrengend gewesen. Morgens hatte sie erlernen müssen, wie sich gemäß einer internationalen Test-Methode der eigene Blutgerinnungsfaktor bestimmen ließ. Leider war sie trotz pünktlicher Abfahrt ein paar Minuten zu spät zur Schulung gekommen. Die Einführungserklärung hatte sie verpasst, und das, was dann auf sie eingeströmt war, schien ihr etwas völlig Neues zu sein. Eine Menge Handgriffe mussten erlernt werden, so lange, bis eine sie im Schlaf ausführen konnte. Anschließend war sie zu Britta gefahren, der es ziemlich mies ging. In Brittas Küche hatte Marianne ihr ein bescheidenes, aber köstliches Essen zubereitet: Nudeln mit Butter und Parmesan-Käse. Danach war sie sofort heimgefahren, um die Infos über die Blutgerinnung zu studieren, denn es standen ja noch zwei weitere Schulungen aus. Danach hatte sie Holger angerufen und sich nach seinem Befinden erkundigt. Er richtete eine Bitte an sie:
„Sei so gut und schau in deinem Computer nach einer E-Mail von meinem polnischen Freund. Er will mir auf dem Wege seine Adresse mitteilen."
Marianne hatte versprochen, gleich nach ihrem Besuch beim Orthopäden die Mails aufzurufen. Es drehte sich um neue Schmerzen, die den gesamten Schulterbereich blockierten. Holger sollte sie nach seinem Uni-Besuch noch einmal anrufen. Er war einverstanden gewesen, denn so erführe er noch heute das Resultat ihres Arztbesuches. Deprimiert war sie in die Stadt gefahren. In einem Kaufhaus erstand sie für Holgers Mutter zum

Geburtstag einen schönen Schal. Und für sich selbst eine sündhaft teure graue Hose. Kein Frustkauf, wie sie sich mehrfach versicherte, eine solche Hose wollte sie sich längst zugelegt haben. Aber all das hatte nicht geholfen – der Kummer über den vom Arzt angekündigten Krankenhausaufenthalt war nicht abgeflaut. Kaum war sie wieder daheim gewesen, hatte Britta angerufen, um sich nach dem Ergebnis des Arztgesprächs zu erkundigen. Als Marianne ihr die trübe Aussicht vermittelte, bot Britta allen nur erdenklichen Trost auf. Eindringlich hatte sie von ihrer selbst überstandenen Operation berichtet, die sehr viel komplexer gewesen war und von der Britta sich gerade erholte. Mariannes Gefühl der Niedergeschlagenheit war hartnäckig geblieben, sie fürchtete sich vor dem Aufenthalt, obgleich der Orthopäde ihr versichert hatte, die in Saarlouis würden helfen. Ja! Sie hatten ihr ja schon einmal ihren Arm „geflickt".

Keiner der Söhne rief an. Gingen Luka und Ansgar einfach davon aus, sie sei so stark, ohne deren Mitgefühl und Sorge alles gut alleine zu überstehen?

Als das Telefon erneut klingelte, hatte sie an Holger gedacht. Sein Anruf wäre ihr willkommen gewesen. Nein, es war ihre Schwester. Auch Lilli versuchte, sie zu trösten, und meinte:

„Da du dich schon entschlossen hast, das Ganze in Saarlouis machen zu lassen, kann ich dir anbieten, die Zeit danach bei mir zu verbringen. Ganz in der Nähe gibt es einen hervorragenden Physiotherapeuten, der dir bei dem Mobilitätstraining helfen kann."

Das hatte Marianne ein wenig Auftrieb gegeben. Sogar ein wenig Mut gemacht. Lilli sprach dann über ihre eigene Situation, die sich in Bezug auf Jakob und dessen Erkrankung über Nacht sozusagen geändert habe. Lillis Stimme klang dennoch zuversichtlich.

Inzwischen war es 20:00 Uhr geworden und Marianne suchte sich zu zerstreuen. Zwei Brote zwischen die Kiemen und ab vor die Glotze. Ablenken, hieß die Devise. Holger würde ja noch anrufen, das war so ausgemacht. Er würde ein paar tröstende

Worte für sie haben. Gegen 23:45 Uhr hatte sie zu Bett gehen wollen. Holgers Anruf war immer noch nicht gekommen. Sie wählte kurzerhand seine Nummer. Er war sofort am Apparat. Sie musste den versprochenen Anruf reklamieren und ihn fragen:
„Was sind denn das für neue Dinger: Deine angekündete Nachfrage zu vergessen. Danke vielmals im Voraus! ... Nein, nein, nicht schon wieder eine Floskel über deine Sorge um mich. Die du zu so später Stunde nicht mehr an die Frau zu bringen wagtest. Ich bin überaus glücklich, am meisten über deine liebevolle Nicht-Fürsorge."
Auf diesen erbosten Schwall hin hatte er zunächst geschwiegen. Dann kleinlaut gestanden:
„Ich hatte geglaubt, das habe sich erledigt."
Marianne verstand nichts mehr. Holger setzte neu an:
„Ach so, ja, du meinst wegen der Auskunft des Orthopäden."
„Nicht nur das, Holger, du wolltest mich auch wegen der Adresse deines Freundes anrufen."
„Richtig, ja. Und? Hat er gemailt?"
Nanni brummte:
„Hast du einen Stift und Papier zur Hand? Denn er hat tatsächlich geschrieben. Notiere also ..."
Nach Holgers Kommentar, sie, Marianne, habe aber viel von ihm gelernt, nämlich eine Rüge sarkastisch zu formulieren, hatte sie ihn verabschiedet. Nicht ohne ihm eine gute Fahrt und eine gute Reise zu wünschen. Anderntags wollte er mit einigen Freunden in die Schweiz aufbrechen, zum Skilaufen. Nach dem Telefonat hatte Marianne sich nur noch nach ihrem Bett gesehnt. Und hier lag sie nun und grübelte sich in den Schlaf. Holgers sichtlich fehlende Anteilnahme machte sie an ihm zweifeln.
Als er sich dann endlich erkundigt hatte, konnte Marianne nicht unterscheiden, ob er sich mehr für seinen Freund, für den Orthopäden oder für ihre Diagnose interessierte. Wie oft hatte er sie eigentlich schon enttäuscht? Ihr fielen einige solcher Situati-

onen wieder ein. Der Trauergeburtstag. Da war ihm der Studienfreund Peter wichtiger gewesen. Erst vor wenigen Tagen hatte Holger sich nicht mehr an ihre Ansage erinnert, zu Lilli fahren zu wollen. Umständlich hatte er sich bei Ansgar erkundigen müssen, wo sie denn sei. Und jetzt, ein für sie so einschneidendes Gespräch über einen unumgänglichen Krankenhausaufenthalt – einfach vergessen?
Wenn sie und Holger gemeinsam kuschelten, war er ein anderer Mensch. Im Alltag, da war er nicht wiederzuerkennen. Was war mit ihm los? Ihre innersten Belange, ihre Gesundheit – vergaß er oder hielt sie für unwichtig. Er musste schon sehr aufpassen, sonst würde er sich für sie auch bald erledigt haben. Wie viel Vergesslichkeit kann eine liebende Frau erdulden? Was bedeutete sie diesem Mann? War sie wirklich eine Partnerin? Eine Geliebte? Eine Freundin? Welchen Stellenwert hatte sie in seinem Leben? Gut, sie war nicht mit ihm verheiratet. Sollte sie nur eine Lücke ausfüllen? Eine Lücke für gewisse Stunden? Diese Fragen musste sie sich selbst beantworten. Und käme sie aufgrund ihrer Erfahrungen dazu, die letzte Kategorie mit Ja beantworten zu müssen, dann würde sie sich verletzt zurückziehen. Jene Rollen konnten die Ex-Frau, die Ex-Geliebte Ida oder sonst eine der Verflossenen ausfüllen, aber nicht sie. Diese Gedanken machten sie immer unruhiger. Schluss jetzt. Welche Mittel zum Einschlafen kannte sie, außer Tabletten? Muskelentspannung nach Jakobsen. Aber Holger verfügte da auch über ein Talent, die falschen Sätze, die falschen Worte und ein falsches Verhalten zum ‚richtigen' Zeitpunkt an den Tag zu legen. Beteuerungen, das zu ändern und aufmerksamer zu sein, schlossen sich oft nach einem längeren Beisammensein, nach guten Gesprächen an. Und nichts änderte sich. Oder zu wenig, wie Holger immer wieder zugab. Von ihrem Noch-Ehegespons erwartete sie das schon gar nicht mehr. Der zerfloss in Lamentos. Aber könnte sie ihrem Noch-Gatten diese Liebe geben, die sie im Moment selbst noch in dem kranken Herzen für Holger emp-

fand, würde sie mit Zuwendung überhäuft werden. Zu spät – da war nur noch Mitleid.

Zuspitzung

Es war gegen Abend, Marianne saß an ihrem Computer. Plötzlich hörte sie Ottmar furchtbar würgen. Er war wieder einmal für kurze Zeit in seiner Wohnung, wegen der unbedingt für ihn nötigen sozialen Kontakte, wie die Ärzte und Söhne versicherten. Zuerst blieb sie am Schreibtisch sitzen, sie nahm an, er sei wieder einmal betrunken. Als die Laute nicht nachließen, ging sie nachsehen. Ottmar stand im Waschmaschinenraum und erbrach ganz schreckliches Zeug: weiß, schaumig, stinkend. Sie fragte ihn, was er gegessen habe. Er zeigte auf einen grünen Tab und lallte die Worte:
„Ich habe dir eines deiner weißen Schokoladenstückchen geklaut."
Marianne erschrak. Das war eine der Waschmitteltabletten, die sie vor wenigen Tagen von Lilli überreicht bekommen hatte, für besonders gründliche Waschvorgänge. Damit sollten sich Flecken entfernen lassen, die in Ottmars Kleidung ansonsten nicht auswaschbar waren. Marianne führte Ottmar in seine Wohnung zurück. Er klagte darüber, wie schlecht er sich fühle. Marianne lief die Treppe hinauf in ihre Wohnung, sie rief den Notarzt an. Der Telefonist bestätigte, dass der Vorfall gefährlich sein könne, und versicherte, sofort den Krankenwagen zu schicken. Fünf Minuten später waren zwei Sanitäter und der Notarzt im Haus. Der untersuchte Ottmar gründlich, um ihm dann zu sagen, er müsse sofort mit ins Krankenhaus. Diese Sache sei bei seinem Krankheitsbild zu gefährlich. Ottmar sträubte sich, Marianne kannte das seit Jahren von ihm. Der Notarzt durfte Ottmar nicht zwingen mitzufahren. Ein Sanitäter rief die Polizei zur Verstärkung an. Eine Polizistin erschien, die Ottmar kannte. Sie lockte ihn mit dem Versprechen ins Auto, er sei bis zur Tagesschau

wieder zu Hause. Ottmar kam ins Krankenhaus, sein Magen musste ausgepumpt werden. Als Marianne sich nach den ganzen Aufregungen schlafen legen wollte, krachte beim Verdunkeln des Zimmers der schwere Rollladen herunter, sprang aus dem Rahmen und landete mit einem lauten Geräusch in der Dachrinne. In die nachfolgende Stille hinein ertönte sanft ein Telefonläuten. Ein sehr fröhlicher Holger hatte auf seinem Weg in die Schweiz einen Stopp eingelegt und rief an. Marianne war gar nicht willens, von dem zu erzählen, was sie nachmittags erlebt hatte. Aber das war auch gar nicht notwendig. Holger sprudelte vor Eindrücken.

Am nächsten Morgen, als Marianne duschen wollte, wurde das Wasser einfach nicht warm. Marianne bibberte und fluchte zugleich:

‚Kann es sein, dass du die berühmte *Arschkarte* gezogen hast?'

Das Warmwassergerät musste ausgetauscht werden. Der Rollladen war während eines Sturms mit großem Getöse ganz heruntergeflogen, er lag vor dem Fenster im Untergeschoss. Die Handwerksfirma hatte versprochen, ihn noch in der gleichen Woche zu ersetzen. Marianne wollte dann anwesend sein und bat um eine telefonische Vorankündung, da sie jeden Tag in die Klinik fuhr. Das waren keine Pflichtfahrten, sie hielt diese Besuche für notwendig.

Inzwischen war auch ihre kardiologische Nachuntersuchung gelaufen. Die Diagnose war ja klar. Bei der Untersuchung musste sie bis zu drei Malen hintereinander niesen, was ihr Nasenbluten bescherte. Die Assistentinnen verpassten Marianne eine Kühlkompresse und wiesen ihr eine Liege an. Die Blutung war verhältnismäßig schnell gestillt. Marianne war froh darüber, dass nur ein Äderchen geplatzt war. Einen Tag später sollte die letzte Test-Schulung stattfinden, ab dann würde sie ihre Werte selbst bestimmen können. Jetzt meldete sich auch Luka einmal wieder. Marianne unterrichtete ihn über das letzte Ereignis mit

seinem Vater und auch über die Schadensserie im und am Haus. Ihr Sohn bat sie, sich zu schonen, der Vater würde ja nach dem Krankenhausaufenthalt gleich und endgültig in eine Pflegeeinrichtung ziehen. Von dem Moment an habe sie zumindest im Haus Ruhe. Wie Luka sich das vorstellte, hatte Marianne wissen wollen? Sich erholen? Marianne erklärte:
„Da ist die Telekom Deutschland zu verständigen, um das Telefon abzumelden. Bei der Telecom France muss das Telefon im Häuschen am Weiher abgemeldet werden. Dafür muss ich persönlich nach Forbach fahren. Das bei einer französischen Bank deponierte Geld muss ich abholen. Deines Vaters Wäsche will auch gemacht werden. Dessen mehrmalige tägliche Anrufe, die nerven. Einige Reparaturen sind noch zu organisieren. Und keine Nacht schlafe ich richtig durch. Schmerzen, Schmerzen – da ich wegen meiner Herzrhythmusstörungen im Moment keine schmerzstillenden Tabletten nehmen darf, solange ich nicht eingestellt bin. Ich muss überlegen, ob ich mir eine neue Wohnung suche, und dann wäre das Haus zu verkaufen. Eine weitere Frage ist, wie ich das mit dem knappen Geld hinbekommen kann."
„Und was macht Holger?", wechselte da jemand die Richtung des Themas.
„Liebster Luka, diese Dinge sind ja nicht sein Problem, deshalb erwarte ich in diesen Sachen keine Hilfe. Verständnis hat er. Was will ich mehr?"
Holger rief zumindest jetzt öfter an. Ihm gefiel sein Schweiz-Aufenthalt sehr, doch vergaß er auch nicht, sich in liebevollen Worten nach Marianne zu erkundigen und von seinen Sorgen zu sprechen, die er sich um sie mache. Das war zumeist so, wenn er verreist und weit weg war und Sehnsucht empfand. Die Mail, die er ihr geschickt hatte, konnte sie niemandem zeigen, geschweige denn vorlesen, so direkt waren seine an sie gerichteten Wünsche formuliert. Aber wenn es um den Ausdruck und die Umsetzung seiner Sorgen ging, sobald er daheim war, schien alles ver-

gessen. Marianne war froh, sich durch ihr Schreiben sammeln zu können, denn so zerrissen, wie sie sich fühlte, war sie lange nicht mehr gewesen. Es war einfach zum Mäuse melken. Sie wusste, dass sie Holger trotz allem liebte. Lilli hatte bei einem Gespräch neulich die Situation erfasst und ihr auf den Kopf zugesagt:
„Du bist viel zu einfältig. Lass dir nicht so viel gefallen."
Und wieder ihren Standardsatz hinzugefügt:
„Das würde er mit mir nicht machen."

Hilfe!

Marianne fühlte sich miserabel. Sie war in einem Zustand, wo sie nicht einmal mehr schreiben konnte, und das wollte etwas heißen. Weder ließ sich notieren, was sie bedrückte, noch was sie zuvor glücklich gemacht hatte. Inzwischen war der Krankenhausaufenthalt überstanden, die Schmerzen verzogen sich peu à peu. Lilli hatte sich sehr viel Mühe um Marianne gegeben. Die vierzehn Tage waren eine einzige Wohltat gewesen. Aber jetzt, wieder zu Hause angekommen? Holgers Versprechen, ihr ein Zimmer herzurichten, war versenkt. Er brachte nie mehr die Rede darauf. Hatte es scheint's einfach nicht auf die Reihe bekommen. Marianne fielen nur die vielen Sätze ein, mit denen er und auch andere nicht sparten. Es waren eher Befehle und Gebote denn Empfehlungen: *‚Du musst'*, so fingen sie alle an. Und wenn sie einmal ein *‚Du auch'* zurückgab, dann hieß es, das sei nur eine *‚Ausrede!'*
Marianne blätterte in ihrem Kokon nach Beispielsätzen:
„Du musst aufpassen, sonst rutschst du wieder in die alten Muster! Du solltest nicht wieder eine neue Baustelle auftun! Du musst damit aufhören, du steckst doch schon wieder mittendrin! Du musst diese Geschichte so schnell wie möglich beenden! Du musst deinen Söhnen auch einmal Druck machen! Du lässt zu viel schleifen, du beendest nichts!"

Wieso ließ sie sich solche Sätze überhaupt gefallen?, überlegte Marianne. Holger selbst war ein Mann, der wenig auf die Reihe bekam. Sein Arbeitszimmer ein einziges Chaos. Hier gelang es ihm ebenso wenig grundsätzliche Ordnung zu schaffen wie bei den von ihr gesuchten Aussprachen mit ihm. Marianne hatte ihn mehrfach dazu ermuntert, endlich einmal seinen Sohn anzurufen. Sie sähe doch, wie das ungeklärte Verhältnis zu seinem Sohn in ihm arbeitete. Seit der gescheiterten Hochzeitsrede bestünde Funkstille zwischen den beiden. Marianne wusste, im Grunde ginge sie das ja nichts an. Aber wenn Holger sich schon nach ihrem Verhältnis zu ihren Söhnen erkundigte und sich erlaubte, deren Tun und Lassen zu rügen, dann wollte sie sich auch in seine Vorgehensweise einmischen dürfen. Es sei ihm, wie er mal erwiderte, sogar sehr recht und er versprach erneut, zu telefonieren. Mariannes Blockade schien sich zu öffnen. Sie schrieb ihre Klage gleich am Computer.

Der Oberlehrer

Ich triefe vor Selbstmitleid. Mein Herz schmerzt. Ich fühle mich verletzt, gemaßregelt. Rügen treffen mich. Ich blute. Wieso, warum, weshalb? Was oder wer bringt mich zum Weinen? Was oder wer darf mich derart treffen? Mein Liebster? Mein Partner? Mein Gegenüber? Ich selbst? Liegt es an mir, mich derart treffen zu lassen?

Sodass ich diese stets lehrerhaften Bevormundungen kaum noch ertragen kann? Die in Situationen geäußert werden, wo wir einfach unterschiedlich ticken, denken, handeln. Lob oder Tadel – weder das eine noch der andere ist da nötig. Oder die Entschuldigungen. Als ob die etwas veränderten! Wenn einem oder einer etwas tatsächlich leid tut, dann ist doch zukünftig mehr Aufmerksamkeit da. Erst dann können Worte vermögen, was die Fingerkuppen sagen, wenn sie Haut streichen und streicheln. Gibt es Worte, die streicheln? Ja – es gibt sie! Ich werde sie finden.

Wie so oft, wollte Marianne auch diese Zeilen Holger nicht vorenthalten. Leider erzielten sie nicht die erhoffte Wirkung. Schon die Bezeichnung Oberlehrer missfiel ihm, unpassend, wie er sagte.
„Mag sein“, räumte Marianne ein, „aber laut unserer gelernten Lektion der gewaltfreien Kommunikation stellen diese ‚Du musst'-Aussagen keine Vermittlung her. Durch solche Aussagen teilt niemand Bedürfnisse mit. Das sind nicht einmal Beobachtungen. Und erst recht keine Bitten.“
Holger war wieder einmal woanders. Er unterstellte Marianne ein Unbehagen, das von seinen Freundinnen-Geschichten ausgelöst worden sei. Marianne überprüfte sich stumm. War es heimliche Eifersucht, die sie so hadern machte? Ihr wiederkehrender Impuls war, von diesen Affären absolut nichts mehr hören zu wollen. Das sagte sie laut.
Holger reagierte sofort:
„Liebe Nanni, ich bitte dich, nimm alle diese Frauen nicht mehr ernst, für mich bist du wichtig. Deine mögliche Eifersucht würde mich auch erstaunen, du spürst doch meine Zuneigung, wir verbringen so viele zärtliche Stunden miteinander. Du gibst mir so viel. Denke einfach daran.“

Was geschah? Sie berührten einander leicht, streichelten sich. Und darüber stellte Marianne fest, auch an Konflikten wachsen zu können. Was fehlte ihr nur in dieser Freundschaft? Holger spürte zu oft nicht, wie es ihr erging. Sie schien weder ihm noch anderen wirklich wichtig zu sein. Sie hatte nur zu funktionieren. Holgers Zuneigung spürte sie stark, wenn sie zärtlich miteinander waren, und in der sexuellen Erregung. Dann, aber auch nur dann fühlte sie Holgers Nähe und sich selbst beachtet. Aber nichts dergleichen während eines Konflikts.

Erst vor wenigen Tagen hatte sie länger in einem ihrer derzeitigen Lieblingsbücher gelesen, geschrieben von Philosophinnen aus Italien. Sie war auf eine Stelle getroffen, die sie spontan für Holger markiert hatte, sogar zusätzlich, mit einem Lesezeichen zwischen den Seiten. Diese Stelle schien wie für sie geschrieben. Und kaum hatte Holger sich gemeldet, konfrontierte Marianne ihn mit den Aussagen, ohne abzuwarten, was er eigentlich wollte:

„Hör mal, hier steht, dass die menschlichen Beziehungen immer Proben zu bestehen haben – jeder Konflikt ist eine Probe. In einem Konfliktfall zeigt sich nämlich vor allem die Fähigkeit, ob jemand mit sich selbst verhandeln kann. Der Verhandlungsspielraum ist dann eingeengt, wenn die Person ihren Grundüberzeugungen treu sein will, aber nicht fähig ist, sich selbst zu verändern, das heißt, von der eigenen Position abzurücken."

Wie erlebte sie Holger in solchen Momenten, wenn sie sich gegenübersaßen? Sie sah seine erstaunten runden Augen vor sich, große Augen, wie bei einem unwissenden Kind. Aber es folgten keine Worte. Schade! Sie konnte wenigstens schreiben, das tat ihr gut, linderte manchen Schmerz. Wenn diese Beziehung zu Holger einmal auf ihr Ende zusteuerte, dann wollte sie es sein, die den Schlusspunkt setzte. Das hatte sie sich fest vorgenommen. An jenem Abend, wo sie ihm diese für sie wichtige Stelle wiedergegeben hatte, beschied er sie mit Bedenkzeit. Er brauche den Text vor sich. An einem der nächsten Abende, wo sie sich zum Tanzen verabredet hatten, war aber keine Rede mehr davon gewesen. Was war da auf einmal Sache? Wieder einmal ihr Mundgeruch. Mitten im Walzer hatte Holger es ihr gesagt. Als sie später darüber nachgedacht und geweint hatte, war ihr Folgendes aus der Feder geflossen, das sie ihm aber diesmal keinesfalls zu zeigen gedachte:

Meine Gedanken schlagen Purzelbäume. Ich will nicht mit Holger sprechen. Mein Mund bleibt verschlossen. Ich grübele viel. Meine Zerrissenheit ist spürbar, Traurigkeit überwältigt mich, Gefühle zerfließen. Ich leide und leide. Ich möchte mich so gerne selbst überwinden. Aber meine Seele weint nur noch. Ich bin im Innern eine zerrissene Frau. Mein Gleichgewicht ist empfindlich gestört, wenn nicht gestorben. Ich will nicht so leben. Ich will eine Beziehung, ja, doch nicht in dieser Form. Ich will darin glücklich sein. Aber – ich liebe ihn!

Manchmal war es ihr ja gelungen, eine Aussprache anzuregen, an der sich auch Holger lebhaft beteiligte. So etwas tat ihnen beiden gut. Es gab erneute Versprechungen seinerseits, und eine Zeit lang schien ihr Verhältnis wieder einmal gefestigt. Er spürte dann, was er mit seinem Verhalten anrichtete. Und zeigte sich einsichtig:
„Ich kenne mich gut, sehr oft verletze ich die Menschen, die ich am meisten mag. Ich weiß gar nicht, warum mir das immer wieder passiert. Ich kann mich jetzt auch nicht mehr damit herausreden, dass ich müde sei."
Um kurz danach mit einem Rosenstrauß zurückzukehren. Zehn dunkelrote Rosen – liebenswert überreichend. Marianne dachte, das Verhältnis gleicht einer Achterbahn.
In solch einer Periode der Stabilität zwischen ihnen radelten sie eines Sonntags bis ins Grumbachtal. Holger hatte beteuert:
„Es sind ungefähr zehn Kilometer, die packst du, das traue ich dir zu. Ich passe mich deinem Rhythmus an."
Am Ende war die Strecke doch viel länger, insgesamt etwa fünfundzwanzig Kilometer. Danach war Marianne wohl fix und fertig, aber auch stolz, denn sie hatte die Tour bewältigt. An die eigenen Grenzen zu stoßen, das war ihr wichtig. Selbst bestimmen zu können, was ging und was nicht. Es waren nicht nur die alten Knochen, die solche Strapazen nicht mehr gewohnt waren, es galt auch, das kaputte Herz zu testen. Die Ärztin empfahl bei jedem Besuch Mariannes: Bewegung, Bewegung und noch einmal Bewegung! Wenn irgendeine Person vor drei Jahren zu Marianne gesagt hätte, sie müsse auf sich achten, wäre sie lachend davongegangen. Aber jetzt war das Kürzertreten bitterer Ernst.

Diese Tatsache war nicht mehr zu verdrängen. Sie wusste, dass alle Menschen ihres Alters die eine und andere Blessur zu pflegen hatten. Und eine andere Tatsache vergegenwärtigte Marianne sich, die sie nicht erst gestern erkannt hatte. Sie konnte keine Person verändern, nur sich selbst. Das hatte Holger sich ebenfalls gesagt. Doch es war ein schwieriges Unterfangen. Marianne glaubte, der Wille allein sei schon etwas wert. Beide wollten sich nicht verlieren. Was gab es da noch zu tun? Außer sich in Akzeptanz und Toleranz zu üben, was sich durchaus als hilfreich erweisen konnte. Marianne hoffte stark, dass sie es schafften; sonst wären sie doch nur Abziehbilder ihrer jeweiligen alten Beziehungen.

Es war Nacht, Mariannes Geduld verbraucht, der Schlaf wollte sich einfach nicht zu ihr gesellen. 03:10 Uhr, und sie war immer noch hellwach. Alle ihr zur Verfügung stehenden Einschlafmethoden, die sie sonst nützte und eine davon ihr meistens half, versagten heute ihren Dienst. Der Kopf wurde nicht frei. Sie versuchte, ihre Gedanken an den berühmten hohen Baum zu hängen. Doch sie blieben nicht da oben. Marianne meditierte erneut – ohne Erfolg. Muskelentspannung – klappte auch nicht. Sie schaltete das Heizkissen ein – die Schmerzen hörten nicht auf. Sie besann sich – Schreiben? Vielleicht half ihr Allheilmittel? Zuerst würde sie es noch mit ihrem Placebo-Zaubermittel versuchen – zwei Baldrian. Auch die wirkten nicht. Dann griff sie zu Papier und Schreiber. Ihre Schlaflosigkeit war den Gefühlsbädern zu verdanken, die sie an diesem Tag hinter sich gebracht hatte. Mal war es die reine Wut gewesen, die sie gepackt hatte, mal nackte Empörung, Ärger, Irritationen; sogar Tötungsabsichten hatte sie gehegt. Kam ihr das nicht bekannt vor? Non, rien ne va plus ... Loslassen – all das, was da so zwischen den Rippen lag und sie blockierte. Da lag eine Menge. Das Geld, das sie dringend benötigte und bei einer Bank in Frankreich festsaß, bis sie sich nachweislich als Bevollmächtigte ausweisen konnte. Die

Beweislast lag bei ihr, und die zu erbringen war aussichtslos geworden. Ottmar hatte die Unterlagen weggeschafft, vielleicht sogar verbrannt. Das Chalet am Weiher, hatte sich nun herausgestellt, gehörte auch nicht ihnen beiden zusammen, wie sie ein Leben lang geglaubt hatte, nein, es gehörte Ottmar allein. Was konnte sie tun? Nichts mehr! Abhaken! Wenn das nur so einfach wäre. Selbst zur Anwältin durfte sie nicht gehen. In dieser Nacht blieb ihr nur noch, Abschied zu nehmen, und zwar grundsätzlich, Abschied von ihrem bisherigen Leben. Sie hatte es für andere geführt und sich dabei eingebildet, Selbsterfüllung zu finden. Mit Holger, Britta, Lilli, ihren lieben Söhnen, sogar mit Ottmar. Ab sofort würde es keine Zugeständnisse mehr geben, wenn die sie belasteten oder zu erdrücken drohten. Wozu auch? Nur um den anderen zu gefallen? Was ihr real blieb momentan, finanziell gesehen, das war sehr wenig. Die Hälfte dieses Hauses, das sie noch bewohnte. Aber bald aufgegeben werden musste. Nicht viel reden – sondern handeln, würde morgen ihre Devise sein. Vielleicht kaufte ja die Frau das Haus, die es heute mit ihrer Tochter besichtigt hatte. Dann würde Marianne ganz neu anfangen. Hinein in ein glücklicheres und besseres Leben stolpern, eines, in dem sie endlich zur Ruhe kommen konnte. Zu dieser Idylle fehlte ihr nur noch das erlösende Amen.
Oh, Schmerz, lass nach!
Es war nicht mehr zum Aushalten gewesen, und deshalb hatte Marianne sich für vierzehn Tage von einer Schmerzklinik aufnehmen lassen. Was hatte sie dort gelernt? Vieles. Ihr war bestätigt worden, wie sehr das eigene Denken und Verhalten mitverantwortlich war für das Schmerzempfinden. Sie lernte praktische Dinge, etwa, wie sie dafür sorgen konnte, bei der Einnahme von Schmerzmitteln nicht davon abhängig zu werden. Dass sie bei Bedarf sofort eine Tablette nehmen müsse, auch wenn die letzte Einnahme erst eine halbe Stunde zurücklag. Die physiotherapeutischen Übungen zum Strecken und Dehnen halfen ihr festzustellen, in welchen Bereichen ihres Körpers keine Ge-

lenkigkeit mehr gegeben war. Während der Behandlung durch eine Ergotherapeutin spürte sie ihre bis dato blockierten Schulterblätter regelrecht herunterfallen. Marianne erinnerte sich an ihre Erstvorstellung in der Schmerzambulanz, als eine Ärztin zu ihr gesagt hatte:
„Wenn eine Person auf jeder Schulter eine Tonne Last trägt, diese Tonne weiterhin auf den Körper drückt und kein Ende abzusehen ist – dann wundern Sie sich, wenn Ihre Schulterblätter sich wehren?“

Der Aufenthalt in der Klinik war ein voller Erfolg für sie. Holger ließ Marianne eine liebevolle Nachbetreuung zukommen. Ihr Sohn Luka erkundigte sich telefonisch nach ihrem Befinden. Der Ältere hatte sie einmal in der Schmerzklinik besucht – um sich bei ihr den Hausschlüssel zu besorgen und auch den für das Chalet. Oder hatte er die Schlüssel gesucht und sie dazu besucht? Wie praktisch. Hatte Ansgar das von ihr, oder lag es einfach am männlichen Gen?

Lilli erholte sich zurzeit auf Sardinien. Holger und Marianne schmiedeten den Plan, Jakob in Luxemburg zu besuchen. Holger wollte ihn zu einem kleinen Ausflug animieren und Jakob dabei unterstützen, einmal wieder nach draußen zu kommen. Doch vor Ort war dann nichts zu machen. Der Plan scheiterte an Jakobs Unlust. Trotzdem blieb die Stimmung ausgeglichen, und der Nachmittag gestaltete sich unterhaltsam. Jakob bestellte bei einem Italiener drei Gerichte, die Holger dann abholte. Darüber hinaus hatte Jakob eine Nachspeise aufgetaut und ihnen dazu einen ganz vorzüglichen Kaffee serviert.

Der Besuch

Marianne glaubte sich fit genug, eine Einladung auszusprechen. Sie lud Holgers Bruder und dessen Ehefrau nach Frankreich ins

Chalet ein. Holgers Tochter würde ebenfalls kommen. Die Gäste planten, mit dem Wohnmobil anzureisen. Das Ungetüm verursachte später die erste Panne des Tages. Es passte nicht in die Einfahrt, und beim Zurücksetzen krachte es. An dem tollen Mobil war an einer der hinteren Stoßstangen ein Schaden entstanden. Der Auftakt eines Besuches, der mit einem Desaster enden sollte. Aber zu dem Zeitpunkt war Marianne noch nicht ungehalten. Sie war gegen 07:00 Uhr aufgestanden, um alles parat zu haben, wenn die Gäste eintrafen. Holger und seine Tochter hatten versprochen, schon des schönen Wetters wegen pünktlich und früh aufzubrechen. Aber schon vor dem Aufbruch rief Holger das erste Mal an.
„Es tut mir leid, es kann ein wenig später werden."
Um 10:00 Uhr erhielt Marianne eine weitere Ankündigung: Es würde noch später. Schlussendlich trudelten sie gegen 12:00 Uhr ein. Marianne freute sich, denn Holgers Tochter war zum ersten Mal im Chalet zur Übernachtung da. Aber das stellte sich als ein Missverständnis heraus: Der Wunsch war der Vater des Gedankens gewesen. Hätte Marianne sich bei der jungen Frau erkundigt, wäre schnell klar gewesen, dass diese bereits am Abend einer anderen Verabredung nachgehen würde. Dennoch war der Tag zumindest vom Wetter her ungewöhnlich schön: nicht zu heiß, kein Wind, richtig angenehm. Sie konnten gemeinsam hinunter an das Wasser gehen und schwimmen. Doch die Schwimmrunde zur Abkühlung gegen Abend fiel schon fast ins Wasser. Es grummelte in der Ferne, ein Gewitter bahnte sich an. Trotzdem trübte das die Laune nicht. Mariannes Besucher schienen sich wohlzufühlen, voll des Lobes über das Grundstück, das Häuschen, die Badegelegenheit. Die sie leider nicht länger genießen konnten, denn am darauffolgenden Tag regnete es unaufhörlich. Da saßen sie dann auf der geschützten Terrasse, und passend zum Regen gab es tiefschürfende Gespräche. Marianne knickte ein. Sie spürte sich plötzlich von den Wochen zuvor doch arg mitgenommen. Sie ließ einen Satz fallen, der das

wohl zu krass zum Ausdruck gebracht haben musste, denn ihre Gäste, bis auf Holger, brachen alsbald und recht abrupt auf. Woraufhin es zwischen Holger und ihr zu einer weiteren Unstimmigkeit kam.

Nachdenklich saß Marianne vor einem leeren Bogen Papier. Sie wollte ihrem *Herzallerliebsten* einen Brief schreiben. Gerade erst hatte sie in dem Lehrbuch über Gewaltfreie Kommunikation geblättert, um eine Form-Hilfe zu finden. Sie hatte die sogenannte Endlosschleife des Marshall Rosenberg gewählt:

Beobachtung – Bedürfnis – Gefühl – Bitte

Weißt Du, lieber Holger,
ich habe beobachtet, dass, immer wenn ich von Dir Wertschätzung und Zustimmung erwarte, ich Du-Botschaften erhalte, gemischt mit Bewertungen, mit Voraussagen. Oder – was mich am meisten betroffen macht – ich werde unterbrochen. Schlussendlich fügst Du noch Unkenrufe an. Was, wenn ich diese Deine Prophezeiungen übernähme und sie selbst erfüllte? Jeder Dissens zwischen uns weitet sich für mich aus, ich fühle mich verärgert, enttäuscht, bin sauer und streitlustig, unzufrieden oder verletzt, verwirrt, manches Mal verzweifelt. Mein Bedürfnis ist, verstanden zu werden.
Ich frage mich, ob ich Dir überhaupt noch meine innersten Gedanken mitteilen, ob ich noch reden kann, ohne die Harmonie zwischen uns zu stören. Ich brauche in unseren Dialogen mehr Respekt und nicht laufend Belehrungen. Wie neulich, da fielen solche Sätze:
„Das will ich jetzt nicht hören!"
„Das verstehst Du nicht!" Oder gar:
„Durchschaust Du überhaupt, was der da gesagt hat?"
Da hatte ich mir gerade erlaubt, den Kommentar eines Reporters zur Senatswahl in Hamburg zu kritisieren. Auf Deinen Satz hin,

ich verstünde etwas nicht, erwiderte ich Dir: ‚Das kannst Du doch nicht sagen.' Und Du antwortetest – logisch richtig: „Doch, ja, ich kann das sagen." Ich empfinde das als spitzfindig. Denn freilich kannst Du solch einen Satz sagen, in dem Sinne, dass Du ihn auszusprechen vermagst. Aber was Du mit solch einer autoritären Behauptung aufs Spiel setzt, das betrifft den Respekt voreinander, ohne den es keine gleichwertige Beziehung zwischen zweien gibt. Ich frage Dich ja freiwillig, wenn ich etwas nicht verstanden habe, das ich aber gern verstehen möchte. Ein Glück, dass Du dies zumindest eingesehen hast. Oder war das nur ein Lippenbekenntnis? Ich weiß, alte, eingefahrene Muster sind schwer zu beseitigen. Aber wir üben uns doch darin. Wenn es, wie zuletzt geschehen, einen Zeitraum gibt, in dem wir uns ohne eine Zuspitzung des Konflikts verständigen, dann freut mich das ganz besonders. Und es fällt mir leichter, meine eigenen Fehler zu erkennen. Einer besteht darin, dasjenige, was ich auch nur für einigermaßen geklärt halte zwischen uns, aus den Augen zu verlieren, zu vergeben, zu vergessen. Doch jetzt muss ich zu Mitteln greifen, die ich eigentlich nicht handhaben will: zum Beispiel auf Erklärungen zu bestehen, nachzuhaken, nachzurechnen. Etwa, wenn ich Dich sagen höre:

„Ich ziehe die Gesprächspartnerinnen und Partner schon gerne zu mir rüber."

Der Satz beunruhigt mich, wie immer er auch gemeint ist, ob ironisch, selbstkritisch, selbstbewusst. Benötigst Du es tatsächlich, dass Dein Gegenüber in Dir wichtigen Dingen Deine Meinung mitträgt oder sie sogar übernimmt? Dann ist mir klar, weshalb wir in der letzten Zeit keinen Konsens finden. Das Übernehmen Deiner Ansichten kann ich nicht leisten, das entspricht nicht meiner Persönlichkeit. Akzeptiere bitte, dass ich Ansichten, die ich in meinem langen Leben, vor allem in den Jahren meines bewussten Lebens, erworben habe, wegen meiner Liebe zu Dir nicht aufgebe. Darüber brauchen wir erst gar nicht zu reden. Dennoch hoffe ich sehr, von Dir eine Rückmeldung auf diesen Brief zu bekommen.

Meine letzte heutige Bitte an Dich ist, weiterhin zu überlegen, welchen Modus wir wählen können, um diese angesprochenen Unstimmigkeiten zukünftig zu vermeiden. Ich umarme und drücke Dich lieb und fest.
Nanni

Eine Antwort von Holger erhielt Marianne auf ihr Schreiben nicht. Die Hektik der kommenden Wochen übertönte den Alltag. Und danach schien alles zu dem Kehricht geschoben, der manchmal meterhoch unter dem Teppich lag.

Veränderungen 2008

Marianne fühlte sich verhältnismäßig gut. Ganz plötzlich hatte sich ein Käufer für das Haus gefunden, kurz darauf war sie in eine neue Wohnung gezogen, die ihr auch zusagte. Da die Bankkonten getrennt worden waren, blieb ihr nur eine schmale Rente. Aber Mariannes beste und liebste Freundin Britta gewährte ihr ein zinsloses Darlehen, sodass die Haushaltsauflösung und der Umzug problemlos abgewickelt werden konnten. Es gab immer noch genug zu regeln. Doch selbst das bisher Erreichte, von dem sie angenommen hatte, es sei unmöglich zu realisieren, war nur zustande gekommen, weil sie während der Anforderungen neue Kraft erworben und Holger ihr geholfen hatte. Aber dann wäre ein Urlaub fällig gewesen, so ausgepowert fühlte sie sich, kurz vor dem Zerbrechen.
Doch vor dem nächsten Jahr würde kein Urlaub drin sein. Lilli erzählte ihr am Telefon, dass sie dabei wäre, auf Sardinien eine Wohnung zu buchen. Da gäbe es noch ein freies Zimmer, das Marianne haben könnte, sofern sie Lust verspürte, mit ihr auf die Reise zu gehen. Marianne besprach dieses Angebot mit Holger. Für sich selbst lehnte er eine solche Reise ab, doch ohne Protest gegenüber Mariannes Plan einzulegen, erkundigte er sich nur noch, wie lange sie denn dort zu bleiben gedenke.

„Lilli hat für vier Wochen gebucht!“, ein kürzerer Aufenthalt würde sich nicht lohnen. Charmant stellte Holger seine nächste Frage:
„Und – und was mache ich in der Zeit?“
Nanni erwiderte spontan:
„Lernen. Deine Sprachkenntnisse erweitern!“
Marianne witzelte:
„Ist es das viele Geld, das dich hindert mitzufahren? Du Armer, ja, ja, die Altersarmut. – Keine Antwort ist auch eine Antwort!“

Ferien am Meer in Bosa Marina

Lilli fuhr mit Marianne, nein, sie flogen in den Süden. Diesen Hunger nach Sonne, Sand, Meer und Erholung endlich zu stillen, war ihr größter Wunsch. Der Urlaub würde bestimmt sehr schön werden. Nach dem Umzug verspürte Marianne im Kreuz ab und zu Schmerzen. Ob die sich gleich mitkurieren ließen? Warum nicht! Ein paar sorglose Wochen lagen vor ihr. Und was Holger betraf, so hatten sie sich versprochen, an ihrem getrennten Leben brieflich teilzunehmen. Ob diese Zeilen dann etwas über ihre Beziehung aussagten? Wie es um ihre Liebe stand? Das würde sich herausstellen. Klar, wenn Holger noch so verliebt gewesen wäre wie am Anfang, hätte er es sich nicht entgehen lassen, mitzufahren. Aber Marianne musste sich jetzt dringend erholen, und das wollte sie auch tun.

Ein etwas anderer Reisebericht

Die angemietete Wohnung ist nicht so, wie ich sie mir vorgestellt habe. Hier erinnert mich alles an unser Wochenendhaus. Das Häuschen ist sogar komfortabler. Aber was bietet diese Wohnung? Das Wichtigste hier – Schutz vor der unaufhörlich brennenden Sonne, Ruhe und Stille gegenüber dem anbrandenden Meeresrauschen und dem Wasser, das in allen Farbnuancen auf-

leuchtet. Draußen zu sein ist fast zu schön. Die Bucht ist umrundet von Bergen. Der weitläufige Strand verfügt über heilenden Sand. Lilli fragte mindestens schon zehn Mal, ob ich es bereute, mit ihr hierher nach Sardinien gefahren zu sein. Meine Antworten gleichen sich:
„Ich bin dir dankbar, dass du mich dazu aufgefordert hast."
Manchmal trällere ich für sie das berühmte Lied von Edith Piaf: Non, rien de rien, non, je ne regrette rien ...
Wir sind hier zu fünft. Und werden es für die gesamte Zeit bleiben: Lillis Sohn und ihre Schwiegertochter sind da, die ihr reizendes Kind mitgebracht haben: Flo. Natürlich sind in solch einer Lebenssituation Anpassungen notwendig. Aber ich habe mir, meiner Harmoniesucht entsprechend, ein problemloses Zusammensein vorgenommen und will meinen Teil dazu beitragen. Ich werde versuchen, es hinzubekommen.
Mit meinem Schreiben möchte ich ein Tagebuch führen. Oder so etwas Ähnliches. Dazu gehört Disziplin. Die ich nicht aufbringe. Also werde ich fragmentarisch schreiben, angeregt von den genialen Äußerungen unseres geliebten Schatzes hier. Das klappt jedoch nur bedingt, denn so rasch kann ich einer lebendigen Gegenwart gar nicht den Rücken kehren, um sie zu beschreiben. Erschwerend kommt hinzu, dass wir oft entweder am Strand sind oder in einem Lokal, wenn Flo einen Satz baut, der mich auf der Stelle hellhörig sein lässt. Da ist dann zumeist kein Papier zur Hand, es sei denn eine Serviette oder der Rand einer Zeitung. Und wie schnelllebig die Weltsicht des Kleinen sich in unseren Erwachsenenohren verflüchtigt, merken wir bei unseren Versuchen, sie zu rekonstruieren.
Ich erinnere mich leichter an die wiederholte Äußerung von Kerlchen Flo, wenn ihm sein Benehmen leidtat: „Entschuldigungen", tönte er dann. Auf den Hinweis, eine Entschuldigung reiche schon aus, forderte der clevere Fratz uns logisch heraus: Da sei schon die nächste mitgemeint. Wir fanden das so lustig, dass wir „Entschuldigungen" übernahmen. Die Wirkung war verblüffend, wir

spürten, dass dieser Ausdruck einer Angelegenheit die Spitze nehmen konnte.
Eines Abends, als wir gerade über den Fluss Temo fuhren, um auf der anderen Seite ein spezielles Restaurant zu besuchen, wandte sich der Knabe besorgt an seine Großmutter Lilli, die er Nonna rief:
„Wenn du mit Aldos Boot auf dem Meer fährst, Nonna, darfst du nicht aussteigen, das ist gefährlich."
Und als Lilli und ich den Jungen später locken wollten, ins Bett zu gehen, indem wir ihm einmütig suggerierten, bestimmt müde zu sein, antwortet er:
„Ich bin nicht müde, ihr zwei! O. K.?"
Die Fantasie des Kleinen und seine Kreativität wahrzunehmen, bereitet mir eine stille Freude. Stets erfindet er wunderbare Spiele: Aus der wegzuwerfenden Alufolie formt er einen kleinen Ball, der dann zwischen seinem sardischen Freund und ihm über eine lange Zeit hin und her fliegt. Oder Flo trifft auf ein kurzes, abgerundetes Stück Holz, das sogleich zu einem schönsten Boot wird. Sämtliche Strandschuhe werden Fahrzeuge, die stundenlang durch den Sand kurven.
Lilli und ich sind für ihren Enkel: „Ihr beiden". Er scheint es zu lieben, uns im Doppelpack anzusprechen. Ist auf einem Spaziergang irgendwo das Meer zu sichten, ruft Flo uns zu:
„Da unten ist der Urlaub, wir gehen gleich da hin."
Und wenn er entdeckt, dass Lilli und ich uns für einen Restaurantbesuch fein machen, kommentiert er:
„Wir gehen jetzt in Ferien."
Die gemeinsame Wohnung ist für ihn schlicht: „Kindergartenfrei!"
An einem Abend, als wir auf der Piazza Platz nehmen und im Sinne des Kleinen ‚Party machen', sitzen zwei italienische Mädchen neben ihm auf der Bank. Sie scheinen Flo ein wenig zu umschwärmen, als einen besonderen Gast wahrzunehmen. Wohl verstärkt durch den Irokesenschnitt, den seine Mutter ihm verpasst hat, seiner kräftigen Haare und der Hitze wegen. Deshalb sagen

diese beiden Mädchen an Flo gewandt immer wieder „belli capelli“*, das er eifrig nachplappert und in seinem Italienisch einfach lustig klingt.*
Als Flos Eltern sich einmal allein auf den Weg machten, um im nahen Bistro einen Kaffee zu nehmen, hatte ich mich angeboten, auf den Jungen zu achten. Oder achtete er auf mich? Jedenfalls bekam er mit, wie ich mit leicht auseinandergestellten Füßen aufrecht stehend meinen Oberkörper hin und her wiegte. Flo schaute mir ernsthaft zu und sagte dann mit besorgter Stimme:
„Mach das nicht, sonst fällst du um.“
Ich antwortete ihm:
„Nein, nein!“, und setzte meine Übung ohne Unterbrechung fort.
So erging seine erneute Aufforderung an mich, die ich wieder verneinte. Bei jedem „Nein!“, das ich gab, schlug er mit seinem Holzboot auf die Wasseroberfläche. Allerdings steigerte sich sein Spiel bis zu einem Crescendo – es gelang ihm gerade noch, sich im Umfallen wieder aufzufangen. Warnenden Blicks kommentierte Flo:
„Hast du gesehen!“

Erster August. Heute ist es fast unerträglich heiß. Unser Kind, wie wir Flo oft nennen, hält sich ununterbrochen im Wasser auf. Wir wechseln uns darin ab, auf ihn aufzupassen, denn vor ein paar Tagen ist ein erwachsener Mann ertrunken. Bereits das zweite Todesopfer in diesem Jahr. Doch der Junge kennt im Wasser keine Angst mehr, weder wenn er umfällt noch wenn ihn eine Welle überspült. Er springt auf und ab, rockt wie der Fan einer Band. Wenn wir nach Hause kommen, werden wir beide lesen, wie seit einigen Tagen schon. Ich habe mich eines Spiels erinnert, das ich vor fast vierzig Jahren mit meinem jüngsten Sohn praktiziert habe. Der konnte daraufhin als Fünfjähriger schon lesen. Ich schreibe für Flo auf ein DIN-A5-Blatt einfache Worte, vor allem solche, die er täglich verwendet. Eines davon zeige ich ihm und sage beispielsweise:
„Da steht MAMA.“

Erstaunlich schnell begreift der Junge. Gleich am ersten Tag verlangte er nach einem zweiten Wort. Das ist nicht im Sinne des Erfinders, der empfiehlt, jeden Tag nur ein Wort hinzuzufügen. Heute male ich das achte Wort auf. Wenn unser Kind ein Wort erfolgreich liest, hüpft es vor Vergnügen. Gestern erkundigte sich Flo nach dem runden O. Das musste dann in allen bisher gelernten Worten aufgesucht werden. Als ich das Kind lobte und ihm versprach, mit dem heutigen Tag würde es schon acht Worte lesen können, sagte Flo so lerneifrig wie selbstbewusst:
„Ich will aber zehn."

Dritter August. Flo hat eine Sardin bezirzt, mit ihm zum Wasser zu gehen. Sie spricht kein Wort Deutsch, und das Italienische des Jungen ist weniger als rudimentär. Die beiden bleiben dennoch sehr lange fort, bis Hunger und Durst sie wieder zu uns unter die Sonnenschirme treiben. Die Lautsprache dieser beiden möchte ich schreiben können!

Heute feiert Bosa ein typisches Fest: „S. Maria del Mare". Wir sehen siebzig bis achtzig Boote den Temo langsam hinauffahren, um im Geleitzug wieder zurückzukehren. Die Statue der Maria mit dem Kinde ist morgens von ihrem angestammten Platz in einer Höhle abgeholt worden. Die Statue befindet sich jetzt im ersten Schiff des sozusagen schwimmenden Prozessionszuges. Im zweiten Boot spielt eine Musikkapelle. Sardinnen und Sarden feiern ihr ureigenes Fest. Wir winken ihnen vom Ufer aus zu, aber nur wenige erwidern diese Geste. Der Abend findet seinen Abschluss bei einem opulenten Mahl; anschließend begeben wir uns zu dem Feuerwerk, das am Ufer des Meeres in die Höhe schießt, alle und alles krönend.

Am nächsten Morgen zeigt der Strand wieder das gewohnte Bild. Farbige Frauen und Männer bieten alles Mögliche zum Kauf an. Aber unser Favorit ist ein Sarde, der Kokosnüsse vor sich her

trägt. Drei- bis viermal täglich schreit er weithin hörbar sein „Cocco bello – cocco bello“. *Was wir längst ahnten und nun täglich hören, ist, wie Flo ihn nachahmt. Wir probieren auch einmal von dieser angepriesenen vitaminhaltigen Nuss. Wer seine Zähne nicht verlieren will, sollte sie lutschen.*
An jedem Abend werde ich, bevor wir den Heimweg antreten, im eisenhaltigen Sand eingebuddelt, bis nur noch mein Kopf herausschaut. Der Erfolg stellte sich schon am zweiten Tag ein. Mein Kreuz ist stabil und schmerzfrei. Ich schwimme hier täglich fünf bis sieben Mal zu einer Boje hinaus. Am ersten Tag wollte die Strandpolizei mich durch schrille Pfeiftöne davon abhalten. Lilli erklärte den Beamten in hervorragendem Italienisch, welch ausgezeichnete Schwimmerin ich sei. Und ab sofort konnte ich meiner Lust ungehindert frönen.
Momentan feile ich an einer Laudatio zum Geburtstag der Schwiegertochter von Lilli. Rhythmus und Reim wollen nicht so gelingen. Aber es soll ja nur ein Gag werden.
Für den Neffen habe ich mir etwas Besonderes ausgedacht. Tucholsky schrieb vor etwa 75 Jahren ein Couplet über den deutschen Mann. Tucholsky hatte ja Vergleichsmöglichkeiten, denn es heißt, er habe lange in Italien gelebt. Vielleicht trafen seine Zeilen auch auf ihn selbst zu. Die Verse Tucholskys und der Satz der jungen Mutter, die ich zufällig sagen hörte: ‚Heute ist unser letzter Tag am Meer!‘, habe ich als Folie genommen. Der erste Satz ist ja oft entscheidend für eine Geschichte. Auf der Suche danach kann sich eine Autorin schon mal festbeißen.

Unser letzter Tag am Meer

Die Gesichter tragen Trauer –
verständlich!

Die Augen nehmen Bilder auf –
letztmalig!

Die Fantasie benötigt sie –
daheim!

Die Farbenvielfalt des Meeres –
hilft!

Die Dunkelheit des Winters –
überstehen!

Die Mondin sagt tschau –
erstaunlich!

Die Fülle der Corona –
großartig!

Die Farbe winkt rosa –
beschaulich!

Die letzte Nacht beginnt –
wirklich!

Die Ruhe fängt uns ein –
bedächtig!

Marianne schrieb häufig. Nicht nur in ihrem Tagebuch. Das Bedürfnis, sich mit Holger auszutauschen, war trotz der kurzweiligen Urlaubsgesellschaft nicht versandet. Nahezu täglich schrieb sie einige Zeilen an ihn, manchmal auf einer Ansichtskarte. Aber bis diese Post in Bosa Marina in einem Kasten landen konnte, war oft ein zeitraubender Akt. Briefmarken gab es nur bei der Post selbst, und wenn Marianne mal welche zur Hand hatte, fehlte ein Postkasten. Einmal hatte sich Holger sogar über ihre vertauschten Postleitzahlen beschwert, da war ihm die Pause zwischen zwei Briefen, die dann zusammen eingetroffen waren, zu lang gewesen. Aber Marianne erging es nicht viel besser. Ihre Urlaubsadresse, sie hatte den Namen des Vermieters angegeben, schien den Postboten auch nicht eindeutig genug zu sein. Eine Herausforderung für die ansonsten gewieften Zusteller Bosa Marinas. Anfangs rechnete Marianne noch mit x-Briefen von Holger. Doch damit war es nix. Seine zweite Karte kam bereits aus Amsterdam, wo er mit seinem Sohn unterwegs war. Ihre Briefe überschnitten sich manchmal. Am 25./26.07. hatte sie geschrieben:

Salute, lieber Holger,
es ist 01:05 Uhr. Wir kommen geradewegs aus der Disco. Der DJ hat mit mir Cha-Cha-Cha getanzt. Danach ein Karaoke-Lied geboten. Alles ein paar Phonstärken überdreht. Die Nacht war dementsprechend unruhig. Dabei hatte der Tag früh begonnen, das ist hier nötig, um am Strand einen der traumhaften Plätze zu erwischen. Vom Haus aus sind es nur fünf Minuten bis dahin. Aber die ungefähr 100 m dort über glühend heißen Sand zu hüpfen, braucht auch seine Zeit.
Leider war mein linker Fuß zwei Tage lang am Knöchel angeschwollen, es schien Wasser zu sein. Ich kam auf die grandiose Idee, meinen Stützstrumpf auch tagsüber am Strand zu tragen. Nun ist die Schwellung fast völlig zurückgegangen. Nach dem dritten Ganzkörpersandbad waren auch die letzten Rückenschmerzen weg. Nur der Arm sticht noch ab und zu. Alle sagen, ein wenig Geduld müsse ich schon aufbringen. Mache ich! Wir sind ja noch nicht einmal eine Woche hier.
Gute Nacht! Morgen mehr.

26.07.

Ein ereignisreicher Tag. Aber erst der Abend: Antonio sang in dem Lokal, wo wir mittags einen kleinen Imbiss einnehmen. Es ist 02:00 Uhr, der Tanz ist gerade zu Ende gegangen. Ich habe Dich schrecklich vermisst. Nicht nur des Tanzens wegen. Es hat übri-

gens eine hervorragende Begleiterscheinung, denn meine Füße sind wieder auf Normalmaß geschrumpft.

Carissimo Holger, *26.07.*
schwimmst Du eigentlich auch in diesen Tagen? Oder welche Bewegungen bevorzugst Du? Bis zur Boje, die ich täglich anziele, sind es über einhundert Schwimmzüge hin und ebenso viele zurück, wie ich heute gezählt habe. Bei einem Spaziergang am Strand entlang entdeckte ich Lilien. Es ist unglaublich, aber sie benötigen kein Wasser. Gleich daneben gibt es Büschel vertrockneten Grases. Es sieht schon verrückt aus. Aber die Blüten der Lilien – oh Wunder – weiße Sterne.

In der nächsten Woche werden wir eine Bootsfahrt unternehmen. Es gehört Antonio, dem Freund meines Neffen. Ich erhole mich bestens. Trotz der Hitze schlafe ich gut, nur mit einem Leintuch zugedeckt. Das Essen ist allerdings gewöhnungsbedürftig. Trotzdem, bis jetzt habe ich immer etwas Gutes gefunden: Pasta, Gemüse, Obst. Die Tomaten sind äußerst schmackhaft. Diese Dinge wachsen hier und sind stets frisch. Fleisch können sie halt nicht richtig braten – für meinen Geschmack.
Heute habe ich gehört, ich solle hierbleiben, zu Hause würde es regnen. Stimmt das?
Ich küsse Dich, umarme Dich, ganz herzlich,
Nanni

Eine Ansichtskarte war entdeckt und sofort adressiert:

Hallo, Holger, umseitig siehst Du den Strand, an dem ich täglich bade, mich sonne, entspanne usw. Heute ist das Meer ungewöhnlich wild, denn gestern waren Mistral-Winde aufgekommen. Ich denke sehr wohlgemut an Dich:
„Die Welt ist schön, und ich bin drauf."
Nanni

Hallo, lieber Holger, *28.07.*
barfuß laufe ich hier über Steinplatten, ohne mir irgendeine Unterkühlung zuzuziehen, die Kreuzschmerzen sind verschwunden, und der Arm gesundet zusehends. Doch gestern war es besonders heiß, sodass ich eine sogenannte Mallorca-Akne bekam. Aber ich bin gegen (fast) jedes Zipperlein gewappnet. In diesem Falle habe ich zu Fenistil gegriffen. Lillis Sohn und Freund Antonio spielen für uns den Kuli. Sie schleppen täglich drei Sonnenschirme, Stühle und Taschen an den Strand. Hoch über uns segeln Paraglider. Die Wellen glitzern wie tausend Diamanten. Wie schön für mich wäre Deine Anwesenheit. Vielleicht nächstes Jahr? Denn dann besuchen Lillis Kinder die Philippinen. Müßige Spekulationen?
Hast Du schon gehört, dass Lillis Schwiegertochter schlimm gestürzt ist? Wenn Du es genauer wissen willst, dann erkundige Dich nur bei Jakob. Fein, dass Du ihn besucht hast. Ich fühle mich sehr glücklich mit Lilli, bin froh und dankbar, in ihrer Familie integriert zu sein. Zum heutigen Abend haben die jungen Leute für uns gekocht. Wenn ich weiterhin so viel esse, wirst Du mich bald kugeln können. Morgen Früh wollen wir auf den Markt gehen. Wirklich früh, denn es soll 34° heiß werden. Anschließend gibt's nur eins, ab ins Wasser. Ein Badeanzugwechsel erübrigt sich bei der Hitze. Meine Füße vergrabe ich im heißen Sand. Abends pflege ich sie mit Balsam aus Latschenkiefer. Überhaupt ist meine Haut zart wie ein Kinderpopo, denn der Sand wirkt wie eine Peelingmaske.
Mein Liebster, ich hoffe sehr, dass es Dir gut geht, auch bei Regen, Gewitter und einer sich mühenden Sonne. Fühle Dich hundertfach geküsst von
Nanni

Liebster Holger, *29.07.*
es ist noch sehr heiß. Ich kann bei dieser Temperatur nicht einschlafen. Ich lüfte mein Zimmer und sitze hier in der Küche. Denke an Dich und schreibe Dir. Manchmal stehe ich auf und wandere umher. Von drei Fenstern aus schauen wir direkt aufs Meer. Sogar

die nicht funktionierende Gästetoilette hat Meerblick. Segel- als auch Motorboote sind tagsüber zu sichten. Heute hat Flo Schwimmflügel bekommen und ist im badewarmen Meerwasser der King. Lilli und ich schwimmen zusammen. Drei Male habe ich heute die schon erwähnte Boje umrundet. Wenn Du die Postkarte nimmst, auf der ich für Dich die Badestelle gekennzeichnet habe, siehst Du auch Felsen ragen. Auf ihnen sitzen täglich viele Kormorane, wie die Geier. Bosa ist auch bei Nacht sehr schön. Antonio kutschiert uns an die schönsten Stellen mit den besten Aussichten. Am Freitag wollen wir in ein Lokal, das an einem Hang liegt und terrassenförmige Plätze den Berg hinauf anbietet. Angesagt ist ein Latino-Abend! Oh, lieber Holger, ich brauche Dich. Cha-Cha-Cha ist alleine einfach nicht zu tanzen. Nun eine gute Nacht. Morgen mehr.

Am nächsten Tag setzte Marianne den Brief fort:

Hallo, mein lieber Holger, *30.07.*
bin sehr glücklich, seit zwei Tagen habe ich keine Schmerztablette mehr genommen, meiner Konzentration sind keine Grenzen mehr gesetzt. Heute habe ich viel gelesen. Mich ein wenig vor der Sonne geschützt. Lilli ist rundherum schön braun. Auch ich habe ein wenig Farbe bekommen. Aber durch eine schlechte Pigmentierung bin ich scheckig geworden. Da beneide ich die Schwarzen, die täglich zum Strand kommen, um ihre Schätze anzubieten. Einige von ihnen sprechen uns französisch an.

Am Abend haben wir ein sardisches Essen zu uns genommen. Spanferkel und diverse Gemüse und Pommes frites. Sehr lecker. Jetzt bin ich müde und gehe ins Bett. Gute Nacht. Ich küsse Dich. Wenn Du willst, überall.
Einen Tag habe ich ausgelassen. Es ist der 01.08. Heiß, heißer, am heißesten. Am 31.07. hat uns Lillis Sohn im klimatisierten Auto nach Alghero gefahren, 46 km entfernt gelegen. Ein Bummel

durch die Altstadt, eine Rundfahrt mit dem Stadtbähnchen, etwas essen, trinken, zuletzt noch ein Eis.
Ich war heute am Strand, habe auf unseren Schatz aufgepasst. Dabei behielt ich ein weißes Hütchen auf und mein großes Badehandtuch um mich gewickelt. Sonst wären meine Füße wieder angeschwollen und die Mallorca-Akne hätte mich geküsst. So habe ich mich gerettet ...
Ich umarme Dich liebevoll. Danke für die Karte.
Nanni

Noch war von Holger keine Antwort eingetroffen. Marianne blieb unermüdlich und schrieb am Sonntag, dem 03.08.:

Holger, Holger,
mir gehen Papier und auch die Umschläge aus. Zu keinem Zeitpunkt habe ich gedacht, soo viel mit Dir plaudern zu wollen. Mit diesem Brief sende ich auch herzliche Grüße an Grzegorz. Dich grüße ich nicht, weil ich Dich immer bei mir trage. In mir, besonders in meinem Herzen. Welches sich bis heute noch nicht beschwert hat. Ich gehe in Gedanken mit Dir schlafen, stehe in Gedanken mit Dir auf und schwimme täglich einmal für Dich bis zur Boje. Diejenigen, die mir vom Strand aus zusehen, wirken ängstlich, sie wissen halt nicht, wie sicher und gut ich schwimme. Heute bin ich schon vierzehn Tage hier. Es ist spät. Gute Nacht! Morgen mehr.

04.08.

Guten Morgen, gleich eine Story. Am Strand im Sand braten die Personen. Die meisten sind von Kopf bis Fuß eingecremt, und das ist das Problem. Sie sehen aus wie panierte Schnitzel. Am Mittag brechen viele auf, zum Essen und zur Siesta. Gleich am ersten Tag wurde ich aufmerksam darauf, wie sie ihre Handtücher ausschütteln – langsam, vorsichtig, zuvor wird die Windrichtung geprüft. Es sieht einfach vornehm aus. Und es ist auch so. Denn würden sie es anders gestalten, bekämen die Menschen neben oder hinter

ihnen die volle Ladung Sand ab. Inzwischen entsande ich ebenso vornehm, „kloor". Lilli und Familie sind zur Piazza gegangen, ich nehme den Strandweg und werde natürlich schwimmen.
Ich küsse Dich – mille, mille baci per te.
Nanni

Dann kam ein Brief von Holger. Marianne geriet fast außer sich vor Freude. Aber was schrieb er? Nun, all das, was Marianne brennend interessierte und sie unbedingt wissen musste, und das in wenigen nüchternen Worten. Er bedankte sich für drei Briefe, welche die Post jedoch nur über gewisse Umwege ihm hatte zustellen können. Er nütze den Sonntag, um drei 500-l-Öltanks vom Restöl zu befreien, das er in zwei ehemalige Tafelöl-Kanister umfülle, zur sicheren Entsorgung. Er habe Mariannes Briefkasten regelmäßig geleert, die Zeitungen gestapelt, die Reklamesendungen gehortet, und er teilte Marianne sieben Absenderadressen ihrer Privatpost mit. ‚Na', Marianne schüttelte leicht den Kopf, ‚in Erwartung wichtiger Post wäre ich durchaus imstande gewesen, für die Urlaubszeit einen Nachsendeantrag zu stellen.' Holger bedankte sich noch einmal für das Auto, das sie ihm für die Hollandreise überlassen hatte. Die Abschlusszeile lautete: Herzliche Grüße auch an Lilli und einen langen Kuss für Dich, Dein Holger.

Mariannes nächster Brief trug das Datum 05.08.

Hallo, liebster Holger,
herzlichen Dank für die beiden Karten aus Amsterdam. Hoffentlich war diese Reise mit Deinem Sohn ein richtiger Schritt in Richtung Eures Zusammenfindens. Dein Ausdruck des Beschnupperns gefällt mir.
Nur noch wenige Tage werde ich hier sein. Ich überlege mir, wann ich das letzte Mal schreibe, ich möchte nicht, dass die Briefe erst nach meiner Rückkehr ankommen. Antonio spielt und singt ab

jetzt jeden Abend auf der Piazza. Unser aller Liebling nennt es Party machen. Mit Karaoke-Gesang. Die Bosianerinnen und Bosianer und auch die Kinder halten mit. Kennst Du das Lied „Heidi, deine Welt sind die Berge"? Auf Italienisch klingt das wie auch im Deutschen nach Heintje oder Heino.
Ich habe den Song „Eviva Espana" umgedichtet, um ihn während eines Festes bei Bastiano, unserem Vermieter, vorzutragen. Bastiano hat lange in Nürnberg gearbeitet und spricht ein wenig unsere Sprache. Das Lied geht so:
„Nach Sardegna fahren viele Europäer ..."
Der Refrain lautet:
„Die Sonne scheint bei Tag und Nacht, Eviva Sardegna.
Der Himmel weiß, wie sie das macht, Eviva Sardegna.
Die Gläser, die sind voller Wein, Eviva Sardegna.
Und jeder ist ein Contador
Sardegna nostra amor."
Bastiano hat es sich gewidmet. Wir sangen für ihn:
Sardegna Bastiano.
Das Lied kam bei allen gut an und wurde an diesem Abend mindestens drei Mal, immer lauter, gemeinsam gesungen. Apropos drei – ich habe hier schon drei Sachen zerdeppert. Als ich Bastiano den Schaden erstatten wollte, wehrte er ab:
„Mach Dir keine Gedanken."
Für heute nehme ich Dich ganz lieb in die Arme und küsse Dich.
Deine Nanni

Der letzte Brief von Holger und derjenige von Marianne schienen sich überschnitten zu haben. Holger schrieb nämlich ein weiteres Mal über die Post in Mariannes Briefkasten und nannte ihr wieder die Absenderadressen. Doch kündigte er an, später auf Mariannes versprochene Küsse zurückkommen zu wollen, er wisse auch schon, wo diese Küsse landen sollten.
Mariannes anschließender Brief fiel dennoch weniger zärtlich aus. Holger sollte sie ruhig ein wenig mehr vermissen.

Deshalb schrieb sie am 08.08.:

Hallo, mein lieber Holger,
hurra, hurra ein Brief von Dir. Bastiano kam – ihn schwenkend – an den Strand. Ich lese ihn wieder und wieder und bin ganz glücklich. In meinem langen Leben habe ich noch nie einen so vor Liebe und Sehnsucht glühenden Brief erhalten. Danke! Danke! Danke! Wärest Du noch verheiratet und Deine Frau hätte ihn gefunden, sie hätte sich bestimmt von Dir scheiden lassen. So zärtliche, liebevolle Worte, ich bin beeindruckt. Jede Zeile lässt spüren, was Du für mich empfindest. Diese hier sind meine letzten, die ich aus Sardinien abschicke, da die Post nicht zuverlässig ist, und ich, wie gesagt, sonst vor den Briefen zurück wäre. Alles Gute für eine wunderschöne Zeit mit Öl und Öltanks wünscht Dir
Deine Dich liebende Nanni

Von der Reise zurückgekehrt und wieder in den eigenen Räumen, die Marianne auch in der neuen Wohnung schon vertraut vorkamen, ordnete sie ihre Souvenirs und Urlaubsaufzeichnungen. Als sie die Briefe hervorzog, die sie von Holger erhalten hatte, erinnerte sie sich an den letzten, ironisch geschriebenen, den sie ihm daraufhin geschickt hatte. ‚Ob mein heiß geliebter Holger ihn überhaupt richtig verstanden hat?' Jedenfalls war zwischen ihnen kein Wort darüber gefallen. Sie selbst fand jede der Zeilen wichtig, wichtig genug, sie im Kokon aufzunehmen und festzuhalten.
Immer öfter spürte Marianne, wie eine gewisse Kälte zwischen Holger und ihr Raum griff, einen Keil zwischen sie trieb. Vielleicht würde ein erneuter Abstand etwas daran ändern? Oder ihrer beider Auseinanderdriften verhindern? Marianne hatte schon den nächsten Urlaub gebucht – bis dahin war es nicht mehr lange hin. Die Überredungskünstlerin Lilli war erfolgreich gewesen, ihren Argumenten hatte Marianne zwar zunächst Paroli geboten, sich aber dann doch gern geschlagen gegeben:

„Nanni, es ist gut, Pläne zu schmieden, sich kurzfristige Ziele zu stecken, darauf hin zu leben mit jedem Tag. Etwas Neues, Unbekanntes, Erwünschtes in den Blick zu nehmen! Ob die je eigene Lebenszeit dazu ausreicht, haben wir nicht in der Hand. Wer weiß, ob wir in einem Jahr überhaupt noch reisefähig oder reiselustig sein werden? Das steht in den Sternen. Vor ein paar Tagen ist einer unserer lieben Freunde gestorben, ganz plötzlich, über Nacht. Gehen wir sorgsam mit uns um. Du hast doch fast dein Leben lang keine richtigen Sommerurlaube genießen können – immer hast du Verantwortung getragen, als Mutter, Ehefrau, Begleiterin. Du kennst so wenig von der Welt. Jakob kann uns leider nicht mehr begleiten, gib dir einen Stoß und lass uns beide gemeinsam fahren. Du kannst es dir jetzt leisten: brauchst niemanden zu versorgen, brauchst niemanden zu fragen. Es ist ganz allein deine Entscheidung."
Nach einer kurzen Pause der Überlegung hatte Lilli hinzugesetzt:
„Dein geliebter Holger hat doch, soweit ich weiß, nichts dergleichen mit dir geplant."
Noch am selben Tag hatte Lilli telefonisch die Schiffsreise gebucht, für sich allein. Als Marianne sich endlich auch entschließen konnte, gab es schon keine freie Passage mehr. Glück war im Spiel gewesen, dass zwei andere Passagiere die Reise stornierten und Marianne von der Reederei eine Zusage erhielt. Die Fahrt sollte in den Süden führen, insgesamt vier Wochen dauern, und das genau während der kalten, unfreundlichen Jahreszeit in den heimatlichen Gefilden.
Während dieses Urlaubs brauchte sie keine Briefe und keine Karten zu schreiben. Auf dem Schiff gab es einen Internetraum. Leider mit Dinosaurier-Rechnern aus dem elektronischen Steinzeitalter bestückt. Die E-Mail-Übertragung dauerte enorm lang, umso kürzer fielen Mariannes Botschaften aus. Die Entfernung zum Festland trug ebenfalls zur schlechten Übertragung bei. Und dann wurde sie zu allem Übel auch noch krank. Fast die

Hälfte der Reisenden insgesamt hatte es erwischt. Doch gab es Zeit genug, um sich wieder zu erholen, sich erneut am Hier und Jetzt zu freuen. Nur ihren obligatorischen Reisebericht verfasste Marianne nicht. Dazu fehlte ihr die Lust. Er würde im Kokon ausgespart bleiben. Der letzte Satz, der dort verzeichnet war, lautete:
Warte geduldig, bis es mich zu dir zieht. Ich werde freiwillig kommen.

Endgültigkeit 2009

Das Auseinanderleben war nicht aufzuhalten gewesen, weder von Marianne noch von Holger noch von beiden gemeinsam. Nun lag die Trennung schon fast ein Jahr zurück. Ein Zeitraum, der geprägt war von Mariannes Trauerarbeit. Bis sie sich allmählich besser fühlte, manchmal schien es ihr richtig gut zu ergehen. Seit Monaten hatten die körperlichen Schmerzen nachgelassen, sie benötigte keinerlei Gegenmittel mehr. Diese Schmerzfreiheit infolge der Trennung war vielleicht das Beste, was sich aus der ‚endlichen' Geschichte entpuppt hatte – täglich spürbar, belebend in der Nacht. Sie trug nicht wenig zu Mariannes Aussöhnung mit einer leidenschaftlichen Liebe bei, die zu ihrer Zeit gekommen und wieder gegangen war. Wie es Holger wohl damit hielt? Das zu hören und zu ermessen, gestattete die sich anbahnende Freundschaft zwischen ihnen noch nicht.
Marianne legte die ausgedruckten Seiten ihres Kokons ineinander, presste sie einen langen Moment an sich, um sie dann mit einem Band zu umschlingen. Eine Postkarte aus jener Zeit fiel heraus. Billa hatte sie geschrieben, doch auf der Rückseite war ein Zitat vermerkt, das Marianne jetzt ebenso anmutete wie beim ersten Lesen. Als schlösse sich ein Kreis.

Am 03. Juli 1846 hatte Elizabeth Barrett an ihren Mann Robert Browning geschrieben:

Wirst Du meiner wohl in einem Winter müde werden?
Mein Programm ist, es Dich einen Winter lang mit mir versuchen zu lassen, und wenn Du es müde bist (was ich ohne Bekenntnis Deinerseits wissen werde), ei dann setze ich den Maulesel in Galopp und verlasse Dich in La Cava und gehe irgendwo nach Griechenland, um da ganz allein zu leben, und nehme mir für Brot und Salz genügend mit. Meinst Du, es sei ein Scherz? Wirklich nicht.
Es ist mir tiefster Ernst, glaube nur. Ich glaube, ich könnte nie mit Dir streiten. Aber derselbe Grund würde mich absolut hindern, mit Dir zu leben, wenn Du mich nicht liebtest. Wir könnten nicht das gräuliche Leben der „Eheleute" rings um uns leben – Du weißt, wir könnten es nicht –, ich wenigstens weiß, dass ich es nicht könnte, und gerade weil ich Dich völlig liebe.

(Quelle: Arche Literaturkarten, Beziehungen 1. ISBN 3-7160-3030-9, Arche Verlag AG, Raabe+Vitali, Zürich.)

DANKSAGUNG

Zur Entstehung meiner ersten längeren, zusammenhängenden Erzählung hat Gisela Jürgens, Frankfurt/Main, beigetragen, die auch die redaktionelle Bearbeitung übernommen hat.
Sie zaubert seit langer Zeit aus meinem niedergeschriebenen Chaos den darin verborgenen Kosmos hervor. Ihre Weise, sich immer wieder in meine Texte einzulesen, sie sensibel und kompetent zu korrigieren, ohne sie ihrer Eigenart zu berauben, kommt mir schwesterlich entgegen.
Danke für eine jahrelange fruchtbare Zusammenarbeit.

Mein Dank gilt auch Dr. Hans-Werner Eckert für die vielfältigen Anregungen und wertvollen Hinweise. Ohne seine Ermutigung, meinen bisher erschienenen Publikationen endlich ein Buch folgen zu lassen, und ohne seine freundliche Begleitung des Schreibprozesses wäre das vorliegende nicht zustande gekommen.

Dolly Hüther

Biografie:

Isolde (Dolly) Hüther wurde am 24. Mai 1932 in 66128 Saarbrücken-Ottenhausen geboren. Sie ist verwitwet, hat zwei erwachsene Söhne, eine Enkelin, zwei Enkel, ist Rentnerin und Autorin. Ihr erlernter Beruf ist Zahnärztliche Helferin. Danach übte sie über Jahre die Berufe der Hausfrau und Hausmeisterin aus. Als SeniorInnenstudierende hörte sie während 17 Jahren in die Fachbereiche: Soziologie mit der kritischen Kriminologie, Erziehungswissenschaften, Friedensforschung und in die Komparatistik (Vergleichende Literaturwissenschaft) hinein. Viele Lesungen in Deutschland und dem grenznahen Frankreich, Lothringen und Elsass.

Publikationen:

10 Jahre Hans-Bernhard-Schiff-Preis, ein Leitfaden, mit den Preisträgerinnen und Preisträgern, eine Kurzgeschichte, Hrsg: Dezernat für Bildung, Kultur und Wissenschaft der Landeshauptstadt Saarbrücken, CONTE Verlag **2007**

Dolly ess dei Supp, erstes eigenes Buch, unterschiedliche Kurzgeschichten, in vier Auflagen, CONTE Verlag **2003**

Nachbarschaften, ein Gedicht, eine Kurzgeschichte, Anthologie, Hrsg. LQS Literarisches Quadrat Saar, Unsere Reihe II, CONTE Verlag **2003**

Dahemm, Rendezvous mit dem Saarland, eine authentische Geschichte, Anthologie, Hrsg. Irene Siegwart-Bierbrauer, FDA Freier Deutscher Autorenverband Saarland, éditions trèves, Trier **2002**

Kleine Wunder - die uns begegnen, eine Kurzgeschichte, Anthologie, wort und mensch Verlag, Köln **2001**

Unsere Vorbilder, von Else Lasker-Schüler bis Durs Grünbein, eine Kurzgeschichte, Anthologie, wort und mensch Verlag, Köln **2000**

QuerBeet, zwei Gedichte, zwei Kurzgeschichten, ein politisches Märchen, eine Glosse, Hrsg. LQS Literarisches Quadrat Saar, Unsere Reihe I, Morlant Verlag, Saarbrücken **2000**

Zwischen Saar und Aschbach, Beiträge zur Kulturgeschichte von Gersweiler und Umgebung, eine Geschichte, Hrsg. Heimatkundlicher Verein, Gersweiler-Ottenhausen **1998**

... denn jeder Tag ist nunmehr mein Tag!, zwei Kurzgeschichten, Anthologie, wort und mensch Verlag, Köln **1996**

Mundart modern, moderne Texte zu modernen Themen in rheinfränkischer und moselfränkischer Mundart, eine Glosse, ein politisches Spottgedicht, Anthologie, Logos Verlag, Saarbrücken **1992**

Wenn politische Frauen kuren, Mitautorin, 3 Auflagen
Hempel Verlag, Lebach **1991**
Logos Verlag, Saarbrücken **1992**
TUK Druck, Saarbrücken **1999**

Broschüren und Zeitschriften:

Hau ab, Gewalt!, eine Kurzgeschichte, Hrsg. DIALOG Nr. 8, STIFTUNG DEMOKRATIE SAARLAND **2001**

Lesung im Schloss Magnus von Hausen, Rehlingen-Siersburg, Hrsg. Frauen-Schreib-Gruppe 96 **1999**

donnawetter, die saarländische Frauenzeitschrift, Saarbrücken, Nr. 45 I, zwei journalistische Berichte **1997**

donnawetter, die saarländische Frauenzeitschrift, Saarbrücken, Nr. 43 II, eine Glosse **1996**

Donnawetter, die saarländische Frauenzeitschrift, Saarbrücken, Nr. 42 VI, zwei Berichterstattungen **1996**

frieda, Verein für Friedenserziehung im Saarland e. V., Saarbrücken, eine Berichterstattung **1994**

Juso Telegraf, eine Berichterstattung über die >Hexenprozesse< von Dr. H. Th., M.F. Memmingen **1989**